亡霊・血・まぼろし

憑依する英語圏テクスト

福田敬子
上野直子
松井優子
編

音羽書房鶴見書店

装幀・装画　小林真理

憑依する英語圏テクスト

——亡霊・血・まぼろし

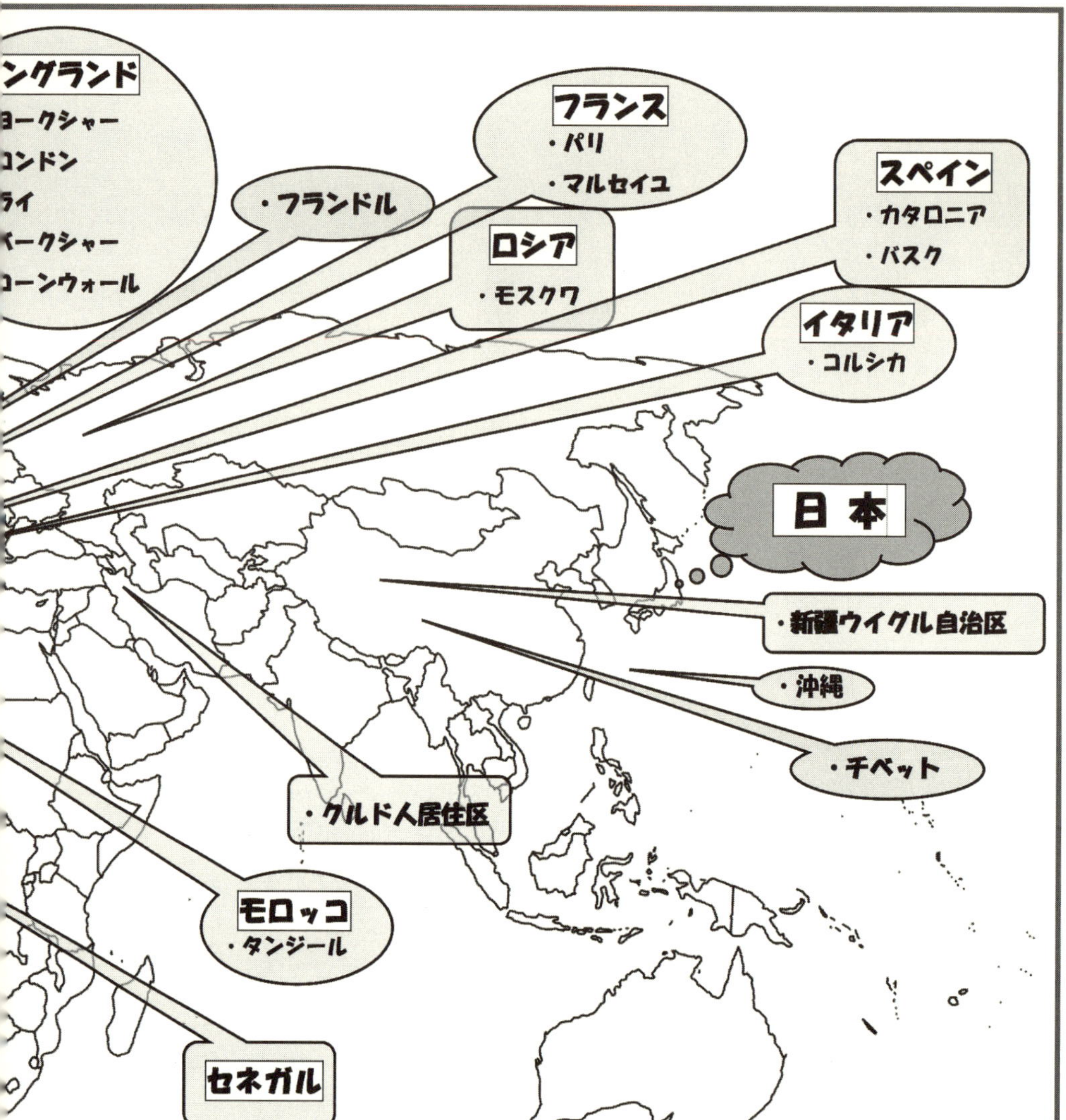

憑依する英語圏世界地図

上記の地図については、あとがきを参照のこと

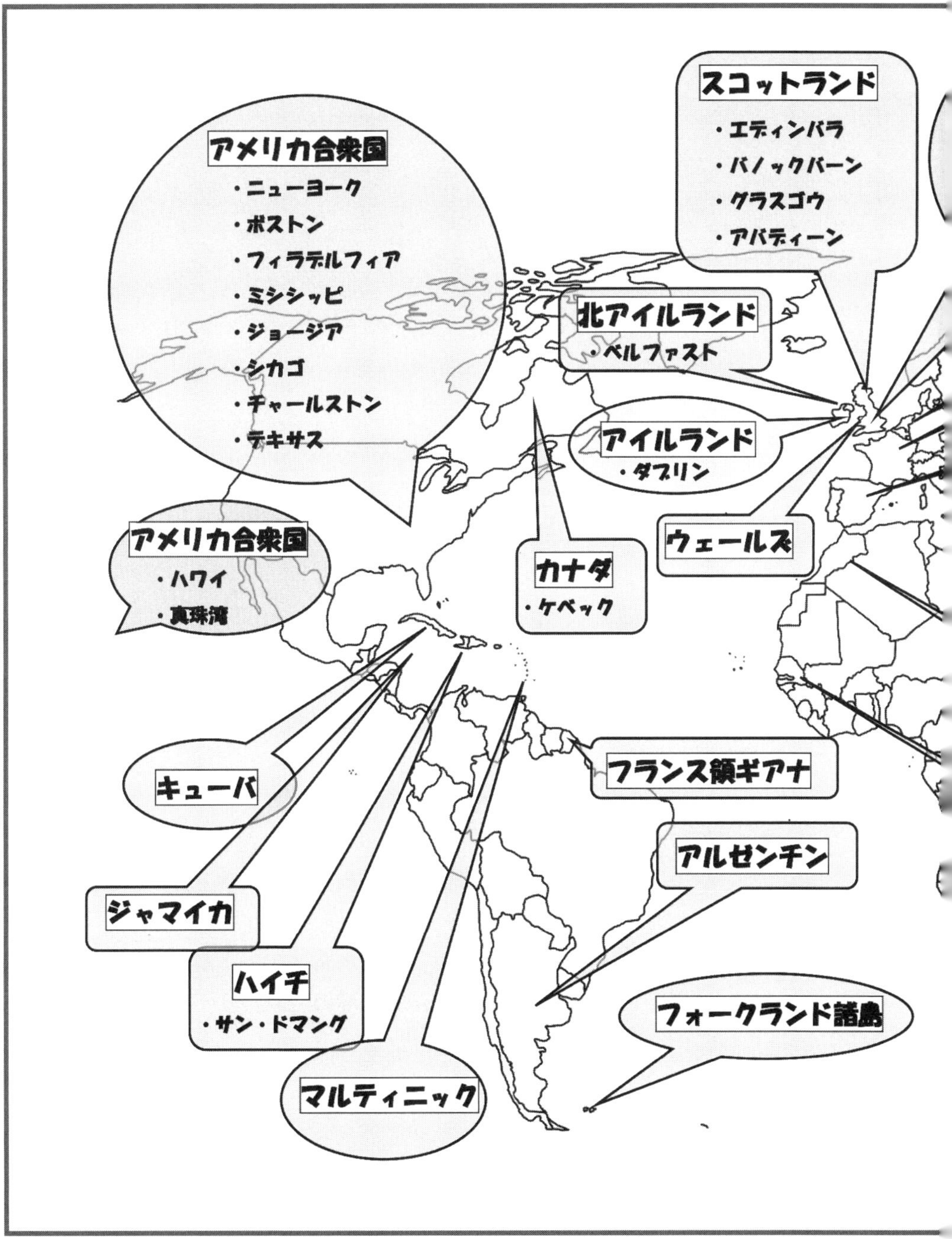

アメリカ合衆国
・ニューヨーク
・ボストン
・フィラデルフィア
・ミシシッピ
・ジョージア
・シカゴ
・チャールストン
・テキサス
スコットランド
・エディンバラ
・バノックバーン
・グラスゴウ
・アバディーン
北アイルランド
・ベルファスト
アイルランド
・ダブリン
ウェールズ
カナダ
・ケベック
アメリカ合衆国
・ハワイ
・真珠湾
キューバ
フランス領ギアナ
アルゼンチン
ジャマイカ
ハイチ
・サン・ドマング
フォークランド諸島
マルティニック

論文集によせて
——英語圏テクストの多様性を読む

富山　太佳夫

英米文学の研究と呼ばれるものは、今、どこに向かっているのだろうか——どんな方法で。これまでは、イギリスやアメリカで生み出された「英語」の文学を読んで、あれこれの楽しみや問題を感じとり、それについてあれこれの角度から考えてみるというのが、研究なるものの自明の前提であったはずである。そのために、他の研究者の手になる研究文献を読むという作業も、必須の行動として、そこにあったはずである。しかし、この半世紀ほどの間にその事態が大きく変わってしまい、研究をする者に大きな圧力をかけるようになってきたことも否定できないだろう。

今、われわれの眼の前には、たとえばアフリカやアジアの（旧）植民地の英語で書かれた文学もあるし、カナダやオーストラリアの英語で書かれた文学もある。さまざまの違いを含みながらも、「英語」と呼ばれる言語によって、それこそ世界のいたるところで、この数世紀にわたって生み出されるようになっている文学——それをなんと総称するかは、いずれ決まってくるのかもしれないが。

もっとも文学研究の新しい対象は、新しい作品の中にのみ見いだされるわけではない。忘れられてしまっていた作品のあり方が再発掘されて、新しい力をもつようになることも、いくらもあるのだ。『ロビンソン・クルーソー』や『ガリヴァー旅行記』の或る部分は、一八世紀の末から一九世紀のゴシック小説にうけつがれ、そして世紀末の冒険小説や怪奇小説につながり、ついにはスパイ小説へと流れこんでいくという文学史的な事実を想起してみることもできるだろう。しかもゴシック小説のあれこれのテーマは、ディケンズの『クリスマス・キャロル』の中にも、ルイス・キャロルの『不思議の国のアリス』の中にも、そしてアフリカを舞台とするコンラッドの『闇の奥』にも利用されていくのである。007シリーズの中にも、こうした流れを感じとることができるはずである。そうしたさまざまの時間と空間にも眼を向けることは、現代の文学研究においては不可欠の作業と言わざるを得ないだろう。いや、文学研究だけではない。おそらく人の営みにかかわる研究すべてにわたって、そのような態度が必要とされているようだ。もはや紋切型の時間と空間の区分に寄りそっている時代ではないはずである。時間と空間の拘束力に——すなわち、研究テーマの拘束力に——眼を向けながらも、自由にさまよい歩く意欲と趣味をもつことが必要な時代になっているということである。

しかし、これは決して楽な話ではないだろう。ためしに図書館に足を運んでみるといい。そして、そこの棚に並んでいる各種の事典の類に手を触れてみるといい。各種の人名事典や文学事典、百科事典をひいてみるといい。間違いなく、唖然としてしまうはずである。イギリスの或る人名事典には、カズオ・イシグロがノーベル賞をもらう前からの説明と、その似顔絵マンガがのせられていた。講義中にそのコピーを配布された学生たちは唖然としていたが、それでも多少なりとも役に立ったようである。

図書館には各種の事典が並べられているだけではない。そして作家たちの作品が並べられているだけではない——各作家の伝記や研究書もふんだんに収蔵されているのだ。なぜ、それを読まないのだろうか。英米の研究雑誌や新聞も並べられている（電子メディアを活用するだけでなく、これらを手にとって、必要ならばコピーをとることも絶対に必要なのだが）。電子メディアの時代の学生にとっても、いや、教師にとっても、図書館の活用は必要不可欠なことなのだ。

或る大学の図書館の中を歩いているうちに愕然として、動けなくなってしまったこともある。オックスフォード大学出版局の出している「ヴェリー・ショート・イントロダクションズ」という各冊一〇〇—二〇〇頁ほどの本が、そこに整列していたのだ。一九九五年に創刊されて以来、歴史、政治、宗教、哲学、経済、芸術や文化などのテーマを扱う本が、すでに五〇〇冊以上も刊行されているのだ。Jonathan Bate, *English Literature* や、Simon Horobin, *The English Language* から、Gary Gutting, *Foucault* のような本までもが、整列しているのだ。イギリスでは二〇世紀の初めにも似たようなシリーズ本が刊行されたことがあったけれども、その範囲も精密度も大きく違っている。

更に、有名な文学作品についても注釈本があり（安価なペイパーバック版）、さまざまな研究書があり、研究雑誌があり、新種の百科事典もそろえてあるのだ。作家や作品に関するものだけではなく、*The Johns Hopkins Guide to Literary Theory & Criticism* という批評理論の驚くべき事典もあるし、なんとオーストラリアの児童文学の事典もあるのだ。勿論、英語圏の各国の歴史に関する事典もある。簡単に言ってしまえば、学問上のすべての領域やテーマに関わる各種の本がそこに集合しているということだ。

大学で研究をするということの大きな部分を占めるのは、そうした空間に眼を向け、その空間を体験するということではないだろうか。そして、運にめぐまれたら、その体験の一部分でもいいから他者に伝えるということではないだろうか——どんなに時間がかかるとしても、どれほど精神力や体力を使うことになるとしても。

ともかく図書館は知の宝庫と言うしかない空間なのだ。その空間の巨大さは誰もが、多少なりとも、知っているはずである。その空間をともかくも多少なりとも活用することを覚えたときには、必ず変わるはずである——本の探し方も、読み方も、研究への取り組み方も。しかも図書館なるものは大学のキャンパスの隅にだけでなく、いたるところに在るはずなのだ——そう、自宅の部屋の片隅に設定された或る種の空間にしても、小さな図書館のような何かではないだろうか。例えば、私を囲むその小さな図書空間には、

David Punter ed., *A Companion to the Gothic* (2000)
David Punter ed., *A New Companion to the Gothic* (2012)
David Punter et al., eds., *The Encyclopedia of the Gothic* (2016)

が並び、その脇には Roger Luckhurst ed., *The Cambridge Companion to Dracula* (2017) があり、Avril Horner and Sue Zlosnik eds., *Women and the Gothic* (2017) や、Joel Faflak and Jason Haslam eds., *American Gothic Culture*

(2016) が並んでいるのだ。

そうしたさまざまのかたちの知のあふれかえる空間に身を置いて、そして歩み始めることが私にとって苦汁となることはなかった。

それにしても、この論文集を手にした方々の頭にまず浮かぶのは、「これは何の本なのか?」、「どの分野の研究なのか?」という疑問かもしれないが、それは当然の感想であるだろう。図書館に配置されるとしても、いったいどのコーナーに置かれることになるのだろうか――ともかく英米文学のセクションに置くのはいいとしても、そのどこに? そんな疑問を喚起してくるのも、間違いなく、この本の大きな魅力のひとつではあるのだが……。

各論文のタイトルから、私の眼を引くことばを取り出してみることにしよう。裁判記録、妖怪、亡霊、憑依、取り憑くもの、幻、お化け――これには唖然としてしまうしかない……一八―一九世紀の英米のゴシック小説の研究を仕事のひとつとしてきた私にとっては、その研究の鍵となる概念がずらりとならべられているのだ。それらがずらりとならべられて、日本ではあまり研究対象とされることのない英米のさまざまの作品が分析されている。各作品の背後にある時代と、文化と、社会的環境をコンテクストとする研究が配置されている。

各作品やその中で扱われる歴史的事象の扱い方にしても、ただ歴史的な事実が羅列されているのではなく、さまざまの視点の興味深い活用が見うけられる。そうした論文が九本……ならべられているのだ。この三―四〇年の間に、英米における文学批評そして文学研究の方法は、ディコンストラクション(脱構築)から新歴史主義の活用にいたるまで、大きく変化してきた。この論文集には、そうした新しいアプローチを活用しようという意欲が充分に感じとれる。

この論文集の九人の執筆者は、かつて私がお茶の水女子大学で教えていたときの学生たちである。英米文学の研究方法も大きく変化し始めていた時代だった。そうした激変にともかく対応できるように、デリダやフーコーの批評から、エドワード・サイードの『オリエンタリズム』、ヘイドン・ホワイトの『メタヒストリー』等を読むようにすすめた私に対して、各人なりに反応してくれた大学院生たち——その彼女たちが、この論文集をまとめ、そして、この解説を書くように要請してきたのだ。

あなたたちの研究が更に深化して、前に進むことを願っています。

二〇一八年七月

目次

椎名　美智

裁判記録に見るチャールズ一世の失脚

——歴史語用論的事例研究

1

一・歴史語用論とデータ問題

本稿は、初期近代英語期の裁判記録を歴史語用論的視点から分析した事例研究である。分析するデータは、チャールズ一世（一六〇〇―一六四九）をめぐる裁判記録である。法廷という特殊な言語環境において、王と裁判長の権威がどのような関係に置かれ、裁判の進展とともにどのように変化していくのか、その様相を観察していきたいと思う。

まず、歴史語用論とそのデータ問題について概説しておこう。歴史語用論は、歴史言語学と語用論が統合されて出現した学問分野で、言語は常に変化するという前提の下に、過去のコミュニケーションや言語使用に注目し、どのように発話の意味が形成されてきたのかを探る経験論的な言語学の一分野である。それは、歴史言語学や語用論だけでなく、過去のテキストを分析するという点で、文学研究、文体論、社会学、歴史学、文化研究などとも関連する領域横断的な性格を持っている。

ヤーコブスとユッカー (Jacobs and Jucker 1995) は、歴史語用論研究の課題を以下の二つにまとめている。第一の課題は、現在では直接観察することのできない過去の言語共同体における言語使用の慣習を記述・理解すること、第二の課題は、発話の慣習が歴史の中でどのように変化・発達したかを記述・説明することである。本稿は、第一の目的に沿う事例研究となる。歴史語用論の視点から初期近代英語期の裁判記録におけるスピーチ・アクトを分析することによって、対話者間の権力関係がコミュニケーションにどのような影響を与えていたのかを探る語用論的なフィロロジー研究である。なお、テキスト分析においては、批判的文体論（critical stylistics）の方法を使用する。

歴史語用論は、一九九五年に、言語学内に学問領域としての地位を確立して以来、めざましい発展をとげてきた。その背景には、データ問題が一応の解決をみたことがある。そこで、本論に進む前に、少し歴史語用論のデータ問題を振り返り、本稿で分析する裁判記録のデータとしての位置付けを確認しておきたい。

語用論は、コミュニケーションの実態を録音・録画して文字に起こした実録テキストを分析する「話しことば」の研究とともに発展してきた。問題は、録音機器のない時代の話しことばやコミュニケーションを研究する場合には、何がデータになり得るだろうかということである。一時代前の歴史言語学者は（e.g., Salmon 1967）、チョーサーやシェイクスピアのテキストを、オーセンティックな話しことばに準ずるサンプル・データとして分析してきた。しかし、戯曲の場合はフィクションであることに加え、劇的効果を狙った誇張もあれば、場所や時間を当時の社会から移動させていることもある点で、オーセンティシティに問題があると言わざるを得ない。その場合、当時の観客が理解できる範囲で、当時のコミュニケーションの実践を投影しているとはいうものの、テキストが書かれた時点で、すでに当時の現実社会から乖離している部分がありうることは斟酌すべきである。それならば、裁判記録のようなノンフィクションならば良いデータと言えるのだろうか。実は、必ずしもそうとは言えないのである。裁判記録の場合、速記者、植字工、編集者がテキスト生産に介在することにより、繰り返し・方言・言い淀み・文法的破格・卑語などがノイズとして省略されたり、改変されたりして、データがオリジナルとは異なっている可能性があるからである。発話と出版の時間差が大きいほど、信頼度が低下することは言うまでもない (Kytö and Walker 2003)。

だが、歴史語用論のこうしたデータ問題は、リサネン (Rissanen 1986) のヘルシンキ・コーパスに基づく見解、バイバー (Biber 1988) による詳細な統計的分析、コッホとエスタライヒャー (Koch and Oesterreicher 1985) の多元的ジャンル分類などの貢献によって、一応の解決をみた（詳しくは、椎名二〇一六を参照）。現在では、「書かれたテキスト」の使用は以前ほどには問題視されなくなった。「話しことば」と「書きことば」を二項対立で捉えるのではなく、より大きな視野から多元的に言語活動を捉えようとする考え方が定着してきたからである。メディアは異なっていても、書かれたテキストも言語コミュニケーションの一形態であり、十分に語用論的研究の対象になり得るという見解に基づいたデータへのアプローチが、現在では主流となっている。その上で、研究にはできるだけオーセンティックなデータを探して使うことが研究者に要求されているのが現状である。

厳密な見方をすると、本稿で扱う裁判記録の場合、創作されたものではなく、記録されたものというだけの理由で、戯曲よりもオーセンティックだとか、当時の口語表現の忠実な記録だとか判断することはできない。前述したように、時間的隔たりと外部者の介在は意識しておくべきだし、裁判制度そのものや、裁判に対する人々の考え方が、時代と共に変化してきていることも考慮しておかなければならないからである。現在のイギリスの裁判制度では、有罪と確定できない限り、被告には無罪判決が下される「推定無罪」の前提のもとで裁判が行われているが、本稿で扱う時代には、逆に、被告が無罪だと確定できない限り、有罪判決を受けてしまう「推定有罪」の前提のもとで裁判が行われていたからである。同じ裁判であっても、時代が異なれば異なる部分もあるだろう。したがって、古い時代の裁判記録を分析するのに、現代の裁判の常識を持ち込むと、思わぬ誤謬に陥る可能性があることも意識しておかなければならない。

ここで、法廷言語の特徴を見ておきたい。魔女裁判をはじめとして、過去の裁判記録の研究は少なくない。それらを総括すると、法廷言語の特徴は、時代を問わず、以下の四つにまとめられるだろう (Kryk-Kastovsky 2006; Coulthard and Johnson 2007)。

(一) 文体論的特徴　裁く側は法律の専門家だが、裁かれる側は必ずしもそうではないため、両者間には法廷言語リテラシーの差がある。

(二) 談話的特徴　裁判での談話は、大部分が質疑応答の形で行われる。発話順は定められており、対話は原則的に裁判官の指示で一方的に進行する。

(三) 語用論的特徴　裁判での談話は、関連性のある事柄しか話されない文脈依存の高い発話から構成されている。遂行性の高い発話が行われ、談話は自然発生的なものではなく格式ばったもので、内容・文体の点で言語的制約が多い。

(四) 社会語用論的特徴　法廷では【裁判官→検察・弁護側→証人→被告】という明確な階層構造があり、判決は現実社会において法的拘束力を持つ。

二．データとリサーチ・クエスチョン

本稿で分析するデータは、筆者が編纂に関わった『社会語用論コーパス』(*Sociopragmatic Corpus*) (Archer and Culpeper 2003) の中のチャールズ一世の裁判記録のサンプル・テキストである。このコーパスは、初期近代英語期の口語表現を集めて社会・語用論的アノテーションを施したものである。このコーパスは一六四〇年から一七六〇年までの喜劇のテキストと法廷テキストからなり、各々約一二万語のサンプル・テキストが集められている。

チャールズ一世はスコットランド王ジェイムズ六世の息子で、一六二五年から一六四九年までイングランド王であったが、カトリック教徒で、王権神授説を唱えたために、議会と意見が合わず、一六四九年には反逆罪で裁判にかけられ、死刑の宣告を受け、没する。本稿で分析するデータは、そのチャールズ一世が被告となった裁判記録の一部である。

本稿のリサーチ・クエスチョンは、次の三つである。

（一）裁判官と被告の間での争点は何か。
（二）裁判官と被告は、どんなスピーチ・アクトを行っているのか。
（三）法廷では、裁判長とチャールズ一世のどちらが権力を握っているのか。

これらのリサーチ・クエスチョンを、歴史語用論的な視点から解明していきたいと思う。

三．理論的枠組みと方法論

本稿では、批判的文体論の方法を使ってテキストを分析する。ジェフリーズ (Jeffries 2010) はハリデー (Halliday 1994) に倣って、英語のセンテンスの重要な構成要素である動詞句と名詞句に注目して、分析をしている。そして彼女は批判的文体論では、イデオロギーはテキストにおける意味生成のプロセスの中に組み込まれていると捉えており、物事をどうラベルづけするのか、また物事の過程や活動をどう記述し、他者の発話や思考をどう表象するのかを決定するのはテキスト生産者だとしている。この前提に立って、批判的文体論では、テキストがテキスト世界で行っていることを調べる分析の第一歩として、センテンスの構成要素に注目する。換言すると、名詞句を見ることによって、ものがどう名付けられているのかを観察し、動詞句を見ることによって、出来事がどのようなプロセスやアクションとして分節化されているのかを調べるのだ。そうした言語的分析により、思想的背景や権力関係を覗き見ようとするのが本稿の目的である。

ユッカーとターヴィツァイネン (Jucker and Taavitsainen 2000: 74) は、一つ一つのスピーチ・アクトは必ずしも明確に区別することができないので、一定の「語用論的空間」を想定して、自分が注目するスピーチ・アクトだけではなく、それに隣接する類似したスピーチ・アクトも一緒に調査した方がよいとしている。カルペパー

とアーチャー (Culpeper and Archer 2008: 47) も同様に、「命令と依頼の区別は明確ではないし、依頼は示唆、忠告、申し出といったスピーチ・アクトと連続したものだ」と述べている。しかし、裁判のテキストの場合、日常会話のテキストと比較すると、語句は曖昧さや誤解を避けるためにかなり明確に使用されている。裁判で発話者が曖昧な発言をした場合、法廷側が必ず発話者に質問をして、発話の意味を明確にするため、裁判のテキストにおけるスピーチ・アクトを同定することはそれほど難しいことではない。また、複雑でわかりにくい発言があった場合、裁判官は必ず、わかりやすく明確な言葉で発言内容を要約するので、比較的分析がしやすいと考えられる。

ここでは、ブラム＝カルカ他 (Blum-Kulka et al. 1989)、アイマー (Aijmer 1996)、カルペパーとアーチャー (Culpeper and Archer 2008) に倣って、発話の文法的主語を見ることによって、誰の視点に焦点が当たっているのかを、㈠聞き手中心の視点、㈡話し手中心の視点、㈢聞き手と話し手の両方を含む視点、㈣非人称的視点、という、四つのカテゴリーに分けて調べていくことにする。誰の視点から裁判の争点が記述されているのか、スピーチ・アクトを遂行する権威はどこ、または誰の所にあるのかを見ていくことにする。物事が誰の視点から、どのように言語化されているのかを観察することによって、国王という国家の絶対的権力者の地位が転覆させられるかもしれない微妙な文脈において、話者の権威が対話の中でどのように交渉されて、強まったり、弱まったりするのかを、可視化できるのではないかと考えるからである。

このように権力が揺らぐ場面を分析するさいに参考になるのが、シェイクスピアの『リア王』(*The Tragedy of King Lear*, 1623) を語用論的視点から文体分析をしたブッセ (Busse 2008) の研究である。ブッセは、リアが使用する命令文と疑問文の語用論的機能がプロット展開の中でどのように変化していくのかを観察することによって、同じ命令文の発話機能が「命令」から「依頼」へ、さらには「申し出」や「嘆願」へと変化していく様子を分析している。プロットが進むにつれて、リアのキャラクターも、権威ある王から惰弱な狂人へと変化していく。リアは娘たちに見捨てられることによって、娘に対する自分の権威の失墜を自覚し、自らの命令の意味合いが次第に変わっていくことに気づくのである。チャールズ一世の弾劾裁判でも、『リア王』の場合と同じように、裁判の展開とともに、被告である王と裁判長の対話における声と権威の様相が変化するのだろうか。そして、変化するとしたら、どのように変化するのだろうか。そこに焦点を当てて分析をしていきたい。

以下の分析においては、まず名詞句内の語彙項目を分類することによって、裁判官と被告間での争点を明確にする。次に、動詞句を調べることによって、彼らがどんなスピーチ・アクトを行っているのかを観察する。また、スピーチ・アクトの文法的主語を調べることによって、それらのスピーチ・アクトの遂行主体がどこにあるのかを見ていくことにする。さらに、裁判の進行過程においてチャールズ一世の権威が維持されているのか、それとも変化していくのかも見ていくことにする。特に注目したいのは、拮抗する二つの権力関係の言語的表象である。つまり、法廷で最高権威を持つ裁判長と、国家権威の頂点である国王との権力関係がどのように言語的に表わされているのか、国家の最高権威を持つ国王を裁くという困難な役割を負わされた裁判長が、いかなる権威の下に、厳しい判決を言い渡すことができるのか、批判的文体論の方法で解明していきたいのである。

四．先行研究

椎名（二〇一四）は、社会語用論コーパスの喜劇部門と裁判部門のサンプル・テキストにおける「呼びかけ語 (vocatives)」を比較調査して、その結果を次のようにまとめている。第一に挙げられるのは、喜劇のテキストと裁判のテキストにおける呼びかけ語の使用頻度の差だ。その時代の日常会話を反映していると想定される喜劇のテキストでの使用頻度は二一六〇回、裁判のテキストでは六一七回であった。一万語における呼びかけ語の使用頻度は、喜劇では一七一回、裁判では五〇回ということになる。このことから、法廷では、呼びかけ語の使用が制限されていたと解釈することができる。当然のことながら、このことは、発言権が制限されていたことを意味する。

第二には、使用された呼びかけ語の種類は、二つのテキスト・タイプで大きく異なることが挙げられる。喜劇のテキストでは、愛称型から敬称型まで幅広い種類の呼びかけ語が使用されていたが、裁判のテキストでは、九四%が敬称型の呼びかけ語であった。法廷の言語活動は日常の言語活動とは異なり、呼びかけ語の選択肢の幅も制限されたものであることが判明した。こうした言語的制約が示唆するのは、法廷において、話者は自分の社会的役割や権力関係を意識して発話をしなければならないということであるだろう。

第三に、法廷では、主に三種類の敬称型 (My Lord, Title + Surname, Sir) の呼びかけ語が使用されていることが挙げられる。その使用状況を、上下の権力関係の視点から見ると、二つの使用タイプに区別できることがわかる。一つは、My Lord, Title + Surname のように、一方向にのみ使用されているものである。My Lord は被告から調査官・判事に対して、つまり、地位・身分的に下位の者から上位の者に向かってだけ使われているのだ。それに対して、Title + Surname は調査官・判事から証人・被告に対して、つまり、地位・身分的に上位の者から下位の者に向かってだけ使われている。一方、Sir は、聞き手が男性である限り、社会的身分や役割に関わらず、上下両方向で使用される「安全な」呼びかけ語である。

また、量的分析によって、チャールズ一世の裁判は対話者の権力関係に矛盾する要素を含む例外的なテキストであることがわかってきた。裁判のテキストにおいては、一般的に、裁判官は、社会的階層においても社会的役割・職業においても、法廷では最高位に座し、証人・被告は身分・役割の両面で下位に位置する。ところが、チャールズ一世が被告となっている裁判においては、社会的階層においては国王が上位であるにもかかわらず、法廷においては、裁判長が上位にいるという上下関係における矛盾が存在する。そこでの呼びかけ語の例を見てみよう。（なお、本稿における引用はすべて、初期近代英語期の口語表現を集めた『社会語用論コーパス』からのもので、現代英語とは表記が異なっている場合がある。）

（例）チャールズ一世の裁判（呼びかけ語は太字で強調しておく。）

King (Defendant): If it please you **Sir**, I desire to be heard, and I shall not give any occasion of interruption, and it is only in a word, a sudden Judgment.

Lord President (Judge): **Sir** you shall be heard in due time, but you are to hear the Court first.

Sirが、対話者の間に上下の権力関係があっても、両方向に使用される呼びかけ語であることは、すでに確認した。この例のように、国王がSirと呼ばれることは、法廷以外では起こりえない特異な現象である。国王を権力の頂点とみなす一般社会での階層構造が、裁判長を権力の頂点とする法廷における別の階層構造で打ち消されていると解釈できるはずである。国王側から見れば、その権力は法廷の内と外では逆転していると言えるだろう(Culpeper and Archer 2008: 63)。両方向でのSirの使用は、話者間の関係が対等であることを暗示するが、呼びかけ語以外の言語的特徴でも同じように対等の関係が現れているのかどうかについては、これから調べていくことにする。

五．分析の結果と考察㈠　裁判の争点の分析

ここでは、何が発話における主題になっているのかを見るために、使用頻度の高い名詞と、その関連語を選び出し、三つの意味的カテゴリーに分類してみた。三つのカテゴリーとは、法廷、国、権力であり、調査結果は次の三つの表の通りである。（なお、表の中の（　）内の数字は使用回数を示す。）

これらの表からは、裁判長と被告は両者とも、法廷と国というカテゴリーに属する語を高頻度で使っていることがわかる。しかし、同じカテゴリーに属する語ではあっても、使用された語を見ると、そこには微妙に差があり、互いに自分の権威の拠り所となるものを強調していることがわかる。また表3からは、法廷に関する

表 1：裁判長の使用した名詞（数字は頻度を示す）

Fields	Examples	
Court	Court (85); answer (17); Jurisdiction (15); Justice (14); Charge (13); sentence (11); reason(ing/s) (8); prisoner (8); Law(ful/s) (7); delay (7); Judgement (5); Judge(s) (2); guilty (1)	193
Country	People (15); England (14); Commons (10); Kingdom (8)	47
Power	Authority (24); Liberty (2); favo(u)r (2); word(2)	30

表 2：チャールズ一世の使用した名詞（数字は頻度を示す）

Fields	Examples	
Court	law(ful/s) (28); reason(ing/s) (15); sentence (10); Court (9); delay (6); Judgement (6); Charge (3); Judge(s) (3); Jurisdiction (3); Justice (2); prisoner (2); answer (2)	89
Country	Kingdom (20); England (10); King (10); Treaty (5); People (4); Commons (4)	53
Power	Authority (16); Liberty (12); word(s) (7); favo(u)r (7); power (6)	48

表 3：裁判長とチャールズ一世の使用した名詞の比較

Fields	Lord President	King Charles I
Court	193 (**+)	89 (**-)
Country	47 (**-)	53 (**+)
Power	30 (**-)	48 (**+)
$x^2(2) = 29.859$, $p < .01$, Cramer's V = 0.255, 頻度の後ろの（　）内は残差分析の結果で、**+ は 1% 水準で有意に多い、**- は 1% 水準で有意に少ないことを示す。		

語句の使用に関して、裁判長側が有意に多く、被告側が有意に少ないこと、国と権力に関する語句の使用は、被告である国王が有意に多く、裁判長側が有意に少ないことがわかる。

裁判長は法廷、権威、裁判権という単語を使って自分の権威を正当化しているものの、国家や国王の権威についてはあまり言及しておらず、国王を「囚人」と呼ぶ場面さえある。一方、被告である国王は、裁判長からの質問に答えることを拒否し、自分が囚われた理由を聞いたり、収監の正当性を問うたりすると同時に、自身の国王としての地位を強調し、釈放するよう訴える。裁判長は法廷の権威を背景に、そして国王は国の権威を背景に、互いに敵対しているのである。また、王が法廷の権威・正当性・裁判権への疑義を持ち、自分の国王としての権威は裁判長のそれに勝ると強調している一方で、裁判長は、国王としての被告の権威を否定し、法廷の裁判権を拠り所としていることもわかる。

六．分析の結果と考察㈡ スピーチ・アクトの分析

ここでは、裁判長と被告が陳述場面でどのようなスピーチ・アクトを遂行しているのかを調べるために、動詞句を調査していくことにしよう。動詞句の発話内の力 (illocutionary force) の性質によって分類した結果が、以下に示す二つの表である。

裁判官は被告に対して、「命令」のスピーチ・アクトを行っている。命令している内容は以下の三項目である。

㈠　自分が告訴されている罪について答えよ。
㈡　法廷の権威に対抗するな。
㈢　裁判官側の発言を、邪魔せずおとなしく聞け。

一方、被告は主として、「要求」「拒否」「謝罪」という三つのスピーチ・アクトを行っている。被告の要求は次の三項目である。

㈠　自分がなぜ捕らえられたのか、理由を説明してほしい。
㈡　自分に話す許可を与えてほしい。
㈢　自分の発言を妨げないでほしい。

彼は裁判の間、ずっと裁判長の質問に答えることを「拒否」し続けるが、宣告が言い渡されることになる裁判の終盤では、「謝罪」をするに至る。
裁判長から被告への主要なスピーチ・アクトは、質問に答えよという「命令」である。これは自分が告発されている罪を認めるか、否定するか、イエスか、ノーかの、どちらかの答えを言えということである。一方、被告は裁判長からの質問には答えず、逆に法廷と裁判官の権威への疑義を申し立てている。これらのスピーチ・アクトは、裁判長の命令への「反抗」と解釈することができるだろう。

表 4：裁判長が行ったスピーチ・アクト

Speech Acts	Examples
Orders to answer	It is prayed to the Court … that you answer to your Charge; the Court expects your Answer; The Court desires to know whether this be all the Answer; you should give them a final Answer; you are to lose no time, but to give a positive Answer, you are to give in a punctual and direct Answer; The Court have determined that you ought to answer the same; if you will not answer, we shall give order to record your default; you are to give your positive and final Answer in plain English; they command you to give your positive Answer; the Court requires you to give Your positive and final Answer; etc.
Orders not to dispute	You are not to dispute our Authority; neither you nor any man are permitted to dispute that point; you may not demur the Jurisdiction of the Court; I must let you know that they over-rule your Demurrer; you ought not to interrupt while the Court is speaking to you; this point is not to be debated by you; neither will the Court permit you to do it; You are not to be permitted to go on in that speech; Tis not for Prisoners to require; etc.
Orders not to talk but listen	You may answer in your time, hear the Court first; you shall be heard in due time, but you are to hear the Court first; You shall be heard before the Judgment be given, and in the mean time you may forbear; it is not proper for you to speak; you are not to be heard after the sentence; etc.

表5：チャールズ一世が行ったスピーチ・アクト

Speech Acts	Examples
Requests to explain	I would know by what power I am called hither; let me know by what lawful Authority I am seated here; Let me see a legal Authority warranted by the Word of God; I desire that you would give me, and all the world, satisfaction in this; Satisfie me in that; if you will shew me what lawful Authority you have, I shall be satisfied; I conceive I cannot answer this, till I be satisfied of the legality of it; I must tell you, That that Reason that I have as thus informed, I cannot yield unto it; Shew me that Jurisdiction; etc.
Requests to give permission to speak	I think is fit at this time for me to speak of; let me tell you; you shall hear more of me; I do demand that, and demand to be heard with my Reasons, if you deny that, you deny Reason; I do require that I may give in my Reasons why I do not answer, and give me time for that; You never heard my Reasons yet; I shall desire a word to be heard a little; If it please you Sir, I desire to be heard; shall I be heard before the Judgment be given?; I desire before Sentence be given, that I may be heard in the Painted-Chamber before the Lords and commons; I do here protest that…, then that you will not hear your King; I do desire that I may be heard by the Lords and Commons in the Painted Chamber; I would desire only one word before you give sentence; By your favor Sir, I may speak after the sentence ever; etc.
Requests not to interrupt	By your favour, you ought not to interrupt me; I hope I shall give no occasion of interruption; I shall not give any occasion of interruption; etc.
Refusal to answer	I will not betray it to answer to a new unlawful authority; I conceive I cannot answer this, I will answer the same so soon as I know by; etc.
Apology	Pray excuse me Sir, for my interruption

裁判長と被告のスピーチ・アクトは、その内容も異なるが、ヘッジやポライトネス戦略においても大きな違いがある。王は裁判の前半では声高に、権威的な調子で語るのだが、審議が進むにつれて権威を失い、裁判長に対して嘆願、懇願をするようにと変化していく。一方、裁判長の発話内での力は、裁判を通して一定で、変わることはない。

七．分析の結果と考察㊂権力と声《ヴォイス》

前節では、裁判長が「命令」をしているのに対して、被告の王が「要求」や「嘆願」をしているということがわかった。裁判長の「命令」と、被告の「要求」・「嘆願」というスピーチ・アクトだけを比較すると、前者の方が権威ある存在であるように思われる。ここでは、本当に裁判長の方が国王よりも権威を持っているのかどうかを調べるために、それらのスピーチ・アクトが行われる発話の文法的主語を見ていくことにしよう。「命令」が被告に下されるさいに、また裁判長に対して「要求」や「嘆願」がなされる場合、誰がどのように、そのスピーチ・アクトを遂行しているのか、その発話主について詳しく見ていくことにする。次頁の二つの表は、発話者にとっての文法的主語を表したものである。

表6と表7からは、裁判長と被告がどのような権威の下に発言をしているのかがわかるだろう。表6を見ると、単数であれ、複数であれ、一人称の主語はほとんど使われていない。裁判長が被告に与えた「命令」のス

表 6：発話の文法的主語：裁判長からチャールズ一世への発話

Subjects	Examples
The hearer: you	you are (not) to V (10); you may (not) V (4); you shall (4); you must V (3); you ought (not) to V (2); Neither you nor any man are permitted to dispute; etc.
The speaker: I, we (exclusive)	I must V (5); I do V; etc.
	We shall V; we should V; etc.
The impersonal: the Court, they, etc.	The Court expects/desires/ requires (3); The Court will consider; the Court have determined; The command of the Court must be obeyed; they do expect you should; The Court cannot V; Neither the Court permit; Their purpose is; 'Tis not for Prisoners to require; They command you to V; Your reasons are not to be heard; it will be taken notice of that you V; this point is not to be debated by you; Mens intentions ought to be known by their action; It is prayed to the Court that you answer to your charge; it is not proper for you to V; etc.

表 7：発話の文法的主語：チャールズ一世から裁判長への発話

Subjects	Examples
The hearer: you	You shall V (2); You must V; You ought not to V; you would V; Will you
	Imperatives (11); let me V (7)
The speaker: I, we (exclusive)	I V (desire, deny, hope, etc.) (11); I shall (not) (6); I would V (5); I do V (3); I will (not) V (3); I may (2); I must V; I hope; I desire; I think is fit at this time for me to V; Shall I

表 6、7 とも、(　) 内の数字は頻度を示す。無表示は出現数 1 回のもの。V は動詞を示す。

ピーチ・アクトの多くは、二人称代名詞の you を文法的主語にした you are (not) to V や受動態の構文で行われているのだ。

これらの文法構造においては、相手に命令を下す権威の源がどこにあるのかが明示されない。命令の決定権を持つ主体が言及されないまま、命令が下されているのである。そのため、被告である国王に対してこれらの命令を決定し、実際に命令を与えているのが発話者としての裁判長であるのかどうかはわからない。つまり、これらの文法構造からは、決定の権限が裁判長にあると明確に判断することはできないのである。ところが、非人称の主語の欄には、「法廷」に関する語句や、明確に誰を指すのかわからない they といった語句が多く並んでいるのだ。表6においては、the court に関連する表現が高頻度で使用されている。このことから言えることは、被告である国王をしのぐ権威を持っているのは、じつは裁判長ではなく、「法廷」あるいは法廷が象徴する裁判制度だということである。裁判長は、みずからの持つ権威のもとで被告に命令をしているわけではなく、法廷の権威が発揮されて下された判断を被告に伝える単なる「声《ヴォイス》」、つまり第三者の意見や決断を伝えるメディアに過ぎないということである。

一方、話者としての王は、命令文や let me V の構文を使って指示を行い、命令や依頼のスピーチ・アクトを遂行している。王の強い願望は意志を表す助動詞の will の現在形や過去形、さらには desire という強い意味合いの動詞で表現されている。話者である王は、これらの発話の文法的主語であり、聞き手に対して、自分の権威を示しているのだ。王は、自分の権威の下に、自らの決断を自らの声で、発言をしているのである。これは、先ほど見たヴォイス・メディアとしての裁判長とは大きく異なる点である。

それでは、裁判長と被告の権力関係は、裁判が進展するに従って変化しているのだろうか。国王の権威・権力は、裁判の中で明らかに変化している。前述した『リア王』の場合と同様、裁判での審議が進むにつれて、チャールズ一世のヴォイス、権威は徐々に脆弱化していく。表4が示すように、裁判の開始時に強い調子で、「自分が告発された理由を説明しろ」と要求していた王は、裁判の終了時には法廷に謝罪をしている。とりわけ宣告が言い渡された後、王の権威は全面的に否定されている。一方、法廷の権威は、裁判の全行程を通して変わることはないのだ。

八．言語と権力

最後に、リサーチ・クエスチョンに答える形で、調査結果をまとめたい。Sirは上下両方向から使用できる呼びかけ語であり、チャールズ一世と裁判長は相互にSirを使って呼び合っていた。同じ呼びかけ語の両方向への使用は、一見、話し手と聞き手が同じ地平に立っているかのような誤解を与える。しかし、法廷では、権威があるのは、常に法廷を代表する側に立つ者であり、被告は劣勢の立場におかれている。

本稿では、国王以上の権力を持つ存在があるという矛盾を抱えたチャールズ一世の裁判記録を、「裁判の争点は何か」「遂行されたスピーチ・アクトは何か」、「どちらの側に権力があるのか」という三つの視点から分析した。

まず、「裁判の争点は何か」という点に関しては、第五節で見たように、裁判長と国王は相互にいかなる権威を背景にしているのかを問題にしており、相手の権威への疑義を訴えていた。次に、「遂行されたスピーチ・アクトは何か」という点に関しては、第六節で見たように、両者の遂行したスピーチ・アクトを比較すると、裁判長が一貫して「命令」をしているのに対して、被告は「要求」、「拒否」、「謝罪」と、時間の経過に従って、能動性のない譲歩的なスピーチ・アクトへと変化していた。最後に、「裁判長とチャールズ一世のどちらに権力があるのか」という問題については、第七節で見たように、権威は一見すると、裁判長の側にあるようだが、権威があるのは、実は法廷という場・裁判制度であって、裁判長自身ではないことがわかった。裁判長が被告に発した命令の文法構造と、文法上の主語を見てみると、裁判長自身の権威が、被告となった国王のそれよりも優勢であるとは、必ずしも言えなかった。それどころか、裁判長は、法廷の決定を伝えるメディアに過ぎなかった。

王は法廷での言語的慣習に従い、裁判長に対して、Sir を使って呼びかけてはいたものの、自分が国の最高権威者であることをかたく信じており、それを法廷内でも維持しようとしていた。しかしながら、裁判が終盤に向かうにつれて、王の権威は徐々に無化されていく。そして、厳しい宣告を受けた後に、王は完全に権威を失ってしまうのである。ここで行ったスピーチ・アクトと文法的主語の分析には、そうした国王の権威失墜の様子が、言語的現象として明確に表れていた。

本稿は、初期近代英語期の口語表現を集めたコーパスにおける裁判のサンプル・テキストを、歴史語用論的視点から分析した小さな事例研究ではあるが、国王の権威が揺らぎ、地位を喪失していくプロセスを、ひとつの言語現象として示すことができたのではないかと思う。

参考文献

Aijmar, Karen. *Conversational Routines in English: Convention and Creativity*. Harlow: Longman, 1996.

Archer, Dawn and Jonathan Culpeper. "Sociopragmatic Annotation: New Directions and Possibilities in Historical Corpus Linguistics." *Corpus Linguistics by the Lune: Studies in Honour of Geoffrey Leech*. Eds. Andrew Wilson, Paul Rayson and Tony McEnery. Frankfurt: Peter Lang, 2003. 37–59.

Biber, Douglas. *Variation Across Speech and Writing*. Cambridge: Cambridge U P, 1988.

Blum-Kulka, Shoshana, Juliane House and Gabriel Kasper. Eds. *Cross-Cultural Pragmatics: Requests and Apologies*. Vol. XXXI. Advances in Discourse Processes. Norwood NJ: Ablex, 1989.

Busse, Ulrich. "An Inventory of Directives in Shakespeare's *King Lear*." *Speech Acts in the History of English*. Ed. by Andreas H. Jucker, and Irma Taavitsainen. Amsterdam: Benjamins, 2008, 85–114.

Coulthard, Malcolm and Alison Johnson. *An Introduction to Forensic Linguistics: Language in Evidence*. New York: Routledge, 2007.

Culpeper, Jonathan and Dawn Archer. "Requests and Directness in Early Modern English Trial Proceedings and Play Texts, 1640–1760." *Speech Acts in the History of English*. Ed. Andreas H. Jucker and Irma Taavitsainen. Amsterdam: John Benjamins, 2008. 45–84.

Halliday, M. A. K. *An Introduction to Functional Grammar*. London: Longman, 1994.

Jacobs, Andreas and Andreas H. Jucker. "The Historical Perspective in Pragmatics." *Historical Pragmatics*. Ed. Andreas H. Jucker. Amsterdam: Benjamins, 1995. 3–33.

Jeffries, Leslie. *Critical Stylistics*. New York: Palgrave Macmillan, 2010.

Jucker, Andreas H. and Irma Taavitsainen. "Diachronic Speech Act Analysis: Insults from Flyting to Flaming." *Journal of Historical Pragmatics* 1–1, 2000. 67–95.

Koch, Peter and Wulf Oesterreicher. "Sprache der Nähe: Sprache der Distanza. Mündichkeit und Shriftlichkeit im Spannungsfeld von Sprachteorie und Sprachgeschichte." *Romantistisches Jahrbuch* 36, 1985. 15–43.

Kryk-Kastovsky, Barbara. "Historical Courtroom Discourse: Introduction." *Journal of Historical Pragmatics* 2 (7), 2006. 163–79.

Kytö, Merja and Terry Walker. "The Linguistic Study of Early Modern English Speech-Related Texts: How 'Bad' can 'Bad' Data be?" *Journal of English Linguistics* 31, 2003. 221–48.

Rissanen, Matti. "Variation and the Study of English Historical Syntax." *Diversity and Diachrony*. Ed. David Sankoff. Amsterdam: John Benjamins, 1986. 97–109.

Salmon, Vivian. "Elizabethan Colloquial English in the Falstaff Plays." *A Reader in the Language of Shakespearean Drama*.Eds. Vivian Salmon and Edwina Burness. Amsterdam: John Benjamins, 1987. 37–70. Originally published in *Leeds Studies in English*, 1, 1967, 37–70.

椎名美智「初期近代英語期の法廷言語の特徴——『取り調べ』における『呼びかけ語』の使用と機能」『歴史語用論の世界——文法化・待遇表現発話行為』金水敏・高田博行・椎名美智（共編）ひつじ書房、二〇一四。七七—一〇四。

——「歴史語用論」『語用論研究法ガイドブック』（加藤重広・滝浦真人（共編）ひつじ書房、二〇一六。一〇五—一三一。

2

庄司　宏子

ハイチという妖怪

――ロバート・C・サンズの「黒い吸血鬼――サント・ドミンゴの伝説」にみるムラートの表象

一・黒人共和国ハイチと黒い吸血鬼《ヴァンパイア》の誕生

一八〇四年、カリブ海の仏領植民地サン＝ドマングで起きた奴隷反乱を契機とする黒人共和国ハイチの誕生は、建国初期のアメリカ合衆国に激震をもたらした。トマス・ジェファソン大統領のもとで白人国家として自己形成を始めたアメリカにとって、黒人国家ハイチはそうした自己イメージの転倒像であった。ハイチ革命およびハイチ共和国の誕生はアンテベラム期のアメリカ人の心理的領域にどのような情動を呼び起こし、その文学的想像力に入り込んでいるのか、本稿ではアメリカ文学史ではワシントン・アーヴィングを中心とするニッカーボッカー・グループの一人と目されながら、その作品がほとんど顧みられることのないロバート・C・サンズ（Robert Charles Sands, 1799–1832）の一八一九年出版の知られざるヴァンパイア小説を中心に考察してみたい（図1）。

吸血鬼を描いた最初の近代小説としては、バイロンのお抱え医師であったジョン・ポリドリ（John Polidori, 1795–1821）が一八一九年四月一日の『ニューマンスリー・マガジン』に発表した「吸血鬼」（"The Vampyre"）が知られている。この小説に影響を受けて、ロバート・C・サンズは同年六月にユライア・デリック・ダーシー（Uriah Derick D'Arcy）の偽名で、「黒い吸血鬼——サント・ドミンゴの伝説」（"The Black Vampyre, or a Legend of Saint Domingo"）を出版する。[1] サンズの小説の特徴としては、カリブ海の仏領植民地であったサン＝ドマング

図 1

がアメリカ最初のヴァンパイア小説を生み出す要因となっていること、そしてこの物語で描かれる吸血鬼とはアフリカからの黒人奴隷と白人プランターの女性とのあいだに生まれた混血の人物（ムラート）であることが挙げられる。テリーサ・A・ゴッデュは、ジャマイカのプランテーションを父から相続し、奴隷所有者であったマシュー・グレゴリー・ルイス（Matthew Gregory Lewis, 1775–1818）の小説に現れる地下牢での監禁や家族の離散のモチーフから、ゴシック小説の誕生と奴隷制度との結びつきを論じている（Goddu 73–74）。サンズによるヴァンパイアの造型も、アメリカのゴシック的想像力が、カリブ海の奴隷制植民地社会との歴史的・文化的コンテクストから生み出されてくることを示している。

本稿では、西半球世界（アメリカス）で二番目の独立国であり、世界初の黒人共和国であるハイチに対する非承認というトマス・ジェファソン政権に代表されるアメリカ合衆国の公的言説と、エドガー・アラン・ポー（Edgar Allan Poe, 1809–49）の「赤死病の仮面」（"The Masque of the Red Death," 1842）や「黄金虫」（"The Gold-Bug," 1843）にみられるサン＝ドマングに関するパリンプセスト的な描写を並行的に論じながら、この地を舞台とするロバート・C・サンズのヴァンパイア小説に現れるムラートの言説を論じてみたい。サン＝ドマングないしハイチの存在が、一九世紀前半のアメリカに掘り起こした政治的、心理的な情動とはどのようなものであったか、ムラートの表象に結実する様子を考察してみたい。

二．公的言説におけるハイチの消去――トマス・ジェファソンのもとで

ミシェル＝ロルフ・トルイヨ（Michel-Rolph Trouillot）は、ハイチ革命はそれが現実に起こった出来事でありながら、西洋中心の歴史のなかでは「思考しえないもの（"the unthinkable"）」であったと論じる（Trouillot 73）。一七九〇年から一八〇四年にかけてフランスで行われたサン＝ドマングに関する公的な議論や出版物は、同時代の人々が進行中の革命をそれ自体として理解することができなかったことを示しているという。またアナ・ブリックハウスは、ハイチとは何であったかについて、「新世界における国家的、植民地主義的野心にとって忍び寄る脅威であり、奴隷制度を経済的基盤とするアングロ・アメリカおよびヨーロッパの国々にとって、革命と復讐を連想させる恐ろしい妖怪（"a frightening specter"）であった」（Brickhouse 227 強調引用者）と述べている。

一七九一年八月二二日にサン＝ドマング北部で起こった奴隷反乱の報は、植民地議会の特使や、商人、避難者によって、アメリカ合衆国やカリブ海の他の植民地、そしてヨーロッパにもたらされた。アメリカの新聞がこの奴隷反乱の第一報を伝えるのは、発生から一か月を経てのことであり、時の大統領ジョージ・ワシントンに最初の詳しい情報を伝えたのは、サン＝ドマングから食料や兵士などの救援要請を受けたサウス・カロライナの知事チャールズ・ピンクニー（Charles Pinckney）であった（Matthewson, *A Proslavery Foreign Policy* 33, n. 9 および 22）。活字の世界とは隔たっているアメリカの黒人奴隷たちにも、サン＝ドマングで起きた奴隷蜂起は、西インド諸島を行き来する黒人の水夫たちを通じて伝わっていたという。黒人の船乗りや沖仲仕たちによる、潜

行的で地下的な情報の伝播を、ジュリアス・S・スコット (Julius S. Scott) は「しもじもの風の便り」("the common wind") と呼んでいる。

ワシントン政権によるハイチ革命に対する最初の対応は、この地にフランス支配が存続するよう、武器や弾薬を送って白人プランター側を支援するというものであった。当時、国務長官であったトマス・ジェファソンは、フランス駐在の公使やサン＝ドマングとの交易に携わるマサチューセッツの商人など、公式、非公式のさまざまなルートを通じて、この奴隷反乱の情報を得ていた (Matthewson, *A Proslavery Foreign Policy* 10)。そして自身の政権でハイチにとった対応は、この国を承認せず、黙殺するというものであった。

サン＝ドマングと経済的な結びつきが強かったアメリカ合衆国において、この出来事は、奴隷制度を基盤とする経済構造の破綻を意味した。ハイチ革命に対する一般的な反応は、恐怖や嫌悪であり、国内の反奴隷制論者に対する反感を呼び起こした (Matthewson, "Abraham Bishop" 149)。一九世紀前半のアメリカ人にとって、「サン＝ドマング」とは、奴隷反乱と「黒人による白人の支配と虐殺」、そして野蛮な状態への退行を意味する代名詞となる (Dun 474)。

ことに奴隷制度を共有するアメリカ南部の反感は顕著であった。アメリカで第一報を受け取ったサウス・カロライナの知事チャールズ・ピンクニーは、一七九一年九月二〇日付でチャールストンからワシントン大統領に宛てた通信で、次のように懸念を伝えている。

同封いたしましたもの［サン＝ドマングの議会の支援要請の嘆願書］から、この不幸な人々がどのような悲惨と災難の状況にいるか、お察しのことと思います。そして私は時宜を逸することなく、これを鎮圧しなければ、その［奴隷反乱の］炎は近隣の島々にも拡大し、ついには南部諸州にも不快な事例を招くのではないかと危惧いたしております。（中略）彼らの手に落ちた全ての白人をほとんど無差別に殺戮したという話、島の最も広大で貴重なサトウキビ・プランテーションに火を放ったこと、資産の破壊、これから起こりうる飢餓は、とりわけ奴隷の多い地域に住む我々にとって、不愉快なことです。

一七九三年ころから、サン＝ドマングからの避難者がアメリカ東海岸の港町に押し寄せるようになると、奴隷反乱の飛び火への恐れが、アメリカ南部を中心に広がってゆく。サン＝ドマングの出来事を注視する南部の奴隷所有者たちは、奴隷たちが自由という思想に感化されて、反乱を起こすことに恐怖を抱き、一七九二年以降、多くの南部諸州は西インド諸島を経由した黒人が入ってくることを禁止するようになる (Berlin 40)。

南部のプランターたちがサン＝ドマングの奴隷反乱を語る際に、自身が所有する奴隷がサン＝ドマングの革命に感化されることへの脅威を、「感染」(Papenfuse 24) という言葉を用いてイメージしていることは、注目すべきことである。奴隷所有者たちは、革命の思想に触れた奴隷たち、すなわち「感染した奴隷 ("infected slaves")」が西インド諸島からアメリカ国内に入り込み、その「感染」を拡げてゆくことを何よりも恐れていた。

三　エドガー・アラン・ポーとサン＝ドマング

エドガー・アラン・ポーの「赤死病の仮面」（一八四二年五月にフィラデルフィアの『グレアムズ・マガジン』に掲載）は、「夜盗の如く」忍び込んできた「赤死病」による、プロスペローの歓楽の城の崩壊を描く。この物語にあらわれた伝染病の「感染」というイメージに、アメリカ南部のプランターが恐れていた奴隷反乱による南部奴隷制社会の瓦解という、サン＝ドマングの黙示録的ヴィジョンとその恐怖を読み取ることができる。エーリエルやキャリバンを「私の奴隷」と呼び、シェイクスピアの戯曲『テンペスト』(*The Tempest*, 1611) において奴隷所有者であることが明示される公爵と同名のポーの主人公は、城の外に吹き荒れる赤死病を尻目に、廷臣と城のなかで宴に興じている。しかし、いつの間にか城に入り込んできた赤死病により落命する。プリンス・プロスペローの奇怪な趣味が反映されているという城の七つの部屋は、東から西へと向かう配置と色の変化により（部屋の色は青、赤紫、緑、オレンジ、白、青紫、黒へと変わる）、夜明けから日没までの陽光の移ろいを思わせ、その城の描写には奴隷制プランテーションを連想させるモチーフが用いられている。なかでも一時間ごとに宴をストップさせる時計のベルの音は、とりわけプランテーションでの生活リズムを連想させる。アメリカ南部の奴隷制プランテーションでは、時を告げる鐘や角笛、またカリヨンなどによって日々の奴隷たちの労働の規律と秩序の維持が行われていた。プロスペローの城の時計の鐘は、そうしたプランテーション・ベルを想起させる（図2）。

マライア・ウェストン・チャップマン (Maria Weston Chapman, 1806–1885) が編集・発行するアボリショニス

図2

図3

トのギフト・ブックが『リバティー・ベル』(*The Liberty Bell*)とされたこともあり、一八三九年ころから、鐘とその音色は、アボリショニズムの連想を帯びるようになっていた(Haspel 51)。アメリカ独立革命のシンボルであったフィラデルフィアの鐘は、それまで「インデペンデンス・ベル」あるいは「州会議事堂のベル(the State House Bell)」と呼ばれていたが、アボリショニストたちがパンフレットで「リバティー・ベル」を奴隷解放の大義のシンボルとして広めたことで、この時代に鐘は奴隷制度廃止運動の連想を帯びるようになっていた(図3)。

しかし、アボリショニストたちは、鐘を「自由」というアメリカの最高の理想を表すシンボルとしたものの、自分たちが鳴らそうとする自由の鐘は、黒人による革命をもたらそうとするものではなく、人種間の戦争や白人の殲滅をアメリカ南部にもたらすものではないと宣言して、自分たちの運動がサン＝ドマングの奴隷反乱の連想を帯びることがないよう配慮していた。そうした意図は彼らが鐘を謳ったソネットにうかがうことができる。

われわれが鳴らすのは決して恐怖の警鐘ではなく、
国民に悲惨な戦いをもたらすものではない――
われわれの大義は、炎に包まれた町からの
恐ろしい鐘の音を響かせるものではなく――
わが国を最高の跳躍へと奮い立たせようとするもの。(Boland 104)

「赤死病の仮面」の執筆当時、フィラデルフィアに住んでいたポーは、アメリカ独立革命からアボリショニズムのシンボルへという、ベルのイメージの変化に接していたであろう。物語のなかで、赤死病に扮した人物の存在に気づいた人々は、最初は驚き怪しむが、やがてその情動は「恐怖」と「嫌悪」に変わる。プリンス・プロスペローはこの「緋色をした恐怖(“the scarlet horror”)」(675)に対して、嫌悪と怒りの激情を露わにし、この人物を処刑するよう命じるが、プロスペローが示すこうした情動は、奴隷反乱の報に接したプランターのそれといえるだろう。

「夜盗の如く(“a thief in the night”)」(676)忍び込んだ赤死病によって崩壊するプロスペローの城とは、サン＝ドマングの事例に触発されるか、あるいはアボリショニストに煽動されるかして起こりうる、奴隷反乱の感染に怯えるアンテベラム期のアメリカ南部社会といえるだろう。物語の最後、廷臣たちは赤死病を象った人物の仮面を引き剥がすが、その仮面の後ろには「顔がなく、何らの形をなすものがない(“untenanted by any tangible form”)」(676)ことに戦慄する。この物語において、赤死病として描かれる緋色の恐怖、すなわち奴隷反乱を

「感染」させる発生源が「表象しえないもの」とされていることは、アンテベラム期のアメリカにとって「思考しえないもの」であったサン＝ドマングないしハイチの存在に通じるように思われる。

ポーの小説には、「赤死病の仮面」のほかにもサン＝ドマングを意識したと思われるものがある。暗号の解読による宝探しの物語である「黄金虫」（一八四三年六月二八日にフィラデルフィアの『ダラー・ニュースペーパー』に掲載）がそれである。この物語は、サウス・カロライナ州チャールストンの沖合にあるサリヴァン島を舞台とするが、生計を立てるために軍隊に入隊したポーは、一八二七年一一月から翌年一二月までの一年ほどチャールストンに住んでおり、この島のムールトリー要塞に駐留していた。

一七九〇年代にサン＝ドマングの革命が激しくなると、この仏領植民地からの避難民が何千人という規模でアメリカの東海岸の町に押し寄せ、一七世紀末のユグノーの移民以来、アメリカにフランコフォンの移民が急来するという事態が生じていた (White 11)。[2] チャールストンもそうした町のひとつであった。同時に、この土地には、アメリカでは珍しく白人と黒人との間に、自由な有色人（ムラート）の階層が存在する、三層構造の人種社会が形成されていた。この有色の自由人たちは黒人との違いを強調する意識が強いグループで、自由なムラートで肌の色が薄い（茶色）者のみが入会できる「ブラウン・フェローシップ協会 (Brown Fellowship Society)」（一七九〇年に結成され一九四五年まで存続）という排他的な互助団体を結成していた。一八二二年に、チャールストンで、サン＝ドマングの奴隷蜂起を手本とするデンマーク・ヴィージー (Denmark Vesey, c.1767–1822) による奴隷反乱の計画が発覚し、ヴィージーを含む首謀者が絞首刑になるという事件が起こるが、この奴隷反乱を未然に防いだのは、ムラートの自由黒人であった (Ritchett 147)。こうした肌の色の濃淡に基づく人種のヒエラルキーは、サン＝ドマングなどカリブ海のフランスやスペインの植民地に定着したものであるが、アメリカでは珍しい白人、黒人、ムラートからなる人種の三層構造をチャールストンにもたらしたのが、サン＝ドマングから到来したムラートたちであった。[3]

しかし、ポーの「黄金虫」は、そうしたチャールストンの現実の人種の状況を反映してはいない。主人公のルグランはフランス系であると描かれているが、サン＝ドマングとの連想を絶つかのように、最近カリブ海から渡ってきた避難民ではなく、ずっと古い時代にニューオリンズに渡ってきたユグノーの子孫だと述べられている。また、そのルグランに従うことがまるで権利であるかのように、「マッサ・ウィル」のそばを離れない黒人の従僕のジュピターも、ポーの作品では珍しく奴隷ではなく、「自由の身」であると明言されているが、彼は自由黒人ではなく、「ルグラン家が没落する以前に奴隷の身から解放されたものだ (“who had been manumitted before the reverses of the family”)」(807) とされている。つまり、「黄金虫」は、ルグランとジュピターとの関係に、一七九〇年代からのサン＝ドマングとチャールストンとの繋がりという、最近の政治的、人種的状況を反映することなく、アメリカ南部の奴隷制度と南部紳士の温情主義をその文学テクストの背景とすることで、成立する冒険物語なのである。

「赤死病の仮面」や「黄金虫」にみられる、南部の奴隷制社会にとって奴隷反乱の恐怖や嫌悪を喚起するサン＝ドマングの消去は、ハイチという国家に対するアメリカの非承認ないし黙殺や、アボリショニストたちによるハイチの否定という政治的、社会的状況に、文学の言説が連動したものといえるだろう。しかし、抑圧ないし消去されたテクストに上書きされた表面上のテクストが、元のテクストの構造に支配され、それを浮かび上がらせているという点において、ポーのテクストはパリンプセストだといえる。

ポーの小説にパリンプセスト的に現れるサン＝ドマングの影を確認した上で、一八一九年に出版されたロバート・C・サンズの知られざるヴァンパイア小説を考察してみたい。この小説に、ジェファソン政権に始まるハイチへの対応など、公的言説がハイチ革命を忘却し、思考しえないものとして抑圧する時代にあって、同時代の文学的想像力はどのように抑圧に関わる強い不安、恐怖や嫌悪といった情動に表象の受肉を与えるのか、そしてどのようにアメリカとサン＝ドマングの繋がりを想像／創造するのかをみることができるだろう。

四．白いヴァンパイア／黒いヴァンパイア——ロバート・C・サンズ「黒い吸血鬼——サント・ドミンゴの伝説」

バイロンの『邪宗徒』(*The Giaour*, 1813)、また彼のお抱え医師であったジョン・ポリドリによる「吸血鬼」の出版に示されるように、一八一〇年代から、ヨーロッパ近代文学にヴァンパイアが登場するようになる。一八一九年に出版されたロバート・C・サンズのヴァンパイア小説は、バイロンの一節をプロローグとし、ポリドリの引用をエピローグとするなど、先行するヴァンパイア・テクストを意識したものである。しかし、サンズのヴァンパイア小説の注目すべき点は、その序文において、ポリドリの小説を「白いヴァンパイア」と呼び、自身の小説を「黒いヴァンパイア」と称するなど、ヴァンパイアを人種の表象としていることである (Sands qtd. in Barger 147)。さらにこの小説では、奴隷反乱が起こる直前のサン＝ドマングが物語の舞台に設定されており、ヴァンパイアの起源をアフリカのギニーからの黒人奴隷とし、その血統が、黒人奴隷と白人プランターの未亡人との間に生まれた子供、すなわちムラートの血に継承されていくことが描かれている。つまり、サンズによるアメリカ初のヴァンパイア小説は、奴隷制度と植民地支配を共有するアメリカとカリブ海地域との繋がりというトランスナショナルな地政的空間において想像されたものである。

サンズのヴァンパイア小説のあらすじは、次のようなものである。

アフリカのギニー海岸からフランスの奴隷船で、黒人たちが奴隷としてサン＝ドマングに運ばれてくる。奴隷たちは、イチゴ腫 (yaws) という熱帯の病気にかかり、一人の少年を残して死んでしまう。この少年を買ったペルソンヌ (Mr. Personne) というプランターは、少年が痩せているため労働に適さないと思い、頭を殴って海に投げ込む。少年は何度も海に投げられたり、火を放たれたりするが、「サタンかオビア (Obi, Obeah) のように」生き返り、逆にペルソンヌが大やけどを負ってしまう。屋敷に戻ったペルソンヌは、妻のユーフィーミア (Euphemia) から、まだ洗礼を受けていない息子がミイラのようになって死んでしまったと知らされる。その知らせを聞いたペルソンヌはショックを受け、その場で絶命する。

それから一六年の歳月が流れ、その間にユーフィーミアは二度結婚し、三人目の夫の喪に服している。ある日、二人の見知らぬ者が彼女のもとにやって来る。一人は背が高く、ムーア人のプリンスのような豪華な衣装を纏ったコンゴのアポロともいうべき黒人の紳士で、彼はヨーロッパ人のゼムボ (Zembo) という、白人の小姓を従えている。黒人紳士は、自分の家来が捕虜とした奴隷たちを自分で売買するためにこの島にやって来たのであり、少年は奴隷商人が残した孤児であるという。このブラック・プリンスの風采や会話には、抵抗できない魅力があり、彼から求婚を受けた未亡人のユーフィーミアは、黒人との結婚をしぶる司祭の忠告をものともせず、その日のうちに結婚する。

真夜中にブラック・プリンスとゼムボによって三人の夫と息子が眠る墓に連れてこられたユーフィーミアは、プリンスがなにか異様な術をするのを目撃する。気絶したユーフィーミアが目を醒ますと、胸に血の傷があり、自分が「吸血鬼」(159) になっていることを知る。また、最初の夫のペルソンヌが墓場から生き返っている。二番目の夫マルカン (Marquand)、三番目の夫ドュボワ (Dubois) も生き返り、互いにユーフィーミアを巡って争いをはじめる。そこにブラック・プリンスが介入して、自分はペルソンヌが買ったあの少年であること、ゼムボは亡くなった彼らの息子であることを告げる。さらに、島は奴隷反乱がまもなく起こる危険な状態であるから、港に停泊したヨーロッパ行きの船で、すぐに立ち去るようにと言う。

しかし、島を去らなかったペルソンヌ夫妻は、一七九一年八月一四日、サン＝ドマングの奴隷蜂起に繋がったブックマンによるカイマンの森の儀式を思わせる魔術の光景を目にする。その儀式では、奴隷たちとヴァンパイアが一堂に会しており、やがてブラック・プリンスが演説を始める。その演説の言葉とは次のようなものである。

崇高で魂を奮い立たせる話をしよう。ニグロの解放を！　サン＝ドマングの土地を、これまで亡くなった同胞のために清めようではないか。(中略) キャラコや綿布と引き替えに売られた者であろうが、銃や弾丸と引き替えに売られた者であろうが、鎖や縄に掛けられて来ようが (中略)、サン＝ドマングに陸揚げされたその瞬間から、われらの魂は、まるで水を吸ったスポンジのごとく膨れ上がるのだ——われらの肉体は、殻を破ったゾウムシのように晴れやかに足枷を裂き切り、われらの魂は、索を断ち切った気球のごとく高く舞い上がる。おお、兄弟たちよ、われらは自由になるのだ。足枷を溶かし、鎖を解きはなって自由の身となり、救済され、解放されるのだ——全面的奴隷解放 ("Universal Emancipation") の守護霊によって解き放たれるのだ!!! (166–67)

プリンスの炎のような演説のさなか、銃剣を持った兵士たちが突入する。奴隷たちとヴァンパイアはともに戦うが、彼らの連合はうまくいかず、ブラック・プリンスは戦いのなかで絶命する。敗戦の原因は、奴隷たちが攻撃を受けて傷つくのに対し、ヴァンパイアは「ナインピンのように」(168) 立ち上がるのを見て、奴隷が憤り逃げてしまうという、奴隷とヴァンパイアの連合の失敗にある。

戦いが終わり、ペルソンヌ夫妻とゼムボ (洗礼を受けてバラバス (Barabbas) という名になっている) は、残りの人生を「まるで熱帯の夜のように穏やかに」(169) 過ごす。ヴァンパイアと化していたユーフィーミアとペルソンヌは、ブラック・プリンスが持っていた薬を飲んで元の状態に回復する。

物語はその最後で、ユーフィーミアと四番目の夫ブラック・プリンスのあいだに生まれた子供に触れる。

ペルソンヌ夫人の四番目の夫の子供はムラートで、ヴァンパイアの性質を持っていた。ブラック・プリンスの調合薬をすでに使い切ってしまっていたため、母親のユーフィーミアもペルソンヌ氏も、そのヴァンパイアの性質を治すことはできなかった。

賢い読者は（そういう読者がいるとすればだが）、物語の冒頭で述べたアンソニー・ギボンズ氏の名前を覚えておられると思う。彼については、その後何も述べてはおらず、彼の冒険譚はより適切な機会がきたときにゆずらねばならない。彼は最後に言及したムラートの直系の子孫なのである。そして、今ご披露しているこの物語の原稿は、彼の祖先から彼に受け継がれたものである。

彼はニュージャージ州のエセックス郡の住人である。これは言っておかねばならないが、エリザベスタウンに住む同名の御仁とは何の関係もない。（中略）このエリザベスタウンの人はたいそう立派なおなかをしておられるが、その先祖の墓に横たえられたとき、どうかヴァンパイアの餌食になりませんように!!!

（169–70　強調引用者）

サンズの物語は、ブラック・プリンスとフランス系白人女性とのあいだに生まれたムラートの子供が、ヴァンパイアの性質をもち、アメリカの東海岸に移り住んでいることを告げて、幕を閉じる。そして、彼の出自を知らぬ者には「白人」として通っていることを示唆する。

サンズの小説で描かれたヴァンパイアとは何を表しているのであろうか。この小説は、サン＝ドマングで起こった奴隷反乱は兵士によって制圧され、白人支配が回復すると描いており、ハイチ革命は成就しないとするなど、史実を反映してはおらず、その意味でハイチ革命の抑圧という公的言説と通じる。その一方、奴隷反乱が制圧される理由を、小説はヴァンパイアと奴隷との連合の失敗によると描くが、これは現実にサン＝ドマングの革命で起こった、黒人奴隷と自由有色人 (gens de couleur) との反目を反映するもので、ヴァンパイアとは自由有色人を指したものと考えることができるだろう。

この物語の前半では、ユーフィーミア、ペルソンヌ、ゼムボなど、ブラック・プリンスの術でヴァンパイアと化す白人が描かれている。しかし奴隷反乱のあとで、ヴァンパイアとして登場するのは、黒人のヴァンパイアのブラック・プリンスであり、彼の血とヴァンパイアの性質は、ユーフィーミアとのあいだに生まれたムラートの子供に受け継がれる。しかも、白人のヴァンパイアは薬でその性質が解毒されるのに対し、ムラートのヴァンパイアのそれは消すことはできないとされる。さらに、そのムラートのヴァンパイアの子孫は、サン＝ドマングからアメリカに移住し、白人としてパッシングしながら、その混血の血とヴァンパイアの性質を子供たちに継承していると描かれる。つまり、サンズがその小説で造型したアメリカ初のヴァンパイアとは、カリブ海の島からいつの間にかアメリカに忍び込み、黒人と白人の血を混ぜながら、人種の境界を浸食してゆくムラートなのである。

サンズが描く「いつの間にか」アメリカに忍び込むムラートのヴァンパイアに、ポーの「夜盗のごとく」忍び込む赤死病の人物を重ねてみることもできるだろう。また、ポーは「赤死病の仮面」の冒頭部で、奴隷反乱の感染のトロープともいえる赤死病の徴は「血」であり、その「血」はとりわけ「顔」に顕れると描くが、その「顔に顕れる血」という表現に、異なる人種の血が混じったムラートの顔貌を思い描くこともできるだろう。

五．サン＝ドマングのムラート――「怪物的な異種混淆性」

アメリカ初のヴァンパイア小説であるロバート・C・サンズの「黒い吸血鬼」は、ジェファソンのハイチ政策にみられるように、公的な言説がハイチとの関係を抑圧する時代のさなか、アメリカとハイチの隠された繋がりを浮上させ、それをムラートの表象に結実させることで、「混血の血の侵入とその継承」として描き出す。サン＝ドマングの奴隷反乱が起こったとき、アメリカのプランターたちが抱いた最大の恐怖は、南部の白人社会への奴隷反乱の伝播と、白人と黒人の血の混合であり、彼らはこの二つのものは同時発生であり同一現象であると考えていた。奴隷反乱と黒人の血――これらの「黒さの感染」をもたらすのが「混血のムラート」であった。サン＝ドマングの奴隷反乱以降、建国初期のアメリカではしばしば奴隷反乱を企てる煽動が伝えられるようになるが、そうした煽動に関わるのは混血のムラートだとみなされていた。一七九三年に当時国務長官であったトマス・ジェファソンが、サン＝ドマングからの避難民から得た奴隷反乱の計画の情報をサウス・カロライナ州知事ウィリアム・ムールトリーに伝える手紙は、そうしたムラートによる煽動の一端を伝えている。ジェファソンは、一二月二三日付のその手紙のなかで、フィラデルフィアからチャールストンに向かおうとする奴隷反乱の煽動者の「カスタン (Castaing) は、小柄で肌の黒いムラートで、ラシェーズ (La Chaise) は、背の高い均整のとれたクアルテロン（“a Quarteron”＝四分の一黒人）」だと書いている。

ブルース・デインは、「サン＝ドマング」はアメリカにおいて十分に論じられることはなかったが、奴隷反乱の黙示録として、人種をめぐるサブテクストとして、「常にそこにあった」(Dain 111) と論じる。そして、

「ハイチ革命という妖怪は、アメリカにおける人種に関する言説を変化させた」(83) という。ハイチ革命前後でアメリカにおける人種の捉え方は変わり、ハイチ革命以前は黒人と白人の二つに分離されていた人種概念は、ハイチ革命以後は、人種交差的となり、状況次第で動く「偶発的 (“contingent”)」(82) なものになったという。

マーリーン・L・ドートは、ハイチ建国直後の一八〇五年に出版され、イギリスとアメリカの両方で広く読まれたという、イギリス人海軍将校マーカス・レインズフォードによる『黒人帝国ハイチの歴史』(*An Historical Account of the Black Empire of Hayti*) を取り上げ、この書がその後の英語圏社会におけるサン＝ドマングの奴隷革命に関するイメージをつくり出したと論じる。そしてその影響は、C・L・R・ジェイムズの『ブラック・ジャコバン』(*The Black Jacobins*, 1938) にも及ぶという。レインズフォードは、トゥサン・ルヴェルチュールを「ニグロ」というより「ブラック」と呼び、教養があり、善意の持ち主で人間的であったと描くが、そうしたルヴェルチュールと対照的なのが、ヴァンサン・オジェなど「ムラート」の革命家たちであるという。レインズフォードは、オジェ兄弟とその反乱を「怪物的な異種混淆性 (“monstrous hybridity”)」として、また「人種的不適合 (“racial incongruity”)」という比喩で描き出しており、「教養を備えた」という言葉とともに「凶暴さ」や「恐怖」という言葉が並び、彼によって「ムラート」とはとりわけ「矛盾したもの」という連想を帯びるようになったとする。

ロバート・C・サンズによるアメリカ初のヴァンパイア小説は、カリブ海に誕生したハイチという国の存在を「思考しえないもの」として抑圧する時代にあって、ハイチとアメリカとの関係を血の繋がりとして描き、両者の類縁性や近似性を伝える。その小説は、ハイチ革命を、白人プランターと黒人奴隷とのあいだに生まれる有色の子供、つまりムラートをめぐる家族のドラマとして描出する。ジェファソンやレインズフォード、そしてエドガー・アラン・ポーやロバート・C・サンズへと連なるハイチをめぐる政治と文学の言説から、奴隷反乱を煽動し、密かにその混血の血とともに反乱の恐怖を感染させるものという、ムラートの表象が浮かび上がるのである。

一九世紀初頭のハイチ建国の時代、南のカリブ海から感染してくる奴隷暴動の脅威に晒されていたアメリカで、ムラートは奴隷暴動の恐怖を運んでくる媒体と考えられていた。この人種的に異形なるものに対するイマジナリーは、不安や恐怖という情動とともに、当時ポリドリの小説をはじめとして、新たなモンスターとしてそのイメージが広がりつつあったヴァンパイアという文学的表象に、その投影の場を見いだしたといえるだろう。

註

1 「黒い吸血鬼」は、一八一九年六月『ニューヨーク・イヴニングポスト』にユライア・デリック・ダーシー (Uriah Derick D'Arcy) の名で出版され、好評であったため同年八月同紙にその拡大版が掲載された (Bray 1–2)。サンズがこの小説の作者とされたのは、彼の死後の一八四五年一月号と二月号の『ニッカーボッカー』誌に「サンズの遺稿」としてその短い編集版が掲載されたときである。本論ではサンズの「黒い吸血鬼」を論じるにあたり、アンドリュー・バージャーが編纂したテクストを使用している。初版の際、サンズはこの物語をユライア・デリック・ダーシーの偽名で発表したが、これはサンズとコロンビア・カレッジの同窓であるリチャード・ヴァリック・デイ (Richard Varick Dey) のアナグラムであり、デイが用いたペンネームである。バージャーは、サンズが偽名を用いた理由として、ヴァンパイア小説であることに加えて、「ニグロの解放」を支持する反奴隷制の要素をもつこと、およびサンズが一八一七年に発表した詩「ヴォーモンドの花嫁 ("The Bridal of Vaumond")」が、ニューヨークの文壇で酷評を受けたことによるものとする (Barger 146–47)。これに対しブレイは、この小説がワシントン・アーヴィングとニッカーボッカー・グループに対する秘められた揶揄や攻撃を含むとしながらも、デイ自身が発行していた雑誌とスタイルが似ているとして、作者はサンズではなく、デイではないかと論じている (Bray 19, n.4)。

2 ハギンズは、一七九五年以降、サン＝ドマングの難を逃れてアメリカに数多く到来したグループとして、ムラートの移住者を挙げる。彼らはチャールストン、サヴァナ、モビール、ニューオリンズなど南部の港町に移り住み、「正常から逸脱した存在であり、白人、黒人、ムラートの三つのカーストの存続という、これまた逸脱した人種構成をつくり出す者として」(Huggins 190–91)、不安の対象となっていた。エイミー・クルーキーは、マーガレット・ミッチェルの『風とともに去りぬ』のオハラ家がアイルランド系の出自であることに加えて、フランコフォンの血統であることに注目する。スカーレットの母方の曾祖父「プルードン (Prudhomme)」は、ハイチ革命を逃れてサヴァナに移り住み、この地で「ハイチの黒いジャングルで失った小国」(Clukey 521) を立ち上げようとした。クルーキーは、ミッチェルがスカーレットの「クレオールの祖先」を描き、アメリカ南部とカリブ海で共有されたプランテーション・コロニアリズムを物語の背景としていることに、一九一五年から一九三四年まで続くアメリカによるハイチ占領の口実となった、二〇世紀新プランテーション帝国主義との連続性を指摘している (522)。

3 「ブラウン・フェローシップ協会」など、「混血」の自由有色人は、奴隷制度を擁護し、自身も奴隷所有者である者もいた。リチェットは、チャールストンの自由黒人層の台頭は、「混血」のグループの発展から始まり、彼らは「肌の色、経済的・文化的地位、先祖も自由人であること」を重んじて、グループ内での結婚を繰り返し、「厳密なカーストライン」を維持しながらその数を増加させたという。チャールストンに最初の自由黒人が出現した時期ははっきりしないとしながらも、英領西インド諸島からの入植者がその起源ではないかと推測している。一七九〇年の初の国勢調査で五八六人であった自由有色人の数は、一八三〇年には二一〇七人になっていた (Richett 421–34)。

引用文献

Barger, Andrew. "Introduction." *The Best Vampire Stories 1800–1849*, edited by Barger, Bottletree Books, 2011, pp. 145–48.

Berlin, Ira. *Slaves Without Masters: The Free Negro in the Antebellum South*. 1974. New Press, 2007.

Boland, Charles Michael. *Ring in the Jubilee: The Epic of America's Liberty Bell*. The Chatham Press, 1973.

Bray, Katie. "'A Climate ... More Prolific ... in Sorcery': *The Black Vampyre* and the Hemispheric Gothic." *American Literature*, vol. 87, no. 1, March 2015, pp. 1–21.

Brickhouse, Anna. *Transamerican Literary Relations and the Nineteenth-Century Public Sphere*. Cambridge UP, 2004.

Clukey, Amy. "Plantation Modernity: *Gone With the Wind* and Irish-Southern Culture." *American Literature*, vol. 85, no. 3, Sept. 2013, pp. 505–30.

Dain, Bruce. *A Hideous Monster of the Mind: American Race Theory in the Early Republic*. Harvard UP, 2002.

Daut, Marlene L. *Tropics of Haiti: Race and the Literary History of the Haitian Revolution in the Atlantic World, 1789–1865*. Liverpool UP, 2015.

Dun, James Alexander. "'What Avenues of Commerce, Will You, Americans, Not Explore!': Commercial Philadelphia's Vantage onto the Early Haitian Revolution." *The William and Mary Quarterly*, vol. 62, no. 3, Jul. 2005, pp. 473–504. *JSTOR*, www.jstor.org/stable/3491532.

Goddu, Teresa A. *Gothic America: Narrative, History, and Nation*. Columbia UP, 1997.

Haspel, Paul. "Bells of Freedom and Foreboding: Liberty Bell Ideology and the Clock Motif in Edgar Allan Poe's 'The Masque of the Red Death.'" *The Edgar Allan Poe Review*, vol. 13, no.1, Spring 2012, pp. 46–70. *JSTOR*, www.jstor.org/stable/41507904.

Huggins, Nathan Irvin. *Black Odyssey: The African-American Ordeal in Slavery*. 1977. Vintage Books, 1990.

James, C. L. R. *The Back Jacobins: Toussaint L'Ouverture and the San Domingo Revolution*. 1938. Vintage Books, 1989.

Jefferson, Thomas. "From Thomas Jefferson to William Moultrie, 23 December 1793." *Founders Online*, founders.archives.gov/documents/Jefferson/01–27–02–0544. Accessed 5 May 2018.

Matthewson, Tim. "Abraham Bishop, 'The Rights of Black Men,' and the American Reaction to the Haitian Revolution." *The Journal of Negro History*, vol. 67, no. 2, Summer 1982, pp. 148–54. *JSTOR*, www.jstor.org/stable/2717572.

——. "Jefferson and Haiti." *The Journal of Southern History*, vol. 61, no. 2, May 1995, pp. 209–48. *JSTOR*, www.jstor.org/stable/2211576.

——. *A Proslavery Foreign Policy: Haitian-American Relations during the Early Republic*. Westport, Praeger Publishers, 2003.

Papenfuse, Eric Robert. *The Evils of Necessity: Robert Goodloe Harper and the Moral Dillemma of Slavery*. Philadelphia: American Philosophical Society, 1997.

Pinckney, Charles. "To George Washington from Charles Pinckney, 20 September 1791." *Founders Online*, founders.archives.gov/documents/Washington/05–08–02–0379. Accessed 5 May 2018.

Poe, Edgar Allan. "The Masque of the Red Death." *Tales and Sketches, Volume I: 1831–1842*, edited by Thomas Ollive Mabbott. U of Illinois P, 2000, pp. 667–78.

——. "The Gold-Bug." *Tales and Sketches, Volume 2: 1843–1849*, edited by Mabbott. U of Illinois P, 2000, pp. 799–847.

Polidori, John. "The Vampyre." *The Vampyre and Other Tales of the Macabre*, edited by Robert Morrison and Chris Baldick, Oxford UP, 2008, pp. 3–23.

Rainsford, Marcus. *An Historical Account of the Black Empire of Hayti*, edited by Paul Youngquist and Grégory Pierrot. 1805. Duke UP, 2013.

Ritchett, E. Horace. "The Origin and Growth of the Free Negro Population of Charleston, South Carolina." *The Journal of Negro History*, vol. 26, no. 4, Oct. 1941, pp. 421–37. *JSTOR*, www.jstor.org/stable/2715006.

——. "The Traditions of the Free Negro in Charleston, South Carolina." *The Journal of Negro History*, vol. 25, no. 2, Apr. 1940, pp. 139–152. *JSTOR*, www.jstor.org/stable/2714595.

Sands, Robert C. "The Black Vampyre: A Legend of Saint Domingo." *The Best Vampire Stories 1800–1849*, edited by Barger. Bottletree Books, 2011, pp. 149–70.

——. "Sands' Literary Remains: 'The Black Vampyre.'" *The Knickerbocker: or, New York Monthly Magazine*, vol. 25, January 1845, pp. 73–77.

——. "Sands' 'The Black Vampyre.'" *The Knickerbocker: or, New York Monthly Magazine*, vol. 25, February 1845, pp. 171–73.

Scott, Julius. *The Common Wind: Currents of Afro-American Communication in the Era of the Haitian Revolution*. 1986. Verso, 2018.

Trouillot, Michel-Rolph. *Silencing the Past: Power and the Production of History*. Beacon Press, 1995.

White, Ashli. *Encountering Revolution: Haiti and the Making of the Early Republic*. The Johns Hopkins UP, 2010.

図版

図1　ロバート・C・サンズの肖像（一八二九年ごろ、Asher Brown Durand 画）*The Writings of Robert C. Sands, in Prose and Verse*, vol. 1, NY: Harper and Brothers, 1835 に掲載された肖像画。

図2　プランテーション・ベル　Historic American Buildings Survey Alex Bush, Photographer, December 30, 1934. PLANTATION BELL.—Thornhill Plantation, County Road 19, Forkland, Greene County, AL www.loc.gov/pictures/collection/hh/item/al0209.photos.002510p/. Accessed 25 August 2016.

図版3『リバティー・ベル』のイラスト　Schomburg Center for Research in Black Culture, Manuscripts, Archives and Rare Books Division, The New York Public Library. "Broken chains under the Liberty Bell hanging from a tree" *The New York Public Library Digital Collections*. 1839–1846; 1847–1858–1848. digitalcollections.nypl.org/items/510d47da-75d7-a3d9-e040-e00a18064a99. Accessed 25 August 2016.

3

上野　直子

越境と人種という亡霊
——クロード・マッケイ、個人と文化のアイデンティティ

一．越境のクロノロジー

クロード・マッケイ (Claude Mckay, 1889–48) は様々な意味において越境の人だった。国家、人種、階級、イデオロギー、宗教、セクシャリティー、いくつものカテゴリーの境目を越えて生きた人だった。本稿では、彼が作家として旺盛な創作を行った一九二〇年代の二作、『ハーレムに帰る』(*Home to Harlem*, 1928) と『バンジョー』(*Banjo*, 1929) を取り上げ、越境のうちに書かれたテクストに現れるアイデンティティと帰属の問題を追ってゆく。そしてまた、彼の創作がどこで、どのような文化アイデンティティの構築と、どのように関係したのかも考えてみたい。二〇世紀の前半に黒人作家として生き、ひとりの黒人として、個人のアイデンティティを模索したマッケイ、彼の越境の軌跡を追えば、その背後で常に作用している人種という亡霊の姿をも見ることになるだろう。

大西洋をまたいで移動を続けたマッケイの人生の軌跡は、その物理的な移動をごく簡略に記すだけでもかなりの紙幅を要する。生まれたのは英国の植民地であったジャマイカである。一九一二年、二三歳で合衆国へ渡り、アラバマ、カンサスを経て、一四年にニューヨークで暮らし始めるが、五年後には、英国に移っている。二年で合衆国に戻るも、翌年には革命後のロシアへ。大歓迎を受けたロシアを後にすると、次はドイツを経て二三年にフランス、パリ。二四年から二八年までは、南フランスのマルイセユ。やがてマルセイユを離れ、スペインを経由して、北アフリカ、モロッコのタンジール、そしてカサブランカへ。サハラ以南まで動くつもりが、様々な事情から計画を変更し、スペイン、南仏、そして二九年に再びパリ。が、またすぐにタンジールに戻り、近郊のアラブ人の村にしばし腰を落ち着ける。しかし、やがて生活が立ちゆかなくなり、健康状態も思わしくなくなって、一九三四年、ほぼ一三年ぶりに合衆国に戻った。その後の人生は合衆国で過ごすことになる。そして、四八年にシカゴで亡くなり、ニューヨークに埋葬された（巻頭の世界地図を参照のこと）。

なぜこれほどに動いたのか。動かねばならなかったのか。それは、本稿のポイントのひとつではあるけれど、いましばらくは、彼のクロノロジーを追ってゆこう。書き手としてのキャリアを見てみれば、すでにジャマイカ時代、一九一二年に、白人パトロンの指導と支援を受けて詩集を二冊出版している。が、広く知られるようになったのは、一九一九年に合衆国で活字となった「死なねばならぬなら」（“If We Must Die”）によってである。合衆国で暮らしてはじめて、むき出しの人種差別に曝されたマッケイが、黒人としての闘いの決意を歌った詩であった。さらに二八年出版の小説『ハーレムに帰る』のヒットで、小説家としても注目されるようになる。この小説は、マッケイの出世作となると同時に、ハーレム・ルネサンス最大のベストセラーともなった。

ハーレム・ルネサンスは、一九二〇年代、ニューヨークのハーレムを中心に展開されたアフリカン・アメリカンの文学・文化運動で、当時は「ニュー・ニグロ・ムーブメント（New Negro Movement）」と呼ばれていた。かつて奴隷として拉致されてきた人々とその子孫たちは、彼ら、彼女らの労働が産み出した富で合衆国を創りあげ、また独自で豊かな生活文化を産み出してきたにもかかわらず、国民国家の歴史のなかでは、「文化」

の外側の存在としてステレオタイプ化されてきた。そのようなアフリカン・アメリカンが文学・文化の担い手としての名乗りをあげたわけである。

さて、ハーレム・ルネサンスについての事典レベルの記述のなかでは、きわめて詳しいといえる（A4サイズで一一頁の記述）アッピアとゲイツ編集の『アフリカーナ』(*Africana*, 1999) を見てみると、マッケイの紹介のされ方についておもしろい事実に気づく。彼について、「ハーレム・ルネサンス初の」という記述が二箇所もあるのである。「クロード・マッケイの『ハーレム・シャドウ』、ダンバー以来初の詩集」(Lewis, 926)、「黒人作家によるルネサンス初のベストセラー——マッケイの『ハーレムに帰る』」(934)、といったぐあいだ。取り上げられている表現者で、「初の」が二度つくのは彼のみで、この運動が認知される過程でマッケイが相当に重要な役割を果たしていることがわかる。ところが、その重要人物がカリビアンであり、ジャマイカの出身であることには触れられていないのである。

ここまで述べてきたことから、次のような興味深い事実が浮かびあがってくる。合衆国、ニューヨーク、ハーレムという、特定の場所に深く結びついた「アフリカン・アメリカン」の文学・文化運動を代表するひとり、マッケイは、ジャマイカからの移民であり、合衆国のアフリカ系という狭義の「アフリカン・アメリカン」ではなかった。さらに、運動が世間の注目を集めはじめたときには、彼はすでにニューヨークには、いや、合衆国にさえいなかったのである。マッケイは二〇年代のすべてを、大西洋の東で過ごした。ハーレム・ルネサンス初のベストセラー、題名もずばり『ハーレムに帰る』は、南仏、マルセイユで書かれているのだ。

二．ハーレム・ルネサンスの文化＝政治[1]

アイデンティティと帰属の模索、それは、ベストセラー『ハーレムに帰る』とその続編といってもよい『バンジョー』(*Banjo*, 1929) に共通する重要なテーマのひとつである。第一次世界大戦後の世界を、望むと望まざるとにかかわらず、黒人として生きたマッケイにとって、納得のいく存在のかたちとはどのようなものだったのだろうか。しかし、その肝心な話の前に、少々の回り道をして、ハーレム・ルネサンスの「文化＝政治」状況をみておきたい。

まず確認しておきたいのは、『ハーレムに帰る』をベストセラーにしたのは、アイデンティティ云々といったテーマではないということだ。この本が売れたのは、主たる購買層である白人中産階級の興味をかきたてる、「なんでもありの街、ハーレムの魅力」と、そこで暮らす「黒人の奔放な生活ぶり」が頁の間にたっぷりつまっているように映ったからだったのだ。

主人公のひとり、ジェイクは南部出身、ブルックリンの波止場で働く港湾労働者である。荷役の仕事で、「ちょいボス」といったところだったが、合衆国が第一次世界大戦に参戦すると、冒険を求めて志願し、彼の配属された黒人部隊はフランス、ブルターニュ地方のブレストに送られる。前線で戦うつもりだったのが、黒人であるがゆえに後方支援しかやらせてもらえない現実に幻滅して、勝手に除隊し(!)、フランス最大の軍港をあとにして、ロンドンへ向かい、そしてイースト・エンドで暮らし始める。物語は、こんなジェイクがしばし腰を落ち着けたロンドンから、二年ぶりにハーレムに戻ってくるところから始まる。「フィフス・アヴェニュー、レノックス・アヴェニュー、そして一三五番街、チョコレート色の女たち、くるみ色の女たちのいる街が彼を呼んでいる」(Mckay, *Home* 8) ハーレムに帰るジェイクの頭は「女たちの、そそられる茶色の脚」(8) とキャバレーでの楽しみのことでいっぱいだ。ジェイクにとっての懐かしいハーレムは、その日暮らしの仲間と、酒場と、女たちとの生活が待っている場所である。戻ったその日の晩、ある酒場のドアを開けた瞬間に、ひとりの「娼婦」が目にとまり、ジェイクとその女は愉快に一夜を過ごす。

ああ、二年ぶりのハーレム。この街の深い鮮やかな色。濃いんだ、とにかく。濃密で、肌に迫ってくる感じ。ハーレムのざわめき。砂糖をまぶした笑い声。通りでは蜂蜜みたいな会話。そう、一晩じゅう、ラグタイムと「ブルース」がどこかから聞こえてくる……どこかで誰かが歌い、どこかで誰かが踊ってる！ ハーレムの熱にやられちまう。黒い瞳のハーレムじゅうが燃えている……ジェイクの血も甘く燃える。(15)

次の朝、すっかり満足して女と別れた後で、ジェイクは払ったはずの五〇ドルが自分のポケットに戻されているのに気づく。愛らしいメッセージとともに。彼は、その後、様々な女と関わりを持ったり、暮らしたりしながらも、この名前も知らぬ女を思い続け、物語の終盤になって再会。その女、実は娼婦ではなかったフェリースが、一緒に暮らしていた男のもとを去り、二人してシカゴへと旅立っていくところで物語は終わる。

このようなまとめ方で語ると、恋愛小説なのかとも思われてしまうが、『ハーレムに帰る』にはいわゆる恋愛小説につきものの心理描写などは多くないし、そもそも主人公ジェイクは内省の人ではない。マッケイが、歯切れよくリズム感のある短文をつみあげ、独特の響きをもつ黒人労働者の英語をふんだんにまぶして描きだしたのは、小さなモラルなどお構いなしのピカレスク風俗小説とでも形容できそうな世界だ。主要な登場人物のほとんどは、南部やカリブ海地域から身ひとつでハーレムにやってきた独身の男たちである。体ひとつで稼ぎ、稼いだ金で飲み騒ぎ、下宿屋の部屋で体を休め、そしてまた次の日の労働がはじまる、そういう生活をしている。肉体労働者たちのほかに、酒場の経営者、怪しい金貸し、ヤク中、ドラッグ・ディーラー、ぽん引きなどもいる。男たちと、不安定な関係を結び、ときになぐさめあい、ときに敵対する女たちも、その日その日を自分の稼ぎで生きている。白人家庭のメイド、料理人、ウェイトレス、事務員、キャバレーの歌手、娼婦、といろいろだ。仕事を持っていても、パートタイムで娼婦を兼ねる者もいる。当然ながら、彼ら、彼女らの性的な関係は、当時のモラルの主流であった、安定した婚姻制を前提にした異性愛からはほど遠い。同性愛者も描かれるし、ひとりの人間が同時に複数の性的関係を持ち、波風が立ったとしても、それはそれ、生活の一部として消化されていく。

『ハーレムに帰る』のこの側面は、多くの読者を惹きつけるとともに、黒人の地位向上を目指す黒人「指導者」たちの怒りを買いもした。たとえば、アフリカン・アメリカン知識人の嚆矢、デュ・ボイス（W. E. B. Du Bois, 1868–1963）は、自らが編集する「全米黒人地位向上協会」（National Association for the Advancement of Colored People, NAACP）の機関紙『クライシス』（*Crisis*）に、この小説への不快感をあらわにした書評を書いている。本の出版から間もない一九二八年九月のことである。「クロード・マッケイの『ハーレムに帰る』は……そのほとんどに吐き気を感じた。なかでも特にいやらしい箇所を読んだ後には、風呂にはいりたくてたまらくなった」

(Du Bois 202)。このように書くほどの嫌いようだが、彼が嫌悪を覚えるのにも彼なりのまっとうな理由はある。『ハーレムに帰る』に描かれている、黒人たちのぎりぎりの暮らしと刹那的な楽しみ。大酒を飲み、歌い、踊り、あげくの果てには喧嘩騒ぎ、そして、男も女も性的な規範など存在しないがごとし。これでは白人たちが覗き見的に見たがっている、黒人のステレオタイプそのままではないか。黒人の地位向上にとっては有害以外のなにものでもない、というわけである。デュ・ボイスとは反目しあっていた、彼とは全く違うタイプの黒人指導者、マーカス・ガーヴェイ (Marcus Garvey, 1887–1940) もまた、『ハーレムに帰る』に我慢がならなかったようだ。ガーヴェイが一九一四年に設立した、世界黒人地位改善協会 (Universal Negro Improvement Association/UNIA) の週刊新聞、『ニグロ・ワールド』(*Negro World*)（発行部数としては『クライシス』を凌いでいた）は、二八年九月二十八日の第一面すべてを、『ハーレムに帰る』とマッケイへの批判に使っている。「『ハーレムに帰る』、クロード・マッケイの有害な本は、ニグロ全員から糾弾されてしかるべき」との見出しは、誌名とほとんど変わらぬほどの大きさの文字で印刷され、本文ではマッケイを「文学的娼婦」とさえ呼んでいるのである (Garvey 1)。

奴隷貿易廃止運動、奴隷制廃止運動の昔から、「黒人が書く」ということは常に政治性を帯びていた。なぜか。西欧の人文主義の伝統においては、文字を書く能力、また文字で高度な表現を物する能力が、人間性の証であると思われてきた。それと同時に、西欧の資本形成にどうしても必要だった奴隷制を正当化するために、黒人を劣位におく人種言説が醸成されて以来、黒人は知性やモラルの外側に置かれてきた。奴隷制のシステムは、新世界の黒人奴隷が読み書き能力を身につけぬように、心血を注いだ。そのような歴史を背景にすれば、黒人にとっては、文化表現は必然的に政治表現となる (Gates 7–15)。そして、文字による表現は、黒人の知性やモラルが白人に劣らないということを証明する「道具」だったのであり、マッケイが書いていたのは、まだそのような「証明」が必要であると考えられていた時代だったのだ。

マッケイ自身は、自作への褒貶半ばする評価をハーレムのはるか東、大西洋の向こう側で受け取った。大きく分けると、白人プレスからは絶賛され、黒人プレスの大半からは酷評を受けるという結果だった。金と名声のために人種を裏切ったという誇りに対して、マッケイは自分の描いた世界の価値を信じる、と腹を決めたようである。尊敬もし、影響も受けたデュ・ボイスからの酷評はつらかっただろうが、自分は「悔いるつもりも、改心するつもりない」と言葉を返したのだった。「『クライシス』の清らかな頁で、ただで洗礼を受けさせてもらえる恩寵に浴せるにしても、ご辞退したい、と「はっきり」もうしておきます」と述べ、「言葉のアーティスト」である自分には、デュ・ボイスの意向に沿うような「プロパガンダ」を書くことはできないと明言したのである。黒人の知識エリートの指導者は、差別撤廃と地位向上という課題達成に縛られすぎて、「芸術作品をナンセンスと、プロパガンダを芸術と判断する」錯誤を犯していると、マッケイは考えていた (Cooper 244)。

「死なねばならぬなら」で、理不尽な差別に対する闘いの決意を謳いあげたマッケイが、差別撤廃や黒人の地位向上に無関心であったはずがない。しかし、そのために、いまここに暮らしているマジョリティー、すなわち無産の労働者たちの人生のあり方を否定したり、白人の敬意を勝ち得るようなものに改変して描いたりする気は、彼にはなかった。心情としても、倫理としても、価値判断としても。マッケイは、合衆国に来てから物書きとしての生活を定めるまでの間、鉄道客車の給仕、飲食店のマネージャーなど様々な仕事をしながら食いつないだ経験があり、彼にとっては、まずはそういう世界が合衆国の黒人の世界だった。教育もなく、その身ひとつの力と知恵で日々を生き抜いている底辺のマジョリティーの存在を抜きにして、黒人の今を語ることはマッケイにはできなかったのである。登場人物を造形するにあたって「サンドペーパーをかけたり、ニスを塗ったりはしなかった」(Mckay, *A Long Way* 245) とも述べている。さらに、知識人層と労働者層の両方を直に知っていたマッケイは、知識人層に欠けているある種のポジティブさを労働者の生き方に見出してもいた。知識人たちが、白人と同等であるべきだと思うあまりに、常に苦悩を背負いこんでいるように映る一方、目の前の現実を精一杯に生きている労働者たちのほうが、その人生の地平は狭いとはいえ、存在の芯にブレがないように思われたのであった。

三．アフリカン・ディアスポラのハブとしてのハーレム

そろそろ、マッケイが模索したアイデンティティと帰属という論点に戻っていくことにしたい。前述したとおり、マッケイは「プロパガンダ」としての文学を拒み、黒人プロレタリアートの生活を描いた。とはいえ、文学テクストは当然のことながら現実そのものではありえない。やはり、テクストには彼なりの理想が投影されているし、また、その理想の担い手は、平均的なプロレタリアートでもない。知識人よりも労働者のほうが

より人間らしく、生命力に溢れ、人生を直接的に楽しんでいるように思われる。それは一面の真理であったかもしれないが、無産の黒人労働者たちの状況が過酷なものであり、その過酷さをものともしないほど人は強くも賢くもないことを、マッケイはよく知っていた。また、多くを望まぬがゆえに享受できる生命のかがやきが長くは続かないことも、時折の洞察に恵まれる人生の多くが先すぼみであることも、経験からよく知っていた。それゆえに彼は、自分なりのアイデンティティ・モデルを模索するにあたって、「例外的」な労働者を、それもタイプの違う二人を創りだしたのである。前節の初めで紹介したジェイクと、その彼と対照的な知性と内省の人、いつかは物を書きたいと思っているレイである。生活の必要と直感だけを行動原理に、仕事から仕事へ、女から女へを渡り歩くストリートワイズなジェイクは、並外れて生き生きとした精神にも恵まれ、金に困っても「スト破り」はしないなど、自分なりの倫理感も持っている。マッケイ自身を彷彿とさせるレイはといえば、知性の人ではあるが、彼の知性は自らの限界に敏感で、それでも絶望はしない勁さを持っている。『ハーレムに帰る』は、この二人の男が出会い、友情を結び、相手の生き方のなかに、それまでの自分に欠けていたものを見出し、人生の次のステップに踏み出していく物語とも読めるのだ。

二人が出会うのは、第二部の幕開けの部分においてである。小説のはじめでは、ハーレムに戻る喜びを歌っていたジェイクであったが、第一部の終わりでは、そこでの人間関係と暮らしに少々嫌気がさし、ころがりこんでいた女のアパートから出て行く。このままハーレムでの暮らしを続けていると、自分がダメになってしまうような気がし始めたのである。そして、鉄道の食堂車での仕事をみつけ、週の大半をニューヨークからピッツバーグへ、あるいはフィラデルフィアへと、移動しながら過ごすことにしたのだった。その職場、つまり、移動する列車のなかでレイと出会うのである。休憩時間に、仲間からはなれてひとり本を読んでいるレイに興味をもったジェイクが彼に話しかけてきたのが、二人の友情の始まりであった。レイの読んでいた本は、ドーデの『サッフォー』。ジェイクが「よくそんなにフランス語がわかるなあ」と、フランスでの生活で身につけた片言で問うと、自分は「ハイチ生まれで、僕の母語はフランス語なんだ」、との答えが返ってくる (Mckay, *Home* 130)。ここから、ジェイクの前に、かつて知らなかった大きな世界がひらけていくのである。

ジェイクはフランスや英国に暮らした経験はあっても、合衆国のすぐ近くに位置するハイチというカリブの島を知らなかった。ハイチが、奴隷たちが蜂起して、フランスから独立を勝ち取った国であることも、彼には初耳であった。「ジェイクは知りたくてたまらない大きな子どものように」(131)、レイを質問攻めにし、その話に聞き入る。ハイチを独立に導いた英雄トゥサン・ルヴェルチュール、イギリス・ロマン派の詩人ワーズワースがトゥサンを讃えて書いた詩、アフリカにかつて存在していた様々な文明の存在、シバの女王とソロモン王の伝説、シバの女王の故郷とされ、アフリカで唯一独立を守っているエチオピア。合衆国の黒人とは異質な歴史体験を持つハイチ出身の知識人レイによって、ジェイクの前に、アフリカン・ディアスポラのひろがりと、黒人の歴史とが提示されるのである。この体験はジェイクにとって「美しい啓示」であり、彼は「夢のなかを、豊かで鮮やかな色の夢の中を通ってきたように感じる」(134) のであった。

ジェイクはとてもアメリカ的な気質の持ち主で、脳天気なヤンキーにありがちな、外国人を軽蔑してかかるところが少しばかりあった。アメリカの黒人である彼は、よそからやってきたニグロをさげすみの目で見ていた。アフリカはジャングル、アフリカのニグロは野蛮な人食い人種。西インド諸島のニグロは猿野郎、という調子だった。けれども今、彼は、色鮮やかな世界地図を目の前にした子どものように感じていた、世界の不思議を感じていた。(134)

世界のひろがりと知識の力に気づくと同時に、ジェイクは自分の限界を鋭く意識するようになる。教育もなく、知識もない自分には、世界を理解できないし、自分を取り囲む世界の成り立ちを理解できなくては、現状から抜け出すこともできない、今のままの自分では、やがて力つきてゆく孤独な狼も同然だと感じるようになるのである。

一方レイは、白人の文化をたっぷりと吸収して育ってきた。子供時代には、『レ・ミゼラブル』、『ナナ』、『アンクル・トムの小屋』、『デイヴィッド・カッパーフィールド』、『ニコラス・ニックルビー』、『オリヴァー・トゥイスト』といった、仏、英、米の小説を読み、ジェイクとは違う「正しい」英語を操る。父は政府の役人であった。恵まれた少年時代であったが、一九一五年、合衆国のハイチ占領が起こり、占領に真っ向から反対した父が海兵隊に殺害され、レイ自身はハイチを後にして合衆国にやってきたのだった。

合衆国での生活はレイにとっての「洗礼」だった。ハイチで中産階級的に育った彼が、はじめて底辺のニグロの現実を経験したのである。ワシントンの黒人大学、ハワード大学に入学するも、生活のために学位の取得は断念。仕事を探しにニューヨークに出てきて、ハーレムで暮らし始める。一文無しのレイは、大の男が四人で一部屋に眠るという下宿に住み、親切な下宿の女主人が紹介してくれたフリーランチ・サロンでの仕事(奥の部屋では売春も行なわれている）につく。下宿屋の別の部屋には、心根のよい娼婦とポン引きカップルが住んでおり、レイはこの二人と仲良くなる。自分の女に売春をさせてはいても、その女を愛している男は、女が突然の病に倒れて死ぬと、絶望して自殺してしまう。このような経験をとおして、レイは自分の知らなかった現実に目覚めていくことになるのだ。

そして大きな世界はといえば、第一次世界大戦とロシア革命に揺れており、その変化の行方は、これまでの世界に対する解釈枠では想像しきれない。レイは、自分の目の前の黒人の現実と、激動の世界を見つめながら、教育や教養の無力さを悟る。尊敬してきた「バーナード・ショー、イプセン、アナトール・フランス、そして偉大な論客、H・G・ウェルズ」(225)らの叡智でさえも、現実を生き抜く指針にはもはやならないように感じている。偉大な先駆者たちは「究極の世界正義の旗を振っている。彼らの思想は、素晴らしく、痛烈で、批評眼とアイロニーに富み、精神を研ぎ澄ましてくれながらも、哀れみを掻き立てる。しかし、それらはみな、今世紀の世界の巨大な墓場に散っていくのだ」(227)と、嘆息するのである。「今世紀の巨大な墓場」を、いかに「黒人」として生きるのか。レイはそれを、書物ではなく、経験を通して模索しようと考えるようになるのである。

ジェイクにとっても、レイにとっても、気づきは移動を要請する。『ハーレムへ帰る』は主人公ジェイクのハーレムへの帰還から始まったが、物語の終盤では二人はハーレムを後にし、人生の次の段階へと踏み出していく。ジェイクはシカゴへ、そしてレイはオーストラリアを経て、ヨーロッパへと向かう貨物船の食堂給仕として旅立つ。小説に描かれるハーレムは、ジェイクとレイという、異なる存在の軌跡をもった二人のアフリカン・ディアスポラが出会い、変化し、次の移動へと旅立つための場所であった。南部出身のプロレタリアートであるジェイク、世界史上初の黒人共和国ハイチの中産階級出身のレイ、彼らの人生にとって、ハーレムはダイナミックな仲介地であったといえるだろう。

現実のハーレムもまた、アフリカン・ディアスポラのハブとでもいうべき場所であった。二〇世紀の幕開けから、ハーレムは、さまざまな歴史と文化を背負う、異質なアフリカン・ディアスポラたちが、コミュニティ規模の日常的な出会いを経験する、歴史上それまで類をみない場所へと変貌しつつあった。そこでは、合衆国北部の黒人と、奴隷制の経験をまだ生きた記憶として持つ南部の黒人が出会っただけではない。一九〇〇年から一九三〇年の間に、四万人のアフリカン・ディアスポラが合衆国の東からハーレムにやって来たのだ。イギリス領カリブ地域の出身者がいちばん多かったが、他の言語圏のカリブ地域、またアフリカからもコンスタントに人々は動いて来た。最も移民が多かったのは一九一一年から二四年までで、その八二%が英語圏カリブからの移民。三〇年の段階で、ハーレムの住民の二五%、四分の一が、合衆国の外で生まれ育った移民だった。合衆国初の、いや、歴史上はじめての、西欧世界における黒人の文学・文化運動の拠点となったハーレムは、実はアフリカン・ディアスポラのハブだったのだ。マッケイが、『ハーレムに帰る』で描いたのは、奴隷貿易によって――大西洋奴隷貿易は、西洋近代を形成した大きな要素のひとつである――新世界の様々な場所に散った人々が、大西洋の東で再びの出会いを経験する場所だったのである。(Watkinson-Owen 165–66)

マッケイ自身も、そのような移動する人々のひとりとして合衆国にやって来た。そこで作家としての本格的なスタートを切り、また初めてむき出しの人種差別を経験した。しかし、すでに述べたとおり、合衆国に腰を据えることはなく、後年彼の名を残すことになる作品は、大西洋の向こう側で書かれている。なぜ、ひとところに留まらず動き続けたのか。ヨーロッパと北アフリカで十数年を過ごした後に、それは、肌の色のためだった、とマッケイははっきりと書いている。「それでは、僕の心をいちばん悩ませていたのは何なのか。それは肌の色の問題だった。僕がひとところに落ち着けない根本には、肌の色を意識せざるをえないということが関係していた」(*Mckay, A Long Way* 245)。肌の色の問題を考えるために、詩を、小説を書くわけではない。文学を抗議のツール、あるいは人種の地位向上のためのプロパガンダとはしたくない。しかし、合衆国における黒人の文化表現をめぐる政治は、黒人がただの個人として書くことを困難にしたのだった。

マッケイにとっては、自らが知っている黒人の生活を、黒人人口の大半を占める底辺の労働者の人生を、まずは巧みな言葉で描き出すことが、リアルなアイデンティティと帰属を模索するための第一歩であったに違いない。そして言葉という自由のなかで、彼らの可能性を紡ぎ出そうともしたのだろう。例外的なプロレタリアート、ジェイクとレイは、そのような心的要請によって造形されたように思われる。『ハーレムに帰る』で始動したアイデンティティの模索は、次作『バンジョー』へと、引き継がれる。大西洋の彼方の、もうひとつのブラック・ディアスポラのハブ、マルセイユの港で、読者は再びレイに出会うのである。

四．アフリカン・ディアスポラとアイデンティティ

『バンジョー』で描かれるのは、一九二〇年代のマルセイユの港、その「どぶ」('Ditch')と呼ばれる一角で繰り広げられる元船員の流れ者たちの生活である。男たちの中心にいるのは、バンジョーの名手ゆえに「バンジョー」という名前で知られている、合衆国南部出身のリンカーン・アグリッパ・デイリーだ。『ハーレムに帰る』のジェイクを彷彿とさせるバンジョーをはじめとして、モールティー、ジンジャー、デンゲルなどなど、それぞれの事情でマルセイユの「どぶ」に流れてきた男たちは、半端仕事をしたり、物乞いをしたりしながら食いつなぎ、安ビストロに集まっては酒を飲み、踊り、音楽をやり、女を探し、そして語りあう。そういう男たちの間に、船員となってハーレムを後にしたレイが加わるのである。言葉で自己を表現したいという思いがますます強くなったレイは、これまでも、想像力を刺激されるまま、さまざまな港に滞在してきたのだが、このマルセイユをことのほか興味深く感じ、「どぶ」の仲間のなかに、ひとときの居場所を見いだしているのだった。

アフリカン・アメリカンとはいかなる存在なのかを考えるにあたって、マルセイユは絶好の場所であったようだ。そもそも『バンジョー』は、一九二六年夏のマッケイ自身のマルセイユ滞在を素材としており、この作品でのレイは、前作以上にマッケイの分身という色合いが濃い。バンジョーと出会った直後のレイは、次のように述べているが、それはそのままマッケイの言葉ともとれるだろう。「これほど、さまざまのニグロが集まっている絵になる港は見たことがない。文明世界の言葉を話すニグロ、アフリカのあらゆる場所の言葉を話す

ニグロ、黒いニグロ、茶色いニグロ、黄色いニグロ。ニグロが住んでいる世界中のあらゆる国からの代表が、ここマルセイユに流れついたようだ」(Mckay, *Banjo* 68)。それぞれのグループに分かれて暮らしている千差万別のニグロたちは、夜になると、楽しみを求めて、「カフェ・アフリカン」にやってくる。マルティニークやグアドループから来たニグロ、マダガスカルや北アフリカのニグロ、フランス領西アフリカのセネガル人たち、英国領西インドからの者たち、ポルトガルのニグロ、そしてアメリカ合衆国のニグロ。みな黒人ではあるが、肌の色合いも、言語も、文化も異なっている。このような差異を持った黒人たちとの出会いを語りながら、レイは、アフリカン・アメリカンであることについて、より正確に言えば、先に述べたような黒人をめぐる文化＝政治状況において物を書くアフリカン・アメリカンであることについて、そしてそのような黒人と世界との関係について、持論を展開していくのである。

レイにとってのマルセイユでの最大の発見のひとつは、セネガルをはじめ西アフリカ諸地域からこの港にやってきている船員たちに感じる、その存在の確かさであった。そして、彼らに対比して「アフラメリカン」(‘Aframericans’)の、特にその知識人層のデラシネ性を再認識するのである。少々長い引用になるが、この時期にアフリカン・アメリカンを内側からも外側からも鋭くみつめていた黒人作家の主観的な省察を見てみることにしよう。[2]

アフリカ人たちは、自分たちの人種の根としっかりつながっているというポジティブな感覚を、彼にもたらしてくれた。自分は単なる不運な偶然でこの世に生まれた存在ではない、そうではなくて、世界の構図

> のなかに確固たる場所と歴史を有し、試練を経てきたひとつの人種に属しているのだ、と思うことができた。彼らの存在の確かさが彼を勇気づけた。彼らはまだヨーロッパ人に根絶やしにはされておらず、安住の地を持ち、綿々と続く文化によって守られているのだ。白人の世界の、圧倒的な大きさを前にして戸惑ってはいても、そして彼ら自身は自分たちの存在の無上の価値に気づいていなくても、人種固有の豊かな価値観に自然と守られているのである。
>
> 　アフラアメリカンにはこの確かな感じがない。とうの昔に根を断ち切られ、亡霊と青白い影の間にあって、いまだに根を持てないままだ。哀れみまじりに情けをかけられたり、存在を否定されたり、混血を繰り返したり、そんな状況のなかで、自分を否定し、弱々しい存在となっているのだ。合衆国の大学では、そしてニグロの知識人たちの間では、こういうシンプルで自然な暖かさを感じることはまったくなかった。自分を信じられる人間の暖かさ、自分の島［ハイチ］の粗野で、貧乏で、社会から取り残された黒人たちのなかにも感じたあの暖かさ。黒人のインテリは、「白人の隣人によく思われたい」、素敵な「白い」通りにもっとスムーズに入っていけるように、と思って人生を生きているのだ。(320)

ここにはデュ・ボイスやファノン (Frantz Fanon, 1925–61) の声との響き合いを聞き取れる。デュ・ボイスがすでに世紀の初めに、『黒人の魂』(*The Souls of Black Folk*, 1903) において「二重の意識」と名づけたもの。『バンジョー』から四半世紀後に、ファノンが『黒い肌、白い仮面』(*Peau noire, masques blancs*, 1952) で分析した白人世界に生きる黒人の心的病理と、「根をもつこと」の必要性。そういった問題をも意識しながら、レイ／マッケイは、「知識と教養の人であり、黒人であり、そして同時に、直感と本能から疎外されない存在」(Mckay, *Banjo* 323) となることを、これからの自分の最大と課題として認識するのである。

もう一つ特筆すべきは、国家や愛国主義に対しての洞察である。再度長い引用となるが、まずは作家に語ってもらうことにしよう。

愛国主義の感情はレイの持ち物リストには載っていない。おそらく彼が根こぎにされた人々の子孫だからだろう。彼にとって愛国主義の感情は毒を持つ種だ。(中略)国家を愛するというのは、彼には不自然極まりないことに思われる。国家とは、人間の蜂の巣のようなもの。交換条件を出し合い、相争い、搾取し、嘘をつき、騙し、戦い、抑圧し、自分たち同士で殺しあう人間の群れ。そして、仲間うちのおぞましい対立をうまく組み合わせて、今度は、自分たちより弱い人々を食い物にする怪物じみたシステムを作りだす力を有している。

人間は人を愛する。事物を愛する。場所を愛する。人生を愛する放浪者は、多くの場所に愛する人と物を見いだす。(中略)愛国主義者が愛しているのは、自分の国ではない。自分の人生を司る卑小な魂を後生大事に、おのれの回りに壁を作り、四方の地平線の彼方にある美を見ないようにしているのだ。(137)

こうして追っていくと、マッケイのアイデンティティ構築と帰属への願いは、あくまでも個人をベースとしていることがわかる。「根をもつ」人々への賞賛と、ある特定の「国家」に属することは、彼にとってはまったく別のことだった。自伝『故郷を遠く離れて』(*A Long Way from Home*, 1937) では、マッケイは自身を、「インターナショナリスト」と呼び、「インターナショナリスト」とは「ナショナリスト失格者」であると述べているのである (300)。数百年の奴隷貿易と奴隷制によって生み出された「根をもたぬ子ども」として、すなわちアフリカン・ディアスポラのひとりとして自己を認識していたマッケイは、「国民国家」とそれを支える「愛国主義」、搾取的な世界システムとが一続きのものとして作用することをはっきりと見ていた。レイが、マルセイユの港に見出したような、様々な差異を含んだ黒人たちのつながりは、そのようなディアスポラたちが帰属の夢を託せる場所として創造されたのだろう。それは、アフリカ、ヨーロッパ、南北アメリカ、大西洋をはさんで形成される、現在ならば、「ブラック・アトランティック」と呼ばれる公共圏、国民国家を基礎とはしない共同体である。「LPレコードが出現するまでは、汎アフリカ的コミュニケーションにとってもっとも重要なルートは船であったろう」(Linebaugh 119) という歴史家ピーター・ラインバウの言葉も思いだされる。この指摘を『ブラック・アトランティック』のごく初めの部分で肯定する際に、ギルロイが言及したのは、マッケイやラングストン・ヒューズらの「船や水夫とのかかわり」であった (Gilroy 13)。

『バンジョー』のほぼ最後に近い部分に次のような一節がある。「レイにとって、人生でいちばん善きことは幸せ、とりわけ素敵なことはさまざまに違うということ」(325)。マッケイが望んだのは、差異が許容され、滋養となりうるような黒人のグループ・ソウルが、個人と個人とのつながりを基盤として形成されることだったのだろう。そして、それは、デュ・ボイスが構想したように、「一〇分の一のエリート」("Talented Tenth") の政治的な指導のもとに作られるものではなく、普通の黒人の生活のなかから醸されてくるものでなくてはならないと考えていたのであった。現実には実現のむつかしい、言葉と概念の自由のなかで紡がれた、しかし貴重な理想であった。

五．個人と文化のアイデンティティ

ここまで見てきたように、マッケイはあくまでもひとりのアーティストとしてテクストを紡ぎ、個人としてアイデンティティと帰属を考えた。しかし、あらゆる個人的なことはすべて政治的なことでもあるし、ましてやこの時期には、ものを書くひとりの黒人と集団的な文化＝政治の磁場との間には強い相互作用が生まれざるをえなかった。マッケイが代表的な書き手のひとりとして名を連ねるハーレム・ルネサンスは、文化の担い手としてのアフリカン・アメリカンというアイデンティティの立ち上げを、運動の課題のひとつとしていた。それは、奴隷解放から半世紀以上、少しずつ厚みを増してきた黒人の知的エリートたちの切なる願いと挑戦であった。文化への参入は、いまだ国家の一部として正当に認められていないアフリカン・アメリカンの存在を示すための文化＝政治戦略であった。それゆえに、当時の主流文化の価値観やモラルから大きく逸脱する黒人労働者の暮らしをそのままに描いたマッケイのテクストは、デュ・ボイスをはじめとする指導的黒人エリートの多くから批判されたわけである。

このように、合衆国初の黒人の文化運動とマッケイとの関係は、蜜月からはほど遠かった。しかし、彼の描いた黒人たちの世界は、もうひとつ別の黒人文化の立ち上げに大きなインスピレーションを与えたのである。そのことにわずかに触れて本稿を締めくくりたい。その運動とは、フランス語圏カリブ海地域と西アフリカの若き知識人たちが、三〇年代に発想し、その後の独立運動のなかで、文化＝政治運動として様々に展開した「ネグリチュード」である。「ネグリチュード」という言葉をつくった三人、マルティニーク出身のセゼール (Aimé Césaire, 1913–2008)、セネガルのサンゴール (Léopold Sédar Senghor, 1906–2001)、フランス領ギアナのダマ (Léon Damas, 1912–78) が出会ったのは、宗主国のメトロポリス、パリであった。[2] そして、彼らは、パリの書店に並んでいた『バンジョー』のフランス語訳に出会い、「ネグリチュード」へのインスピレーションを得たのだった。「この本がすごいと思ったのは、ニグロがありのままに、躊躇も偏見もなく描かれているところだった」と、セゼールは後年語っているし、サンゴールは、マッケイを「ネグリチュードのほんとうの生みの親」と述べている。「黒人であることに劣性を見るのとはほど遠く、それを受け入れ、プライドをもって自分が黒人であると言い、黒人であることをいとおしみ、大切にしている」。これは、フランス文化への強い同化圧力のなかで育ってきた植民地エリートの彼らにとっては、目から鱗が落ちる経験だったに違いない。この三人に、一九六〇年代の初め頃にインタビューをしたある人物は、彼らが「いまだに『バンジョー』の数章を、まるのまま暗唱できる」のに驚いたという (Cooper 259)。

ジャマイカ生まれのアフリカン・ディアスポラ作家マッケイのアイデンティティと帰属の模索、それゆえの越境、そして越境のうちに紡がれたテクストと、彼のテクストと交錯する文化＝政治には、人種という亡霊の力がさまざまのかたちで作用している。彼の営為は、アイデンティティ論の古典、スチュアート・ホールの

「文化アイデンティティとディアスポラ」のなかの、あの有名な一節を鮮烈なドラマにして示しているようだ。「わたしたちは過去のさまざまな物語によって位置づけられるとともに、その物語の中での自分の位置づけを自分でも行う。アイデンティティとは、その位置づけの多様なやり方につける名前のことである」(Hall 225)。「過去の物語」は亡霊の棲家だ。わたしたちは誰でも亡霊とともに生きている。マッケイにとって、人種というカテゴリーはきわめて面倒な亡霊であった。彼はその亡霊とのタフなダンスを自分のやり方で踊り続け、越境を続けながら、作品を書いた。そうして紡がれた言葉は、精霊のひかりのように、遠い場所の次世代の表現者たちへも届いたのだった。

註

1 社会・歴史的なコンテクストゆえに、文化表現をすること自体が、そしてその表現が、政治的なものとして意図されたかどうかには関わらず、政治性を帯びることがある。そのような文化と政治の関係を念頭において、「文化＝政治」という表記をした。

2 ここに引用したレイの観察を、「文明社会の黒人」が「未開の黒人」におしつけたロマンティックで身勝手なステレオタイプの捏造にすぎないと断じることは容易だし、そういう側面も否定はできないだろう。引用部分に続く箇所に含まれる「黒人は他の人種と比べて、直感と本能の近くにいる」(Mckay, *Banjo* 320) という記述を、本質主義的な誤謬と断じることもできるだろう。しかし、これはレイ／マッケイにとっては、リアルな感触であり、貴重な発見だったのではないだろうか。その観察と発見行為が倫理的に許容できるかどうかは、観察者がどのような状況でその発見をしたのか、なぜその発見を必要としたのか、そして、それをどのように使ったかによるのではないだろうか。

3　セゼールとサンゴールは、ともに詩人として出発したが、後に出身地の最も重要な政治家ともなる。セゼールは一九四五年から二〇〇一年までフランスの海外県マルティニークの首都、フォール・ドゥ・フランスの市長を務めたし、サンゴールは一九六〇年のセネガル独立に際して初代大統領となり、二〇年間その職にあった。

引用文献

Cooper, Wayne F. *Claude Mckay: Rebel Sojourner in the Harlem Rennaisance, A Biography*. Scocken Books, 1987.

Gate, Henry Louis. "Writing 'Race' and the Difference It Makes." *Race Writing and Difference*. Ed. Henry Louis Gates. U of Chicago P, 1986.

Gilroy, Paul. *The Black Atlantic: The Modernity and Double-Consciousness*. Harvard UP, 1993.

Du Bois, W. E. D. "The Browsing Reader." *The Crisis*, September 1928. p. 202.

Garvey, Murcus. "'Home to Harlem,' Claude Mckay's Damaging Book, Should Earn Wholesale Condemnation of Negros." *Negro World*. September 29, 1928. p. 1.

Hall, Stuart, 'Cultural Identity and Diaspora.' *Identity: Community, Culture, Difference*. Ed. Jonathan Rutherford. Lawrence & Wishart, 1990. pp. 222–37.

Lewis, David Levering. "Harlem Renaissance." *Africana: The Encyclopedia of the African and African American Experience*. Ed. Appiah, Kwane Anthony, and Henry Louis Gates. Running Press, 1999. pp. 925–36.

Linebaugh, Peter. "All the Atlantic Mountains Shook." *Labour/Le Travail*. 10 (Autumn, 1982): pp. 87–121. *JSTOR*, www.

jstor.org/stable/25140140.

Mckay, Claude. *Home to Harlem*. 1928. Northeastern UP, 1987.

——. *Banjo*. 1929. Harcourt Brace Jovanovich, 1957.

——. *A Long Way From Home*. 1937. Harcourt Brace Jovanovich, 1970.

Watkinson-Owens, Irma, *Blood Relations: Caribbean Immigrants and the Harlem Community, 1900–1930*. Indiana UP, 1996.

三好　みゆき

憑依するスウィフト
――W・B・イェイツの『窓ガラスに刻まれた言葉』についての覚え書き

4

はじめに

二〇世紀始めのダブリンで交霊会が開かれ、参加者がそれぞれに亡き人と言葉を交わそうと期待しながら、霊媒の女性を囲んで席に着く。しかしトランス状態に入った霊媒の口を独占して語り出したのは、招かれざる客であった。交霊会を大方の参加者にとって残念な結果に終わらせたのはジョナサン・スウィフトの亡霊であり、彼を愛した二人の女性との三角関係の愛憎劇を繰り返したのである。秘密結婚の真偽を問いただす手紙を〈ヴァネッサ〉[1]が〈ステラ〉に書き送ったことを非難する壮齢の〈スウィフト〉は、彼の説く古代ローマの理想の再興に満足しない〈ヴァネッサ〉から、肉体の愛と二人のあいだの子どもを情熱的に求められて苦悶し、そして老年期にさしかかった〈スウィフト〉は、魂の愛を説く彼の教えに従順な〈ステラ〉が誕生祝いに捧げた詩の一節によって自らの迷いや不安を静めようとする。交霊会が終わり一人残った霊媒が疲れ直しにお茶の支度を始めたとき、老い衰えた孤独な〈スウィフト〉が再び彼女の口を借りて語り出し、生まれた日を呪うヨブの嘆きの叫びで幕となる。

アイルランドの詩人にして劇作家のW・B・イェイツ (William Butler Yeats, 1865–1939) による一幕物の散文劇『窓ガラスに刻まれた言葉』(*The Words upon the Window-Pane*, 1934)（一九三〇年初演）は、アイルランド生まれの文人、聖職者で、奇妙な独身主義者であったジョナサン・スウィフト (Jonathan Swift, 1667–1745) の恋愛生活にまつわる有名な謎を、交霊会という仕掛けを用いて舞台化したものである。スウィフトの興味深い生涯は当時の少なからぬ劇作家たちの創作意欲をかき立てた。[2] イェイツはこの作品の着想をC・E・ロレンス（Charles Edward Lawrence, 1870–1940）の凡庸な戯曲『スウィフトとステラ』（一九二六）から得たと推測されるが（Fitzgerald 63–66）、ロレンスの作品では、スウィフトがステラとの結婚を拒んだのは出生の秘密のためであった――「サー・ウィリアム・テンプルが、あなたの父であり私の父だったのです」（Lawrence 680）。イェイツは「狂気を恐れた」から（II: 717）という説を採ったが、「私の血には、子どもが受け継いではならないものがある」（II: 474）という優生学的な懸念だけでなく、傲慢なまでに己の知性を誇りながら、その知性が彼個人のみならず社会全体においても崩壊し、文明が退化することを予見し、民主主義という未来を恐れていたからかもしれないという、自身のエリート主義的な政治思想に関わる要素も盛り込んだ。

この劇では、〈スウィフト〉の激しい苦悩は、死後の霊魂が繰り返し夢に見るという生前の情熱的瞬間や悲劇的瞬間のドラマとして、霊媒の口を通して語られる。霊媒役の女優は霊媒、支配霊《コントロール》の幼児、〈スウィフト〉、〈ヴァネッサ〉の四人の声を語り分けねばならない。その壮絶な一人語りは、交霊会に集う人々の言動を写実的に描く場面で挟まれるが、最後に、劇中劇の中に封じ込められていた超自然が観客に向かって噴出するかのような衝撃的な幕切れで終わる。この入れ子構造によって、アイルランドの一八世紀と二〇世紀という二つの時代が舞台上で交錯するとともに、心霊主義にまとわりつく虚実真偽や演劇との近似性といった問題も前景化されることになる。つまり、『窓ガラスに刻まれた言葉』は恋愛関係の謎解きを越えた劇なのだ。

十数年ぶりにイェイツのオリジナル新作劇がアベイ劇場で上演されるということで、一九三〇年一一月一七日の初演を、新聞各紙は賑々しく伝えた。たとえば一一月一九日の『ニューヨーク・タイムズ』の見出し「イェイツの新作劇上演される――ダブリンの観客は『窓ガラスに刻まれた言葉』に熱狂」のように。そして劇作術が賞賛された――「この劇は芝居という点からみるとさほど面白くないのだが、イェイツはすばらしい技巧を発揮し、交霊会の扱い方は斬新である」("New Yeats Play" 28)、と。この劇評とほぼ同じ内容の『タイムズ』(同日)("Words" 12) はもとより、『マンチェスター・ガーディアン』(二一日) でも、「スウィフト主席司祭の独身主義がテーマであるが、彼はまったく舞台に登場しない」("New Play" 7) という技巧的実験を評価する。[3] そして興味深いことに、この三本の劇評はどれも、窓ガラスに刻まれた詩の書き手を誤認しているのである。「ヴァネッサにあててスウィフトが書いた」(*NYT*)、「ヴァネッサがスウィフトにあてて書いた」(*Times*)、「スウィフトにあててヴァネッサが刻んだ」(*MG*) と記されていて、舞台で一言も「声」を発しない〈ステラ〉の存在は認識されていないのだ。

少し日をおいて『ニューヨーク・タイムズ』に掲載された辛口の署名入り劇評では、ノーベル賞作家の待望の新作に「大いに期待して劇場に行った」観客の当惑が述べられている。

この小劇の最後の五分はきわめて劇的であり、メイ・クレイグが見事なクライマックスを演じて、霊媒としてのすばらしい演技を締めくくるチャンスを与えている。しかし芝居の最後数分間の緊迫感は、この作品自体を十分に正当化するものではない。人は芝居に主題や意図を探すものだが、イェイツ氏はどちらも持ち合わせていないようだ。この芝居は夏空に浮かぶ雲を思わせる。目的もなくさまよい、その存在そのものは説明できないのだ。イェイツ氏は親しい友人には理解可能で一応満足できるかもしれないものを書いたが、一般の芝居好きはまったく途方に暮れてしまう。(Hayes X3)

秘儀的、高踏的な作品が多いイェイツにとって、この作品は「私の劇の中でもっとも一般向きに見えるもの」(一九三二年二月五日付エズラ・パウンド宛書簡、*CL* no. 5441)であるにせよ、「途方に暮れ」てしまった観客の理解に資するかのように、後日イェイツは季刊誌『ダブリン・マガジン』に、二号にわたってこの劇の「解説《コメンタリー》」を発表する(一九三一年一〇月—一二月号と一九三二年一月—三月号)。前篇は登場人物ジョン・コーベットが展開するスウィフト論を、後篇は心霊主義と演劇との関係を、主に説明している。後にこの劇の「序文」として位置づけられる文章であるが、この序文は解釈の枠組みを提供するとともに、読者の理解を攪乱するものでもある。「どの登場人物も完全な知識を持っておらず、死後の生についての自分自身の内なる信念によって、舞台上や劇中劇で語られる言葉をつなぎ合わせてゆく観客からしか、完全な知識は生じえない」(Saddlemyer 164)という作品であり、さらには、「うわべはアングロ・アイリッシュの伝統を対抗的、序列的に賛美する劇」であるが、実は「自らの公言した想定をイェイツが根本から審問することを可能にする作品」として読むこともできる(Hand 188)というきわめて現代的な作品なのである。

本稿では、一九二二年に、アイルランドが北部をのぞいて英連邦内の自治領「アイルランド自由国」として独立を果たしてまもない時代において、アセンダンシーの伝統といういわば「過去の亡霊」をまさに亡霊の声として、しかも苦悶する亡霊の声として、舞台によみがえらせたことのもつ意味を、その背景もふくめて検討してみようと思う。

一・「次の角を曲がったところに常にいる」スウィフト

この劇には、イェイツの自伝的要素が数多く織り込まれている。登場人物の名前（コーベットやトレンチ博士）、交霊会の体験、窓ガラスに詩句が刻まれたジョージ朝様式の知人の邸宅、クール・パークでの滞在などである（Jeffares and Knowland 220–22; Fitzgerald 71–72; Foster, *Yeats II* 410）。

そもそもイェイツとスウィフトには共通点が多い。どちらも、先住のカトリック教徒が多数をしめるアイルランドにおいて、植民者の末裔であるアングロ・アイリッシュの家系に属し、教派は国教会（アングリカン・チャーチ）、母語は英語であった。一二世紀以降イングランドの支配を受けてきたアイルランドは、テューダー朝によって完全に征服され、一六四九、五〇年のクロムウェルの遠征とその後の土地没収や大規模植民、さらには名誉革命で追放されたジェイムズ二世を支持するカトリック勢力がボイン河畔の戦い（一六九〇年）でウィリアム三世軍に敗北したことによって、プロテスタントの地主階級が権力を掌握し、カトリック教徒は刑罰法により抑圧されたのである。スウィフトはこの支配体制が確立する時代を生き、イェイツはそれがカトリック解放や土地法などによって崩壊する時代を生きた。プロテスタントの支配階層は政治的、経済的、文化的に優越した地位を占めていたものの、少数派ゆえの不安や孤独につきまとわれ、またイングランドとの関係においては差別を受けた（例えば、スウィフトに『ドレイピア書簡』を書かせることになった銅貨鋳造権の一件など）。両親の故国イングランドでの栄達を望みながら叶わなかったスウィフトは、『ドレイピア書簡』で一躍アイルランドの愛国者として名を挙げ、そして神秘主義者イェイツは「異教徒」、「異邦人」と批判されもしたが、彼なりに民族文化の創出に取り組み、自由国の上院議員も務めた（一九二二―二八年）。また『ガリヴァー旅行記』第四篇「フウィヌム国渡航記」等を書いたスウィフトに影響され、イェイツも「人間の獣性と愚行への深い意識」(Archibald 200) を持ち、肉体と魂の両極端の間での大きな振幅を作品化してみせたが、彼の場合は「きれいには汚いが要るのです」（詩「クレイジー・ジェイン、司教と語る」）という認識があった。

とはいえイェイツには、一八世紀のアセンダンシーの文化に対して相反する感情があった。若き日の詩人が志向したのは歴史のかなたの神話伝説に根ざした「ケルト」復興であり、スウィフト、バーク、ゴールドスミスは「私にはアイルランドの生まれだという感じがしない」（一九〇四年五月一一日『デイリー・ニュース』への投稿、*CL* III: 593）として、彼の構想するアイルランド国民文学の系譜から排除していた。またイェイツの家系は、R・F・フォスターによると、文芸復興運動の盟友である貴族のレイディー・グレゴリーやジェントリー階級のJ・M・シングらとは階層を異にし、商人、牧師、弁護士などを先祖にもつ中流階級であり、アセンダンシーにおいては「周縁的」な存在であった。しかし自らの詩才によってジェントルマンの地位を確立し、結婚して、ノルマン時代の古塔バリリー塔に居を構える頃には、アングロ・アイリッシュの伝統と和解し、スウィフトを自らの知的祖先として再発見していた (Foster, "Magic" 84–85, 93–96) という。自伝的要素が散りばめられたこの劇に、遅ればせながらの伝統への参入をめぐる屈折した思いや、偉大な作家の「影響の不安」を超克しようとする格闘の痕跡などを読み取ることも可能であろう。

植民地支配を脱したアイルランドの政府は、英国に対抗する新国家のアイデンティティを規定するさいには「ゲール」性に重きを置き、また体制安定のためにカトリック教会の高位聖職者と手を携えて、教育、離婚、避妊、検閲など、カトリック教会のモラルの教えが政治に大きな影響を及ぼすことになった (Foster, *Ireland* ch. 21)。このような一九二〇年代後半の状況に抗うように、イェイツはアングロ・アイリッシュの系譜とそれに連なる矜持を歌い上げる。

> 私は宣言する、この塔は私の象徴である、と。私は宣言する、
> この螺旋をなし渦巻きそびえ立つ踏み車にも似た階段は先祖伝来の階段である、と。
> ゴールドスミスと主席司祭、バークリーとバークがそこを歩んだのだ、と。（詩「血と月」、一九二八年）

彼は議場でもこの系譜を力説し、「この国の少数派がひどく圧制的だと考える」離婚禁止法案に反対する演説（一九二五年）の中で、多数派の「あなた方」に対抗して、自らを「その少数派の典型的人物」と自負する。

> 我々はヨーロッパの偉大なる血統の一つであります。我々はバークの民族です。我々はグラタンの民族です。我々はスウィフトの民族、エメットの民族、パーネルの民族であります。我々はこの国の近代文学のほとんどを作り出しました。我々はこの国の政治的知性の最良のものを作り出しました。

（*Senate Speeches* 88　傍点引用者）

刑罰法によって、宗教活動のみならず、教育の機会や公職就任の道を閉ざされ、土地所有を制限された多数派の過去を考えると、このような伝統の賞賛に反発があったことは想像に難くない。アングロ・アイリッシュの伝統も、アイルランドの歴史と文化に織り込まれているという多様性の確認の希求だとしても、この時期には微妙な問題であっただろう。

『窓ガラスに刻まれた言葉』において交霊会が開かれる「貸間としてはすばらしい部屋」(II: 467) は、今でこそ落ちぶれているものの、この伝統につらなる屋敷なのである。

ここは五〇年ほど前までは個人の邸宅だった。当時はこれほど市街には近くなくて、裏には大きな馬小屋もある。かなり多くの著名人がここで暮らしたものだ。グラタンは上の部屋で生まれた。いや、グラタンではなくて、カランだったかもしれない。忘れてしまった。でも、この家は一八世紀の始めには、ジョナサン・スウィフトの友人というか、ステラの友人が所有していたことは確かだ。(II: 467)

この台詞は、日本の複式夢幻能に魅せられたイェイツの神秘思想によると、スウィフトやステラの亡霊が出現してもおかしくない場所だという場面設定になる。それと同時に、架空の話にせよ、アセンダンシーの（ことにリベラリズムという「政治的知性」の）栄光ある過去が刻まれた家と、その現在における凋落を強く印象づける。この劇ではモチーフの反復が目立つが、建物も「退化」の変奏曲を奏でているのだ。

イェイツは劇の序文で、かつてゴールドスミスやバークやスウィフトに背を向けていたのに、「今では私はスウィフトを何ヶ月も続けて読み、バークとバークリーはそれほど頻繁には読まないが、それでもいつも興奮しながら読んでいる」(II: 707) と言い、「スウィフトは私に取り憑いている。彼は次の角を曲がったところに常にいる」という印象的な言葉を述べている。つまりイェイツにとって、スウィフトは「近くにいるが隠れているもの」であり、それを感じ取る直観は「力の源泉への回帰」になる (II: 708)。これは、姿こそ見えないが劇中に常に存在している亡霊の有り様そのものであり、そして登場人物は誰もその存在を十分感じ取って、そこから力を汲むことができなかったのである。

イェイツが序文で取り上げたスウィフトの著作に『アテネとローマにおける貴族と平民との間の抗争軋轢について』(*A Discourse of the Contests and Dissensions between the Nobles and the Commons in Athens and Rome*, 1701) がある。彼はコーベットの台詞――「彼は来たるべき破滅を、民主主義、ルソー、フランス革命を予見しました。だから彼は並みの人間たちを憎みました(中略)だから彼は『ガリヴァー』を書きました。だから彼は頭脳をすり減らしました。だから彼は憤怒を感じました。だから彼は歴史上最も偉大な墓碑銘のもとで眠っているのです」(II: 468) ――を解説する形で、スウィフトのこの政治パンフレットを次のようにまとめる。

全ての国家は、〈一人〉と〈少数者〉と〈多数者〉のあいだの適切な均衡に、その健全さがかかっている。(中略)〈少数者〉は相続した財産もしくは大いなる個人的な天賦の才によって、自らの生を国家の生と同一視するに至った者であるが、〈多数者〉の生と野望は私的なものである。（中略）スウィフトは、ローマもギリシアも〈少数者〉に対する〈多数者〉の闘争によって破滅したことを証明することで、自分の格言の説得力を高めた。（中略）すべての文明は何らかのそうした仕方で終わるに違いない。というのも感情に取りつかれた〈多数者〉は、多くの宗教めいた党派を作るが、ついには賄賂とおべっかが巧みな誰か一人に自らをゆだね、隷属の卑しい平穏へと沈み込むのである。彼は専制を、〈一人〉か〈少数者〉か〈多数者〉の優勢と定義したが、〈多数者〉の優勢が目前の脅威であると考えている。（II: 711–12 傍点引用者）

一八世紀初頭のイングランドの政局を当て擦ったスウィフトの文章を、「相続した財産」ではなく「個人的な天賦の才」[4]によって、「少数者」としての地位を確立したイェイツが、自由国における「多数者」の優勢を牽制する文章に読み替えたと言える。国の在り方に関する彼の若き日の夢想は実現せず、詩「一九一三年九月」において、勃興してきたカトリック下層中流階級の人々の実利主義と小心な信心深さ（「脂で汚れた銭箱の中をいじくり／一ペンスに半ペンスを加え／震える祈りに祈りを加える」）を揶揄し、「人は祈り金を貯めるために生まれてきた」、「ロマンチックなアイルランドは死んだ」と、彼は嘆いていた。宗主国からの解放とともに新たな抑圧や隷属をもたらす社会状況に憤る作家が、詩「スウィフトの墓碑銘」にいう「人間の自由に奉仕した」スウィフトを二〇世紀に蘇らせる、という劇の一つの意図が、この序文によっても浮かび上がってくる。ただし、スウィフトを苦悶し絶望する亡霊として描いたのは、独立してまもない国のアイデンティティ構築において、過去の支配者層の伝統をしかるべく包摂することは容易でないという悲観があったからだろうか。あるいは、一八世紀の文化がもっという無味乾燥な理性主義への躊躇も作用していたのだろうか。

二．「敵と一緒に私を閉じ込めたのは誰だ」――心霊主義とアセンダンシー

劇の本体に戻ろう。ダブリン心霊主義協会が、ヘンダソン夫人という霊媒を招いて交霊会を開く。夫人はダブリン生まれで、今はロンドンに住んでいるが、「この国はいまだに中世同然で、心霊主義はゴシップの望ましくない種になってしまう」(II: 465) というダブリンにこの運動を広めるためにやって来た「伝道者の魂をもった貧しい女性」(II: 466) と紹介される。この日は夫人の三回目の交霊会である。出席者は、会長でスウェーデンボリ信奉者のトレンチ博士、協会の実務担当者ミス・マッケナ、交霊会に初めて出席する懐疑論者のジョン・コーベット、そして常連としては、商売に関して亡き夫からの助言を求め、ヘンダソン夫人を追いかけてイングランドから渡ってきたマレット夫人、死後の世界が気になってきた老人コーネリアス・パタソン、偉大な福音伝道者の霊から助力を授かりたいと願うベルファストの牧師エイブラハム・ジョンソンの六人である。

まず、当時のキリスト教と心霊主義との関係を確認しておきたい。唯物論や無神論に対抗する手立てとして心霊主義に関心を寄せた国教会やプロテスタント諸教派の聖職者も少なからずいたにせよ、「もちろんカトリック教会は心霊主義とキリスト教が根本的に対立するという立場を堅持し続けた。世界中のローマ・カトリック教会の高位聖職者たちは、心霊主義の実践を非難するときには、自分たちの縄張りの外での超自然的な魔術

を何世紀にもわたって非難してきたように、いつもの権威と確信を込めて語った」(Oppenheim 84) と言われる。「この国はいまだに中世同然」という言葉は、こうした教会の姿勢とアイルランドの風潮への当て擦りであろう。また、心霊主義者には反キリスト教的な者もいたが、キリスト教心霊主義者の多くは、交霊会の前後や途中に、祈祷、聖書の朗読、讃美歌の歌唱を行うことで、「二つの信仰体系が矛盾しないものであることを強調しようとした」(85) ともいう。この作品でもアイルランド教会の讃美歌が二曲歌われるが、彼の劇作に影響を与えた能の謡やギリシア悲劇のコロスの歌に似た役割をするとともに、実際の交霊会の再現でもあったのだ。

しばしば指摘されるように、この六人は参加目的、社会的地位や家柄、学識や教養、そしてそれらを如実に映し出す言葉遣いによって対比され、トレンチ博士とコーベットはより上の階層に属することが強調される。コーベットは「バリマニーのコーベット家の一員で、今はケンブリッジ大学の学生だ」(II: 465) と紹介される。作者の親族の姓を含んだこの台詞は、「それなりの社会的、知的地位にいる若者であることを示す」(Jeffares and Knowland 221)。この二人が交わす心霊主義をめぐる会話にも、階級と教養の誇示が見られる。

ジョン・コーベット　夫人が僕の懐疑主義を気になさらないといいのですが。僕はマイアーズの『人間の人格』とコナン・ドイルの荒唐無稽なある本を読んでみましたが、納得していません。

トレンチ博士　我々はみな自分自身で真理を発見しなければならないのだ。ダンレーヴン卿は――当時はアデア卿といったが――私の父を、かの有名なデイヴィッド・ヒュームに紹介してくれた。父はデイヴィッド・ヒュームが白昼公然と空中に浮遊するのを見たとよく話したものだが、私は一言も信じなかっ

> た。私は自分で調べないといけなかったし、簡単には納得できなかった。私を納得させたのはパイパー夫人という、トランス状態になるアメリカ人の霊媒で、ヘンダソン夫人と似ていなくもない。(II: 466)

心霊主義に関心と疑念をもつ若き探求者に先達がアドバイスするというこのやりとりは、近代心霊主義の概説にもなっている。この運動は一八四八年にアメリカ合衆国で始まり、イングランドには一八五二年に紹介されて広まった。F・W・H・マイアーズ（F. W. H. Myers, 1843–1901）は心霊現象研究協会（Society for Psychical Research）の設立者の一人で、その『人間の人格および肉体の死後におけるその残存』（一九〇三年）は、当時の『ブリタニカ百科事典、第一一版』において、「心霊主義」や「霊媒」の項の参考文献にもあげられる基本書であった。劇中ではデイヴィッド・ヒュームとなっているダニエル・ヒューム（Daniel Dunglas Home, 1833–86）は、世界各地で交霊会を開いて、テーブル傾転現象や空中浮遊をしてみせた知名度抜群の霊媒だった（彼はカトリックに改宗したが、のちに魔術の罪で破門された）。パイパー夫人（Leonora Piper, 1857–1950）は、ウィリアム・ジェイムズとＳＰＲが注目した有名な霊媒で、「パイパー夫人には全く偽りがないわけではないと見なす証拠はない」（"Medium" 18:69）と、当時一定の信憑性を得ていた。

さらにここでは、トレンチ博士が父親とアイルランド貴族――第四代ダンレーヴン伯爵（Windham Thomas Wyndham-Quin, 4th Earl of Dunraven, 1841–1926）のアデア子爵時代のことであろう[5]――との交友に言及することで、自らの家柄も示している。そして博士が教える「自分自身で真理を発見しなければならない」という姿勢は、盲信や権威への盲従を斥け、自由な知的探求を推奨するものである。博士とコーベットは真理の探究の一環として交霊会に臨んでおり、知性と家柄による「少数者」と位置づけられよう。

この二人とは対照的に、下層中流階級に属していると思われる三人の参加者が死者との交信に期待するものは、利己的、実利的、物質主義的である。彼らは、その「生と野望は私的なもの」という「多数者」を想起させる。マレット夫人の関心はカフェ開業の成否であり、教会が説く天国に不満で交霊会を「代理宗教」にするパタソンが求めるのは、来世でも競馬やドッグレースや飲食が楽しめることの確証である。ベルファストの「貧しく無知な人たち」に福音を説いている牧師ジョンソンの場合は、一九世紀アメリカの福音伝道者で、無学ながら、説教と歌による大衆伝道で成功をおさめたドワイト・ムーディーとアイラ・サンキーの霊から宣教活動の力を授かることが目的なので、私利私欲だけではない。だが成功への近道という実利を求め、往復の費用対効果を気にしており、教義との整合性などの知的関心とは無縁な俗物である。ミス・マッケナは（彼女は様々な意味で境界線上に位置する存在だが）、亡霊の出現に戦慄を覚える感性の持ち主である。「私はたくさんの交霊会を見てきたのですが、偶然の一致や思念の伝達にすぎないと思う時がありますう。時には私もトレンチ博士のように思います。そんなときにはヨブのような気持ちがします――この一節はご存じですよね――私の髪の毛が逆立つ。霊が私の顔をかすめて通る」（II: 471）。だが彼女には、パタソンからドッグレースの情報を聞き出そうとする一面もある。

マレット夫人、ジョンソン、パタソンは、知性においてはいわば「退化」した人たちであり、自分自身の実際的利益を追求する凡俗である。しかしながら、この三人の人物造形の解釈については、ワースが指摘するように、「イェイツの態度として、現実的な理由から交霊会に出席している普通の登場人物に対する軽蔑しか見ないような解釈は、どれも不十分なものにならざるをえない」のであり、「実はイェイツは、取るに足らない何気ないものが、神秘的で哲学的なものと共存する状況を作り出したのだ」(Worth 144–45) という指摘を忘れてはならないだろう。

「多数者」の「私的」な望みと、それを越えた「少数者」の考えとは、交霊会を邪魔する霊、つまりは〈スウィフト〉らへの対応をめぐって軋轢を生じ、「少数者と多数者のあいだの適切な均衡」をめぐる政治的な問題が生じる。この「悪霊」、「邪悪な作用」について、マレット夫人とパタソンは不満を述べ、ジョンソン牧師は「ベルファスト大学図書館の古い本から書き写してきた」悪魔払いの儀式の文言を読む許可を求める。この霊を「非友好的な作用」と呼ぶトレンチ博士は、「霊は私たちと同じような人たちであり、私たちは彼らを客人として扱い、失礼や乱暴から守る」ことを求め、「ちょうど私たちが何か辛い思いを何度も思い返すのと同じように、自分がまだ生きていると思って、過去の人生の何らかの行為を何度も繰り返す」地縛霊について、「私たちが忍耐強くしていればいるほど、霊はその情熱と悔恨から、それだけ早く脱却できるだろう」と寛容を説く (II: 470)。これは亡霊についての話であるとともに、現実社会へのほのめかしとも読めるかもしれない。

出席者たちのあいだの「完璧な調和」(II: 467) を乱す意見対立が博士の見識でひとまず収まったところで、ヘンダソン夫人が部屋に入り、交霊会が始まる。ミス・マッケナがドアを閉め、さらに「誰もここにうっかり入ってきてもらいたくない」(II: 471) というマレット夫人の言葉で、博士が鍵をかける。しかし、外部からの脅威を遮断した密室にすることで闖入者を阻止できても、その場所に縛られている霊の出現を防ぐことはできず、またもや〈スウィフト〉と〈ヴァネッサ〉が現れて、熱烈な求愛と激しい拒絶を繰り返すのである。彼女は遺伝の懸念という彼の理性的説明にもひるまず、「運」に賭けるよう唆す――「ジョナサン、まだあなたはこのサイコロを振ることができない歳ではありません。でも断るならば、数年で子どものいない惨めな老人になってしまうでしょう」、「あなたはそんな精神をもちながら、孤独に直面できるのですか」(II: 475)、と。〈スウィフト〉は不安を見透かしたこの脅しめいた執拗な求愛の責め苦から逃れようと、霊媒の身体を伴ってドアへ向かい、こう叫ぶ――「何ということだ。私は敵と二人きりにされた。ドアに鍵をかけたのは誰だ。敵と一緒に私を閉じ込めたのは誰だ」(II: 475)。鍵のかかったドアは脱出も阻むのである。

施錠の張本人はトレンチ博士かマレット夫人であるのだが、亡霊の生前の女性観や恐れが死後も自らを閉じ込め、責めさいなむとも言える。イェイツがその頃改訂をしていた『幻想録』(*A Vision*, 1937) に基づいて言えば、霊が「過去の夢見」や「帰還」において生前の出来事を生き直さなければならないのは、「すべてが関係づけられ、理解され、知識に変えられ、自らの一部になるまで、あらゆる情熱的な出来事をその原因にまでさかのぼることを強いられるから」であり、そして「霊を自由から遠ざけているあらゆるものは、解かなければならない結ぼれや、均衡に戻って終わらなければならない動揺や激しさに喩えられる」(XIV: 164) のである。

だが、「敵と二人きりにされた」という叫びには、台頭してきたかつての被支配者たちとこの新しい国で共生せざるをえなくなった、かつての支配階層の人々の恐れや苦悩も響いているように思えてならない。一九世紀にはアイルランド南部のアングロ・アイリッシュの孤立化、周縁化が強まり、そうした彼らの心理的不安定さが、建築では外部の脅威から自分たちを守る城塞のような家、文学ではゴシック小説、そしてカトリックの「魔術」に対抗するオカルティズムへの没頭に表れているとされる (Foster, "Magic" 86–92)。

「カトーやブルータスのように」考えることを教えられたが、「私は女です。ブルータスやカトーが愛した女性と変わりはありません」(II: 474) と反論する〈ヴァネッサ〉は、イェイツが「教育」しようとして失敗した新しいアイルランドによく似ている (Torchiana 138) という指摘がある。また、「カトリックは知性の面で、プロテスタントは感情の面で教育しなければならない」というのがイェイツの父親の口癖だった (Foster, *Yeats I* 448) とも言われる。〈スウィフト〉にとって霊肉の葛藤をめぐる果てしない想念の連鎖から自由になるのが困難であるのと同じように、植民地支配を脱してまもない国において、知性を自負するかつての支配者と、迷信深さや知性の欠如を割り振られていたかつての被支配者とが、過去の結ぼれた記憶の反復と不安や恐れから真に解放されるのは容易でないことを物語るドラマだと言えなくもないだろう。

三.「すぐれた女優にして学者」——生者と死者のコミュニケーション

霊媒を介して死者と言葉を交わし、助力を得ることを期待して集まった人々は、傑出した霊魂が繰り広げる壮絶なドラマが耳に聞こえたにもかかわらず、それを十分に感得できなかった。彼らにとって亡霊の声は、聞きたいメッセージをさえぎる強烈なノイズにすぎなかったのだ。だが、彼らは礼儀正しく、それぞれ霊媒への労いの言葉と謝礼金を残して帰って行くことになる。

スウィフト研究者のジョン・コーベットだけが亡霊のドラマをよく理解し、「深く感動」し「完全に満足」

したと告げる。彼は窓ガラスに刻まれた詩を解読し、それが、スウィフト五四歳の誕生祝いにステラが書いた詩の一節であることを明らかにしていた。過去の死せる文字を声に出してよみがえらせ、また霊媒の言葉をミス・マッケナに、ひいては観客・読者に解説する役割も果たすのだ。ある意味で、彼は死者のメッセージを生者に伝える媒体なのである。だが彼は、霊媒ヘンダソン夫人が「すぐれた女優にして学者」(II: 478) であり、すべてが「芝居」だと決めつけていた。ミス・マッケナに戦慄をもたらした亡霊は、彼の懐疑心を揺さぶりはしなかった。彼は霊媒の語りと執筆中の博士論文の主張が重なることに自己満足して、学者同士のような質問を投げかけるのだが、夫人は「スウィフトという人など知らない」と答える。夫人が嘘をついていないとすれば、彼女の身体は亡霊の声の通り道にすぎず、彼女の知性には何の痕跡も残さなかったことになる。

コーベットは交霊会の開始前に、スウィフトの悲劇を人間的感情に即して理解する老博士をやり込めていた。

トレンチ博士　悲劇的な生涯だった。ボリングブルック、ハーリー、オーモンド、彼の友人だったこうした立派な大臣たちはみな、追放され、破滅してしまったのだ。

ジョン・コーベット　彼をそんなふうには説明できないと思います。彼の悲劇にはもっと深い根底がありましたから。彼が理想とした体制はローマの元老院、理想の人物はブルータスとカトーでした。そのような体制やそのような人物がもう一度在りえるように思われたのですが、その動きは消え去りました。そして、彼は来たるべき破滅を予見したのです。(II: 468)

だが、皆が帰ってしまい、一人になったヘンダソン夫人に再び憑依した〈スウィフト〉は、「私の友人だった五人の立派な大臣はいなくなった。私の友人だった十人の立派な大臣はいなくなった。私の友人で、いなくなった立派な大臣を数えるのには指が足りない」(II: 479) と語り出す。この声が晩年の孤独を夢見返す亡霊の声ならば、コーベットが却下した博士の説明も正しかったことになるし、何よりも、交霊会での出来事は心霊現象ではなく演技だ、と切り捨てたコーベットの理性の敗北を、観客・読者に実感させることになる。「少数者」の優れた知性を讃えるという劇でありながら、そうした知性の驕りを突き崩す劇でもあると、この場面ではっきり認識できるのである。そして霊媒ヘンダソン夫人の真正性を証するのは、「伝道者の魂」といった高尚なものではなく、遠慮の言葉とは裏腹な、彼女の金銭への強い執着をしめす卑しい仕草であることに思い至る。

しかし、死者の霊が降りてきて物語るという筋だという理解も、ミス・マッケナが言及していた「思念の伝達」、つまりテレパシーの可能性や、霊媒が求めた「完璧な調和」ということの超心理学的な意味を考えてゆくと、これもまた揺らいでくる。交霊会での現象は、出席者たちの知識や思念や願望（ことにコーベットのスウィフト観やパタソンらの賭けへの執着）が、五感を越えた方法で霊媒に伝わり、表現されたという筋だったかもしれないのだ。序文 (II: 718–21) はその方向を示唆し、またこの最後の憑依の場面についても、役になりきって演じたあとで楽屋に戻ってゆく役者の身体に残った役柄の名残りのようなものかもしれないとされる。「霊媒の能力とは劇化」であり、「ほとんどいつも真実とうそが混ざっている」(II: 719–20) という言葉によって読者は煙に巻かれ、まさに「自分自身で真理を発見」せざるをえなくなるのである。

結び

冒頭で触れたように、初演時の劇評家は「窓ガラスに刻まれた言葉」の書き手を誤認し、それが〈ヴァネッサ〉に関わるものと思ってしまった。スウィフトが旅の宿の窓に書いたとされる詩の中で言うように、恋人たちの戯言が書かれた窓ガラスは物を見えにくくし、「愛が情熱をかきたてると／理性の光は暗くなる」(Miner 274) というわけだが、この劇で窓ガラスに刻まれていたのは情熱的な恋人たちの戯言ではなく、魂の愛が捧げた知性賛美の詩であり、それが皮肉にも亡霊の目を曇らせる結果になるのである。

〈スウィフト〉と〈ヴァネッサ〉との対決が生き生きとした言葉の応酬であるのに対して、彼と〈ステラ〉との語らいは独白である。〈スウィフト〉は彼女に強いた「子どもも恋人も夫も」なく、「友人として怒りっぽい年寄りが一人いるだけ」の人生について思い迷い、「愛しいステラ、私は君に悪いことをしてしまったのだろうか。君は不幸か」と問いかけるが、「いや、答えることはない。この前の誕生日のために書いてくれたあの詩の中で、君はすでに答えてくれている」(II: 476) と言って、その詩の中の気に入った箇所を読んで、不安を払拭しようとする。種本とされる『スウィフトとステラ』では、彼女も結婚を強く迫るのだが、性愛の要素はすべて〈ヴァネッサ〉が担う本作品では、聖女のごとく慎み深く沈黙を守る〈ステラ〉のもとで〈スウィフト〉は甘え、つかのまの心の平安にひたろうとするかのようである。いや、むしろ〈ステラ〉はこの場におらず、孤独な亡霊が一人で悔恨にふけっている (Ure 100–01) とみるべきかもしれない。対話を二つ並べずに、二番目を詩句の引用を伴う独白という趣向にしたのは、情熱的な〈ヴァネッサ〉の後に、理性的な〈ステラ〉

が現れる、という竜頭蛇尾を避ける劇作上の必要性から（Miner 275）とも考えられるが、それだけでなく、知性称揚のどんでん返しの仕掛けでもあるのではないだろうか。

劇中で引用されるステラことエスター・ジョンソン（Esther Johnson, 1681–1728）が、一七二一年にスウィフトの誕生祝いとして献げた詩は、「正邪の区別を知ることにより／若さを長く保つ術を教えてくださいました。／心の輝きにより／翳みゆく目に輝きを補う術を教えてくださいました」と、老いゆく肉体よりも、変わることのない知性や徳を磨くことを説いた師の教えに感謝し、そして彼が世を去れば「一日は気高く悲しみに耐え／次の日には召されましょう」と結ぶ（II: 476–77）。この詩は知性の教えの成果の結晶であり、亡霊は老後の安心の拠り所としてこの言葉にすがるのだが、ステラの早世という伝記的事実を知る観客・読者には、それは悲劇的アイロニーでもある。亡霊はこの詩が刻まれた窓ガラスのある部屋に縛られ、過去の夢見に囚われ、絶望の叫びをあげ続けることになる。変化し消滅しうる「声」に対して、窓ガラスに刻みつけられたこの詩は、傑出した知性を讃えて、「退化」した後世に語り伝える金字塔であるとともに、「生の流れを乱す」かのような「石」（詩「一九一六年復活祭」）のように、生々流転を妨げるものでもある。〈ステラ〉の存在を、姿でも声でもなく、書き残された言葉だけで表現することによって、一八世紀という時代の、「迷信からついに自由になったあの傲慢な知性の一番の代表者」（II: 478）とされるスウィフトの悲劇は、より深くなっていくのである。

註

1 歴史上の人物との混同を避けるため、劇中の声の名は〈 〉に入れて示すことにする。

2 このころ上演されたスウィフトをめぐる戯曲に G. S. Paternoster, *The Dean of St. Patrick's* (1913); Arthur Power, *The Drapier Letters* (1927); Lord Longford, *Yahoo* (1933); Denis Johnston, *The Dreaming Dust* (1940) 等がある。

3 イェイツは一一月二一日、オットリン・モレルにあてて、「私のスウィフト劇は見事に演じられて大成功」であり、「朝刊四紙が私の劇作術を褒めた」(*CL* no. 5411) と書き送った。

4 イェイツの出自からみて興味深い改変と考えられるのは、スウィフトの原著で〈少数者〉の要件とされていた「莫大な財産を獲得し（中略）あるいは莫大な相続財産を残した先祖の末裔に生まれ」たこと (Swift 84) に、「大いなる個人的な天賦の才」を加えたことである。

5 このダンレーヴン卿とは、注釈 (Jeffares and Knowland 222; II: 901) では、第三代伯爵 (Edwin Richard Windham Wyndham-Quin, 1812–71) と推定されている。彼も一八六〇年代末にD・D・ヒュームの交霊会に関わったが、「当時はアデア卿」という台詞からすると、『オックスフォード英国人名事典』の "Home" の項 (*ODNB* 27: 870) 等から、その息子とみる方が妥当であろう。

引用文献

Archibald, Douglas N. "*The Words upon the Window-pane* and Yeats's Encounter with Jonathan Swift." *Yeats and the Theatre.* Ed. Robert O'Driscoll and Lorna Reynolds. London: Macmillan, 1975. 176–214.

Fitzgerald, Mary. "'Out of a Medium's Mouth': The Writing of *The Words upon the Window-pane.*" *Colby Library*

Quarterly 17. 2 (1981): 61–73. Web. 24 Aug. 2016.
Foster, R. F. *Modern Ireland 1600–1972*. London: Penguin Books, 1988.
——. "Protestant Magic: W. B. Yeats and the Spell of Irish History." *Yeats's Political Identities: Selected Essays*. Ed. Jonathan Allison. Ann Arbor: U of Michigan P, 1996. 83–105.
——. *W. B. Yeats: A Life. I: The Apprentice Mage 1865–1914*. Oxford: Oxford UP, 1997.
——. *W. B. Yeats: A Life. II: The Arch-Poet 1915–1939*. Oxford: Oxford UP, 2003.
Hand, Derek. "Breaking Boundaries, Creating Spaces: W. B. Yeats's *The Words upon the Window-Pane* as a Postcolonial Text." *W. B. Yeats and Postcolonialism*. Ed. Deborah Fleming. West Cornwall, CT: Locust Hill, 2001. 187–204.
Hayes, J. J. "Two New Plays in Dublin." *New York Times* 4 Jan. 1931. *ProQuest Historical Newspapers*. Web. 29 July 2016.
Jeffares, A. Norman and A. S. Knowland. *A Commentary on the Collected Plays of W. B. Yeats*. London: Macmillan, 1975.
Lawrence, C. E. "Swift and Stella." *The Cornhill Magazine*. 60.360, N.S. (1926): 672–81.
"Medium." *The Encyclopædia Britannica*. 11th ed. 29 vols. Cambridge: [Cambridge] UP, 1910–11.
Miner, Earl Roy. "A Poem by Swift and W. B. Yeats's *Words upon the Window-Pane*." *Modern Language Notes* 72.4 (1957): 273–75. *JSTOR*. Web. 29 July 2016.
"New Play by Mr. W. B. Yeats." *Manchester Guardian* 21 Nov. 1930. *ProQuest Historical Newspapers*. Web. 29 July 2016.
"New Yeats Play Given." *New York Times* 19 Nov. 1930. *ProQuest Historical Newspapers*. Web. 29 July 2016.
Oppenheim, Janet. *The Other World: Spiritualism and Psychical Research in England, 1850–1914*. Cambridge: Cambridge UP, 1985.
Saddlemyer, Ann. "The Theatrical Voice: *The Words upon the Window-Pane*." *Literature and the Art of Creation: Essays and Poems in Honour of A. Norman Jeffares*. Ed. Robert Welch and Suheil Badi Bushrui. Totowa, NJ: Barnes & Noble, 1988. 153–173.

Swift, Jonathan. *A Discourse of the Contests and Dissentions Between the Nobles and the Commons in Athens and Rome*. Ed. Frank H. Ellis. Oxford: Clarendon P, 1967.

Taylor, Richard. *A Reader's Guide to the Plays of W. B. Yeats*. New York: Palgrave Macmillan, 1984.

Torchiana, Donald T. *W. B. Yeats and Georgian Ireland*. 1966. Washington, D.C.: Catholic University of America P, 1992.

Ure, Peter. *Yeats the Playwright: A Commentary on Character and Design in the Major Plays*. London: Routledge and Kegan Paul, 1963.

"The Words upon the Window-Pane: Mr. Yeats's New Play in Dublin." *Times* 19 Nov. 1930. Web. 29 July 2016.

Worth, Katharine, "*The Words upon the Window-pane*: A Female Tragedy." *Yeats Annual No. 10*. Ed. Warwick Gould. Basingstoke, Eng.: Macmillan, 1993. 135–58.

Yeats, William Butler. *The Collected Works of W. B. Yeats*. George Bornstein, George Mills Harper, Richard J. Finneran, gen. eds. 14 vols. New York: Scribner.

——. *The Senate Speeches of W. B. Yeats*. Ed. Donald R. Pearce. 1960. London: Prendeville Publishing, 2001.

——. *The Collected Letters of W. B. Yeats*. John Kelly, gen. ed. Oxford: Clarendon P, 1986–. CD-ROM. InteLex.

5

福田　敬子

伏魔殿の妖怪たち

――アメリカ人国籍離脱者たちのロンドン・クラブバトル

はじめに

周知のように、アメリカ人小説家ヘンリー・ジェイムズ (Henry James, 1843–1916) は、後に高名な心理学者となる兄ウィリアム (William James, 1842–1910) や、二人の弟 (Garth Wilkinson James, 1845–83, Robertson James, 1846–1910)、妹 (Alice James, 1848–92) とともに、幼いときから繰り返し渡欧した。父親で同じ名前のヘンリー (Henry James, Sr., 1811–82) が、子どもたちがずっとアメリカに留まっていたら視野が狭い人間になると懸念し、彼らを積極的に国外に連れ出したからである。

南北戦争が終わり、作家の道を歩みはじめた一八六九年から七四年にかけて、ジェイムズは、今度は自らの意思で、たびたびヨーロッパ旅行に出かけることになる。そして、一八七五年にはヨーロッパに永住する決意を固める。本格的な小説家になるためには、長い歴史や豊かな伝統があり、濃密な社会構造がある場所に住む必要があると考えたからだ。そして、最初はパリに赴くが、結局はロンドンを選ぶことになる。

ロンドンに移ったジェイムズは、パリでは味わえなかった居心地のよさを感じ、「パリよりも安く住める」ことを喜んだが、同時に、「暗さ、ほこりっぽさ、貧乏くささ」(Kaplan 176–77)、そして、「厳しい貧困の状況」(Edel 1985, 206) も感じる。それでも彼は、「ずっとロンドンに住んでいたかのように」(同) この大都会に落ち着くのである。

ジェイムズがロンドン社会の一員になるために目標としたことのひとつに、「ジェントルマンズ・クラブ」の会員になることが含まれていた。イギリス人にとってはもちろんのこと、外国人にとっては、イギリス社会への仲間入りを認められたことの証であり、社会的地位の向上を保証する重要な手段だったからだ。

最終的にジェイムズが会員になったクラブは、少なくとも五つあったと言われる。「トラベラーズ・クラブ(Travellers Club)」、「セント・ジェイムズ・クラブ (St. James's Club)」、「サヴィル・クラブ (Savile Club)」、「リフォーム・クラブ (Reform Club)」、「アシニーアム・クラブ (Athenaeum Club)」である。

ジェイムズが初めて終身会員資格を得ることができたクラブは「リフォーム・クラブ」で、このとき彼は、「ロンドンで華々しく暮らす」という夢がかない、「ちょっとだけインサイダーになった気がした」と述べている。しかし、彼は必ずしもクラブ内で快適に過ごせたわけではなく、あらためて「アウトサイダー」としての苦悩を味わうことになる。「ロンドンに暮らすことはロンドナーになることではないし、当然自分はイギリス人ではなく」、あくまで「コスモポリタン」なのだということがわかっていたのだ (Kaplan 194)。

本論では、ジェイムズのクラブライフの軌跡をたどりながら、世紀末から二〇世紀初頭の「国籍離脱」アメリカ人にとっての異国社会、中でもとりわけ手ごわいロンドンの「ジェントルマンズ・クラブ」という「伏魔殿」での彼らの奮闘振りを考察する。そのさい、ジェイムズ同様にヨーロッパを活動の拠点としたジェイムズ・マクニール・ホイッスラー (James McNeill Whistler, 1834–1903) や、ジョン・シンガー・サージェント (John Singer Sargent, 1856–1925) らアメリカ人画家のほか、日本の岡倉天心 (1863–1913) も考慮に入れていくことにする。

一・ジェイムズと「ジェントルマンズ・クラブ」

ヘンリー・ジェイムズが、永住の地を求めてロンドンに到着したのは、一八七六年の冬のことだった。一二月一一日にボルトン通りのアパートに身を落ち着けると、翌日にはベーコン・エッグの朝食を食べ、大いに満足したのだった (Edel 1985, 204)。

一二月二四日、ジェイムズはアメリカ人編集者のセオドア・チャイルド (Theodore E. Child, 1846–92) と「アーツ・クラブ (Arts Club)」で朝食を取る。チャイルドは七五年にここの正会員になったばかりで、このときのジェイムズは、彼の「ゲスト」という身分だった。

「アーツ・クラブ」は一八六三年に創設され、外国人でも限られた期間であれば、名誉会員の資格を得ることが可能だった。トウェイン (Mark Twain, 1835–1910) やハート (Bret Harte, 1836–1902)、ロダン (François-Auguste-René Rodin, 1840–1917) らが会員となったが、ジェイムズ自身は最後までここの会員になることはなかった。

その二ヶ月後の一八七七年二月一三日、ジェイムズは「アシニーアム・クラブ」にいた。このクラブは、科学、文学、芸術などに秀でた者が、階級や分野を超えて集まることがほとんどなかった時代にできた最初のクラブのひとつである。最初は「ソサイアティ (The Society)」と呼ばれていたが、後に現在の名前に変更された。主な会員には、ウィルバーフォース (William Wilberforce, 1750–1833)、ミル (John Stuart Mill, 1806–73)、ディケンズ (Charles Dickens, 1812–70)、サッカレー (William Makepeace Thackeray, 1811–63)、アーノルド (Mathew Arnold, 1822–88)、ラスキン (John Ruskin, 1819–1900) などがいる (Timbs 205–10: Nevill 275–283: Ward 227)。

ジェイムズ自身はこの時点では会員ではなかったが、アメリカ人歴史家のジョン・L・モリー (John Lothrop Morley 1814–77) が便宜を図り、彼が出入りできるようにしてくれたのだった (Edel 1987, 144)。この名門クラブに出入りが許されたジェイムズは、興奮した様子で、妹のアリスに次のような手紙を書いている。

> 今、かなり遅い時間だけど、ぼくはアシニーアム・クラブの気持ちのよい応接間にいて、ここで夕食後ずっと雑誌を読んでいるところだ。大きい肘掛け椅子に深く腰掛けられて、本を置けるすてきな場所もあって、脚を支えられる立派な道具もあるんだよ。君の敵意をかきたてたくはないけれど、もしこの応接間で午後五時に日常的に見られる光景を描写したら、そうなってしまうかもしれない。大きな椅子やラウンジやソファに大勢の男たちが座って、膝の上に雑誌や新聞やミューディ[1]の新刊本を載せて、のけぞるような姿勢でお茶を飲んでいる間、膝丈のズボンをはいた気立てのよい使用人がお茶とバターつきトーストをお盆に載せて給仕するんだよ。(Edel 1987, 146)

ジェイムズは、当時としては「イギリス随一」とされるここのライブラリーの壮麗さに心を奪われた。また、おのぼりさんよろしく、向かいの席ではハーバート・スペンサー (Herbert Spencer, 1820–1903) がうたた寝をしていて、ヨーク大司教などの大物もいることにも感動している (Edel 1987, 144)。

モリーの好意で彼がこのクラブに出入りする権利は更新され続け、一八八二年にはここの名誉会員になるが、終身会員になることはかなわず、九七年には退会扱いとなっている。

一八七七年、ジェイムズは一時的に「トラベラーズ・クラブ」の外国人枠の名誉会員になったこともあるが、その期間はほんのわずかだった。このクラブは一八一九年に設立され、「ロンドンから少なくとも五〇〇マイルは離れたところに旅行した経験がある者」が加入でき、そうそうたるイギリス上流階級のメンバーや、職務上、当然遠出する必要のある首相らが所属していた。しかし、あまりよい思い出は残らなかったようで、このクラブについては、ジェイムズ自身も詳しい感想を書き残していない。

翌一八七八年には、彼は「セント・ジェイムズ・クラブ」にも出入りしていたことがわかっている。これは一八五七年に設立されたクラブで、もともとは前述の「トラベラーズ・クラブ」がこの名称を使っていたこともある。一九七八年に閉鎖されたが、現在は「セント・ジェイムズ・ホテル・アンド・クラブ(St. James's Hotel and Club)」という名で復活を遂げている。

ジェイムズが「セント・ジェイムズ・クラブ」に籍を置いたのはわずか六ヶ月だったが、ここで彼は、イギリス人の口語表現について、おもわぬ学習をすることになる。

ジェイムズは、「僕はこれまでにないほど“I says”という表現を聞いた。ここの二〇人のうち一九人はパブリック・スクールに行っていると思うのだが……。でも、そんなこまかいことは大して重要ではない。僕が言いたかったのは、イギリス社会の特定の人々は、非常に不作法で、くだけていて、変則的な話し方をし、荒々しくて乱暴な言葉遣いをするということだ」(Edel 1987, 160)と述べ、驚きを隠せない様子を示している。しかし、彼がイギリスを舞台にした小説を書く際に、ここでの経験が十分に役立ったことは言うまでもない。

その後、苦労のかいがあって、ジェイムズは「リフォーム・クラブ」の終身会員資格を得ることに成功する。一八七八年五月のことで、ロンドンを永住の地に選んで三年目のことだった (Kaplan 458–59)。

「リフォーム・クラブ」は、一八三〇年から三二年にかけての第一回選挙法改正法案を支持した両院議員によって三六年に設立されたため、こう呼ばれる。会員には、グラッドストーン (William Gradstone, 1809–98)、チェンバレン (Joseph Chamberlain, 1836–1914)、チャーチル (Winston Churchill, 1874–1965) など、政治家の名が目立つ (Timbs 227–32: Nevill 232–36)。このクラブへの入会が認められたとき、ジェイムズは次のように喜びを語っている。

少し前のことだが、突然僕は、リフォーム・クラブ会員の投票にかけられそうだと伝えられた。そして、その数日後に、終身会員になったということだった。僕が予期していたよりもずっと早かった。クリスマスに最初の情報を得て以来だったから、たぶん投票にかけられるのは一年後だと思っていたけど、そのときも自分が選ばれるかどうか疑わしいと思っていた。でも、僕は優遇してもらったようで、候補者名簿に載ってから一五ヶ月で取り決めてもらったんだ。(Edel, *Letters* II, 175)

しかし、楽しいことばかりではなかった。彼は入会金四二ポンドを払わなければならず、父親に「すぐ返すから」、と言って、金の無心をすることになる。「リフォーム・クラブは、僕にとって本当に大切なもので、必要不可欠なんだ。不思議なことに、ここにいると本当にくつろげるんだよ」(Edel, *Letters* II, 176) と、彼は父親への手紙に書き残している。

ジェイムズが恥をしのんで父親に借金の申し込みをした事情は理解できる。一般に、ロンドンのクラブ会員になるためには複数の紹介者が必要で、正会員になるためには既会員による投票が不可欠だった。さらには、投票の対象となる機会を得るためだけに一〇年を要することもあり、いつ自分が投票されることになるか、本人にもまったくわからなかった。特に外国人にとっては至難の業だった。しかし、一度入会すれば最高の気分を味わえた。「ロンドンのクラブは、その客に最高の食べ物と、セラーから選りすぐったワインを提供する。そして、メンバーと、そのメンバーの内輪の仲間だけに、神聖な空間をとっておいているのである。ロンドンのクラブの全てに『聖域中の聖域』があった」(Hatton 59) のだ。

この「聖域」への終身会員資格を得たのだから、ジェイムズはこのチャンスを絶対に逃してはならず、どんなことをしてでも入会金を調達しなければならなかったのである。

そのほか、ジェイムズは一八八四年に「サヴィル・クラブ」の会員にもなっている。このクラブは、一八六八年に創設された比較的こじんまりしたクラブだが、ヴィクトリア時代のクラブは息が詰まるという理由で、自由な気風を求める文化人が作ったものだ。会員には、キプリング (Joseph Rudyard Kipling, 1865–1936)、スティーヴンソン (Robert Louis Stevenson, 1850–94)、ウェルズ (H. G. Wells, 1866–1946)、イェイツ (William Butler Yeats, 1865–1939) らがいる (Neville 284)。作家が多く、気取らないでいられたクラブだったが、ジェイムズは五年後にここを退会している。

二 クラブの中の手強い面々

このように、ジェイムズは、クラブ入会に関し、外国人としてはかなり善戦してそれなりの成果を上げたと言える。その理由として、作家としての知名度以外に、社交的なその性格が味方したのだろうと思われる。「ロンドンの食堂や応接間で、ヘンリー・ジェイムズほどの人気者はいなかった。彼は話がうまく、話すときには日常茶飯事のささいなことを話題にしたときでも深い考察や意見を発展させ、知的な上品さと意味を与えた」と、アイルランド出身の小説家ジャスティン・マッカーシー (Justin McCarthy, 1830–1912) は述べている (Edel, *Letters* II, 79)。

しかし、ロンドンのクラブは思ったよりも手強い連中の集まりだった。『ピーター・パン』(*Peter Pan*, 1904) の作者として知られるイギリス人小説家バリ (Sir James Matthew Barrie, 1860–1937) は、ジェイムズをかなりうっとうしいと思っていたようだ。「リフォーム・クラブ」では、会員に散髪サービスをしていたが、バリもジェイムズも散髪好きで、しょっちゅうクラブ内の床屋で顔を合わせ、表面上はおしゃべりを楽しんでいた。あるとき、ロンドン以外の場所で、たまには静かにひとりで散髪されたいと思って大きなホテルの床屋に行ったところ、そこにジェイムズがいて、バリは本当にげんなりしたという (Burlingham 60)。

イギリス人小説家のアーノルド・ベネットは、「リフォーム・クラブ」の会員だったが、あるとき、ジェイムズに「たぶん私のことを覚えていないでしょうね」と話しかけられて、驚いたという。「忘れようとしても忘れられない奴だ」と思っていたからだ。さらに、「お一人ですか?」と聞かれ、「仲間と会う予定があるので」と言って断ったのだが、ジェイムズは、「私もご一緒していいですか？」と言い、結局その後は割り込み参加したジェイムズの独演会となった。ジェイムズの話はおもしろかったが、ベネットは、ジェイムズは文学以外に情熱を持ったことはないのだろうと思った、という (Page 34–36)。

イギリス人文筆家で風刺画家のマックス・ビアボーム (Sir Henry Maxwell Beerbohm, 1872–1956) は、あるとき、連載が始まったばかりのジェイムズの新しい物語「ビロードの手袋」("The Velvet Glove," 1909) を読むために「サヴィル・クラブ」に向かった。その途中、ジェイムズに声をかけられ、「何かおもしろい絵画展が行われていないか」と聞かれたので、「あるよ」、と答えると、ジェイムズは「連れてってくれまいか」と頼んできた。しかし、ビアボームは「ほかに用事があるから」と言って断った。その理由は、「この大作家本人より、この大作家の作品とつきあう方がずっとよかった」からだというのである。

ジェイムズは話し上手とされていたが、皮肉屋のビアボームには、「もったいぶった話し方をする奴」と映っていたようだ。彼は、ジェイムズについて次のように述べている。

> 「ジェイムズ」はものを言うときに、これ以上ないくらいためらって見せた。きっと偉大な国会議員になれただろう。下院では、物言いをためらう者は、高く評価されるからだ。ぺらぺらしゃべる人間は軽薄だと思われがちだが、重要な問題を深く熟考しているから口ごもると見なされるのだ。(Anderson 66)

ロンドンのクラブは、人の態度も大きく変える。ロシア人作家ツルゲーネフ (Ivan Sergeyevich Turgenev, 1818–

83) は、ジェイムズのあこがれの作家で、パリ在住中に親友となったはずだった (Kaplan 170–71)。しかし、一八七九年、そのツルゲーネフがロンドンにやってきたとき、ジェイムズは彼を客として「リフォーム・クラブ」に招いたのだが、彼は、自分に敬意を払うメンバーが大勢いることを知ると、アメリカ人など眼中にないかのように、ジェイムズには目もくれなくなったという (Woodbridge 152)。

このように、ジェイムズは、ロンドンのジェントルマンズ・クラブの会員になるという夢をかなえても、必ずしも手放しで歓迎されていたわけではなかった。「スノッブ」、「アメリカ人にありがちだが、パリに行ったからっていい気になっている」などとも言われ、「アウトサイダー」扱いを免れなかった。まさに、「ジェントルマンズ・クラブ」は伏魔殿、そこのメンバーは、手をかえ品をかえ、手の平がえしで行く手を阻む変幻自在の「妖怪」である。

それでも、イギリス社会で人気者になりたかったジェイムズは、社交関係においては積極的かつ寛容で、天敵ともされるオスカー・ワイルド (Oscar Wilde, 1854–1900) が「サヴィル・クラブ」に入会する口利きもしている (Freedman 168)。

一八九七年、ジェイムズはイースト・サセックス州のライに、ラム・ハウス (Lamb House) と呼ばれる家を購入するが、それをきっかけに、これまで使っていたロンドンの家を手放して、「リフォーム・クラブ」に居住用の部屋を確保することになる (Burlington 59)。

彼はこの部屋について、「自分で家具を用意し、あれやこれやと全部やらなければいけないが、結果や条件はおおむね折り合ったと言える。私の部屋は広々としていて南向きでカールトン・ガーデンズに面している。

本当に静かだし、サービスもすこぶるよく、ここでは仕事がはかどることがわかった。タイプライターを置くスペースも十分あるし、タイピストも入れられる」(Edel, *Letters* IV, 172–3) と満足げに述べている

このように、クラブ遍歴を通してジェイムズは、ロンドンで交わされる口語英語を知り、社交習慣を観察する機会を得、ゴシップを耳にすることでイギリス上流階級の実態を知り、作品に生かすことができた。そして、社交を通じて知名度も高まり、人脈も培えたのだから、なんと陰口をたたかれようとも十分にその目的を果たしたのだと言えよう。

三．「変革者」ホイッスラー

ジェイムズ・マクニール・ホイッスラーはアメリカ生まれだが、パリで美術を学び、主にロンドンとパリで活動したアメリカ人画家である。彼のエキセントリックなキャラクターは多くが知るところだったが、それはロンドンの「ジェントルマンズ・クラブ」でも大いに発揮された。

「リフォーム・クラブ」の終身会員になる少し前の一八七八年三月、ジェイムズはクリスティナ・ロジャーソン (Christina Rogerson, 1839–1911) の家で、ホイッスラーと初めて会った。彼自身はホイッスラーの画風を好んではいなかったが、その人となりには興味を抱いたようだ (Kaplan 193)。

ホイッスラーは、『黒と金のノクターン――落下する花火』(*Nocturne in Black and Gold—The Falling Rocket*) を

めぐる、批評家ジョン・ラスキンとの訴訟でもよく知られている。ラスキンは、バーン＝ジョーンズ(Sir Edward Coley Burne-Jones, 1833–98)らのことは高く評価していたが、ホイッスラーには批判的で、「絵の具の壺をぶちまけたようなもののために二〇〇ギニーも払うなんてあり得ない」と、この絵を酷評した。ホイッスラーは彼を名誉毀損で訴え勝訴したものの、裁判費用がかさんで一八七九年五月には破産宣告を受けることになる。

この件に関してジェイムズはホイッスラーの立場を支持したが、一連の騒動のことを「まれに見る、もっとも残念な見せ物」と呼び、「もしこれがアメリカの西部の町で起こっていたら、田舎くさくて残酷だと言われ、低俗文明圏の事件だとして引き合いに出されたことだろう」と述べている(James 1878, 173)。

この裁判の後にジェイムズは、ホイッスラーを友人のアメリカ人女性イザベラ・スチュワート・ガードナー(Isabella Stewart Gardner, 1840–1924)に紹介する。この人物はボストンの名士で、後に自ら蒐集した美術品を展示するための私設美術館を建てた人物であるが、このときはまだ蒐集活動は行っていなかった。[2] それでも、ホイッスラーは、彼女が将来有望な顧客になることを期待して、ちゃっかりと顧客リストの上のほうに彼女の名前を載せるのだ(Southerland 202)。

一八八六年一〇月にガードナーがロンドンにやってきたとき、ホイッスラーは彼女の本格的な肖像画を五〇〇—六〇〇ギニーで描くことを申し出る。しかし、彼女が二週間しか滞在できないことがわかると、結局は一〇〇ギニーのパステル画を描くことで手を打つことにする。それでも、彼女は他に一六〇ギニー分の絵を買ってくれたため、彼にとっては大きな利益となった(Southerland 218)。

ホイッスラーは、ジェイムズほど「ジェントルマンズ・クラブ」に入ることに固執していたわけではなかったが、それなりにこの世界ではうまくやっていた。彼は「アーツ・クラブ」の会員でもあったが、「ホガース・クラブ (Hogarth Club)」にも出入りしていた。[3] 一八七九年一月、ここである事件が起こる。

ホイッスラーは、モード・フランクリン (Maud Franklin, 1857–1941) というモデルを使っていたが、実は彼女は彼の愛人でもあった。しかし、彼は、パリに行ったふりをして妊娠中の彼女を捨ててしまう。[4] そのとき、やはり彼女をモデルに使っていたイギリス人画家ウィリアム・スコット (William Scott, 1848–1918) はこれを知って激怒し、「ホガース・クラブ」にやってきて、ホイッスラーを「この嘘つき、臆病者め」とののしった。これに対し、ホイッスラーはすかさずスコットの顔を殴ったのである。

この騒動で処分されたのはスコットの方だった。クラブ側は、最初に侮辱的な言葉を吐いたスコットに非があると結論づけ、彼には、ホイッスラーに謝罪するよう要求したが、これをよしとしなかったスコットは退会という道を選択することになる。外の世界ではともかく、「ジェントルマンズ・クラブ」という特別の場所では、先に「紳士」らしからぬ振る舞いをした方が負けなのだ。一方、ホイッスラーは大満足だった。この直後にアメリカでの展覧会が予定されていた彼にとっては、この事件がアメリカで大々的に報道されて評判になることは大歓迎だったのである (Sutherland 235)。

このように、イギリス社会で様々な物議を醸し出していたホイッスラーだが、その画家としての実力が評価されて、一八八六年には、権威ある王立芸術家協会 (Royal Society of British Artists) の会長に選ばれる。しかし、彼は別の団体とも関係していたため、協会は、「かけ持ちを禁じる規則に違反した」という理由で彼を追放することになる。これで落ち込まないのがホイッスラーだ。『ペル・メル・ガゼット』(*Pall Mall Gazette*) 紙の取材を受けたとき、彼は旧態依然とした協会を批判し、「『本物の芸術家』は脱退して『イギリス人』だけが残るのさ」と言って大笑いして見せたのだった (Thorp 116)。

一八九一年には、ホイッスラーは、その設立当初から所属していた「アーツ・クラブ」の権威主義に対抗して、「チェルシー・アート・クラブ (Chelsea Art Club)」を設立する。これは、「ボヘミアン」的な性格を持ったリベラルな若手芸術家のためのクラブだったが、資金集めのために毎年盛大な舞踏会を開いていたため、「ジェントルマンズ・クラブ」の一種と分類されることが一般的である。長い間ホイッスラーは、保守的で排他的なイギリスの美術界にうんざりしていて、これを改革したいと考えていたのである。

この頃、パリでは、かつてはイギリスの王立芸術院 (Royal Academy of Arts) に拒否された彼の母親の肖像画で『ホイッスラーの母』(*Arrangement in Grey and Black No. 1*) として知られる絵がフランス政府によって購入され、彼はレジョン・ド・ヌール勲章の候補者にもなる。ほぼ同じ時期にロンドンでの個展も成功した結果、彼のイギリスでの評価は急速に高くなり、作品の相場も上がってきていた。すると、今売ればもうかるとばかりに、イギリス人蒐集家たちが一斉に彼の作品を売りに出したのだった。それを見たホイッスラーは、イギリスの蒐集家は芸術を理解できないただの「投資家」であると判断し、その後、自分の作品がイギリスに残らないように全力を尽くすことになる (Thorp xx–xi)。

しかし、ホイッスラーの闘いはまだまだ終わらない。一八九八年、彼は国際美術協会 (International Society of Sculptors, Painters and Gravers) を組織し、五月から六月にかけて、ロンドンで最初の展覧会を開催した。その目的は、イギリス中心主義的な王立芸術院に対抗して、ヨーロッパ大陸、とりわけフランス人の芸術家とフランスで修行した芸術家の作品をイギリス人に見せることだった。

この展覧会開催にあたって、彼は再び『ペル・メル・ガゼット』紙の取材を受け、「国際美術展 (International Exhibition) は、ロンドンで開かれる芸術家のための集まりだ。大衆がいてもいなくても関係ないが、もし大衆が希望するのなら、芸術家と大衆が一緒になって、芸術が示す進歩を学び、理解することができるようにしたい」と答えている。さらには、「われわれは、これまでロンドンで展示されてきたものの中で、もっとも世界を代表する多くの芸術品を一堂に集め、長い間感じられてきた空白の穴埋めをしたいのだ」(Thorp 161) とも述べていて、これまでの闘いの目的は、イギリスの芸術のレベルを上げることだったことがわかる。

このように、「ジェントルマンズ・クラブ」や芸術団体での活動を通じて、ホイッスラーは、保守的なイギリスの価値観を壊すことに力を注いだ。結果的には、それが美術界におけるイギリスの国際的地位を高めることにつながっていくのは皮肉である。しかし、彼が求めたのは芸術界の向上であったから、その目的は十分に果たされたと言える。ホイッスラーは、「ジェントルマンズ・クラブ」という伏魔殿に闘いを挑み、いつのまにか、彼自身がクラブ、ひいてはイギリス社会の秩序を大変革する「妖怪」となっていたのだ。

四．「国籍離脱アメリカ人」たちの闘い

さて、ここで国籍離脱アメリカ人がイギリスで成功するためには、アメリカ人同士の強力なネットワークが必要だったことを確認しておきたい。イタリア生まれのアメリカ人で、主にイギリスを中心に活動したジョン・シンガー・サージェントは、ジェイムズやホイッスラーに支えられた画家である。彼は、一八八四年にパリのサロンで『マダムX』(*Madame X*)を出品したことで酷評されるという苦い経験を持つ。ドレスの片方の肩のストラップがずり落ち、青白い肌が露出したなまめかしいその肖像画（その後、サージェントはストラップを描き足している）は、お堅いサロンでは「不道徳」と見なされたのだ。モデルとなった女性が、フランス人銀行家と結婚したアメリカ人で、その妖艶な美しさとしばしば不貞の噂があったことで知られるゴトロー夫人(Virginie Amélie Avegno Gautreau, 1859–1915)だったことも、批判が拡大した原因のひとつである。このスキャンダルから逃れるために、サージェントは活動の拠点をロンドンに移す。そのとき、彼を支援したのがジェイムズだった。彼はサージェントの才能を高く評価していて、積極的に彼の面倒を見ることになる。

サージェントは、前述のイザベラ・スチュワート・ガードナーとも、ジェイムズを通じて知り合い、彼女の肖像画を描いている。[5] ホイッスラーもサージェントも、ジェイムズのおかげで、裕福で気前のよいアメリカ人の顧客を手に入れることができたわけである。

また、サージェントはジェイムズの紹介によって「リフォーム・クラブ」にも入った。その後、先輩ジェイムズが入れなかった、「アーツ・クラブ」、「アシニーアム・クラブ」などの名門クラブにも入会している。

しかし、社交に積極的なジェイムズとも、攻撃的なホイッスラーとも違って、人前に出ると緊張して言葉を発せられなくなるくらい内気な性格のサージェントは、極力インタビューを避け、名誉職のオファーがあってもほとんど辞退するような人物だった。したがって、彼がロンドンで成功するには、ジェイムズのような支援者がどうしても必要だったのである。

一方、苦い経験をしたとはいえ、サージェントにとって、パリで修業をしたことは芸術家としての誇りであったから、海外の芸術に理解を示そうとしない王立芸術院には、ホイッスラー同様に、彼も不満を抱いていた。そんなとき創設されたのが、「ニュー・イングリッシュ・アート・クラブ」(New English Art Club) である。「ニュー・イングリッシュ・アート・クラブ」は、ホイッスラーとも対立した「王立芸術院」が夏に開催している展覧会に自分たちの作品が展示されないことに不満をいだいた芸術家によって、一八八五年に作られた団体である。メンバーの多くはパリで修行したロンドンの若手芸術家だった。[6]

すでに述べたように、ホイッスラーなど、パリで修行した芸術家にとっては、王立芸術院はイギリス中心主義で、フランスなど海外の作品を認めない傾向にあると考えられていた。そのこともあってか、ホイッスラーの影響を強く受けた彼らは、王立芸術院とまったく別の展覧会を開くことに決めた。これは厳密には「ジェントルマンズ・クラブ」ではないが、サージェントは、このクラブのメンバーに選ばれただけでなく、第一回の展覧会に作品を展示し、王立芸術院への対抗意識を示したのである。ジェイムズが、「アメリカ人の芸術は主にパリで見られる」と言っているように、アメリカ人芸術家にとっては、本当はロンドンよりもパリの方が重要なのだった (James 1893, 216)。

パリで修行したサージェントは、保守的なイギリスの芸術界では、最初はその「パリ・スタイル」を批判されたが、徐々に崇拝者やパトロンを手に入れていき、王立芸術院にも認められる。そして、ボストン公共図書館の壁画の仕事を引き受け、不朽の名声を残すのだ。結局、アメリカの「国籍離脱者」の人生が、捨てたはずの祖国に支えられているという点も皮肉であるが、ヨーロッパで成功してこそ、アメリカでの評価が高まるのも否定できない事実である。[7]

このように、ジェイムズやホイッスラーと比べると、サージェントは決して積極的なタイプではないが、それでも、多くの「ジェントルマンズ・クラブ」に属すると同時に、イギリスの権威に対抗するグループの支援も行い、実際にはあまり縁がなかった祖国アメリカでも大きな仕事を見いだすことで、彼にも「国籍離脱者」ならではの意地と、「アメリカ人」としてのアイデンティティがあったことがわかる。

五．イギリス「最恐（?・）」の妖怪マックス・ビアボーム

さて、第二節で述べたように、ジェイムズの話し方を批判したマックス・ビアボームは、本業は風刺画家であったから、ジェイムズのカリカチュアも乱造している。最も有名なのは、ジェイムズの『鳩の翼』(*The Wings of the Dove*, 1902) で、イギリス人女性ケイト・クロイが、余命幾ばくもない富豪のアメリカ人女性ミリー・シールと結婚して財産を相続するよう婚約者のマートン・デンジャーに命じるのだが、マートンはその見

返りとして、ケイトに一夜をともにすることを求めるのである。言うまでもなく、そこに描かれたのはベッドシーンではなく、作者のジェイムズがホテルのドアの外から中の様子をうかがっている姿で、ドアの前には男女の靴が並べて置かれている、という手のこみようだ。

ビアボームは、著作『クリスマス・ガーランド』(*A Christmas Garland*, 1912) において、ジェイムズの文体をパロディ化した小説も披露している。[8] しかし、「後期のより入り組んだスタイルの難解さ」には不満を述べながらも (Hall 143)、彼は、実は作家としてのジェイムズを非常に高く評価していたのだ。[9] ジェイムズも、それを知ってか、自分がパロディ化されたことに対して、少なくとも表面上は穏便に反応し、この本のことを「イギリスで生み出された最も知的な本だ」と述べている。しかし、同時に、「他人の弱さを暴露するために全精力を注ぐ才能については不愉快なものがある」とも述べていて、実はビアボームに対して不快感を抱いていたことがわかる (Page 58)。

ビアボームは、ホイッスラーやサージェントのカリカチュアも多数描いているが、特にホイッスラーに関しては、その絵画だけではなく、著作物も高く評価していた。

ホイッスラーはラスキンとの訴訟の後、その裁判の様子を自ら綴った『敵を作る穏やかな方法』(*The Gentle Art of Making Enemies*, 1890) を出版する。「人生の初期において大勢の友情を排除した数少ないまれな人物に対して、これらの無価値な文書を捧げる」と自身が記したこの本は、一般には決して高い評価を得ていないが、ビアボームの愛読書となり、「何度も何度も繰り返し読み、しばしば旅の友となった」(Beerbohm 257)。彼は、ホイッスラーのことを、「絵画において偉大なだけでなく、社会生活においても機知に富んだ洒落者で、さらに執筆においても並外れた才能を持っている。彼は生まれついての物書きだ」とほめたうえで、「彼は過度にうぬぼれていて、怒りっぽい。彼自身が機知を働かせて暗示しているように、敵は、彼の本質にとっては必需品なのだ。彼は友情を（その友情というのはそれ自体、本当のうぬぼれ屋にとっては決して価値のないものだが）、将来敵を作るのに必須の基盤として大切にしているように見える」(258) と皮肉も忘れず、ビアボーム節を全開させている。

サージェントの引っ込み思案でためらいがちな話し方については、「鯨が潮を吹くために準備するかのように、文章を短くぶった切って話す」(Hall 233) と、容赦ない。この「鯨」の例えは、ジェイムズにもあてはめられており、「サージェントとジェイムズは、ディナーの席に欠かせないお飾り」であるが、「ジェイムズは誰のこともよく言わない」と、ビアボームは、この三人の国籍離脱アメリカ人を、手放しで褒めることは決してない。それでも、彼にとって、三人は間違いなくお気に入りのおもちゃなのだ。悪意とも思える敬意を示すビアボームのような、アメリカ人には理解不能な「妖怪」がイギリス社会、とりわけ「クラブ」には大勢いたのである。ジェイムズは、まさしくこうしたギャップを「国際状況もの」に描き込んだのではなかったか。

イギリスの詩人で批評家のエドマンド・ゴス (Edmund Gosse, 1849–1928) は、イギリスに来たばかりのジェイムズの印象について、「イギリス社会が彼に対して差し出したものへの見返りとして、彼のほうは、社会的順応性や人の話に耳を傾ける受容能力以外には、ほとんど報いるものがないらしいことを考えると、彼がイギリス社交界に歓迎されたのは注目に値する」と述べている。ジェイムズは、「どこへでも行ったが、まじめで堅苦しく、用心深く、愛想がよく、しかし決して人目を引くことはなかった」(Page 7–8) という証言からだけでも、ジェイムズの歩んだ道が決して平坦ではなかったことがわかるだろう。

しかし、それから四〇年近くが過ぎ、第一次世界大戦が始まると、ゴスは、ジェイムズが「イギリスに属する兵士」になったと強く感じる。「ジェイムズほど苦しみ、激しく動揺した者はいなかった」と。ジェイムズは、イギリス人の友人に向かって「君たちはイギリス人かもしれないが、僕の方がずっとイギリス人らしい」と言い放ち (Page 155)、そして、一九一五年七月二六日、国籍上は本物のイギリス人になったのだ。

しかし、こんなジェイムズでさえ、イギリスの「ジェントルマンズ・クラブ」は「幽霊」だらけで (Page 35)、自分が「まぼろし」を追いかけていることを知っていた。どこにいても「アウトサイダー」となってしまうのが、「国籍離脱者」の本質的な運命なのである。

おわりに

一九〇八年、ヘンリー・ジェイムズはロンドンで岡倉天心と食事をしているが、その場所は「リフォーム・クラブ」だった。五月一二日にロンドンに着いた岡倉は、わずか四日後には「アーツ・クラブ」の外国人会員になり、「アシニーアム・クラブ」の暫定会員にもなった。岡倉は社交勘が鋭く、ボストンにおいては名士と次々に交友関係を結ぶことで影響力を確保していた。そしてロンドンでは、「ジェントルマンズ・クラブ」の会員になることが、短期間にできるだけ多くの名士と知り合う効率的な方法だと知っていたのである。[10]

一方、「ジェントルマンズ・クラブ」に入会することは、男性にとっては「階級意識」と「男らしさ」の自己証明でもあった。「ヴィクトリア朝のロンドンのジェントルマンズ・クラブは、社会の階級分布をよく表していて、ここで階級意識が築かれ、作り替えられていく。ここでは共通の価値観を持った集団文化が男らしさというものを世間に宣伝し、公私ともに男らしさの基準を見せつけるのだ」(Black 15)。ある意味皮肉なことだが、ロンドンのクラブは、男性が結婚しなくても十分に快適な環境を提供することが可能だったために、独身男性が増えるきっかけを作ったとも言われる。クラブは男だけの「同盟」だったのだ。

しかし、やがてこの「男らしさ」の追求を基盤とした社会全体にも危機が訪れ始める。

一九一四年五月四日、王立芸術院の夏の展示会に出品されていた、サージェント作のジェイムズの肖像画が切り裂かれるという事件が起こる。犯人はメアリー・ウッド（Mary Wood, 当時の実名 Mary A. Aldham, 1858–1940）という女性で、「女性参政権運動の宣伝のため」にやったのだった。

おりしも、イギリスにおける女性参政権運動の過激な活動の舞台として、美術館が選ばれることが増えてきていた。一九〇九年六月には、当時のイギリス首相アスキス (Herbert Henry Asquith, 1852–1928) の肖像画に、「女性に参政権を ("Votes for Women")」と書かれたポスターが貼られるという事件が起きる。その後の攻撃は過激化し、一九一三年四月には、マンチェスター・アート・ギャラリーで、多くの絵画の保護ガラスが破壊された。同年、王立芸術院の夏の展覧会で、活動家が集会を開こうとしたという記録が残っている。さらには、一九一四年三月一〇日に、ロンドンのナショナル・ギャラリーで、ヴェラスケスの『鏡のヴィーナス』(*Rokeby Venus*) が肉切り包丁で切り裂かれるという事件が起こる。犯人のメアリー・リチャードソン (Mary Richardson,

1882–1961) はカナダ人女性参政権活動家で、前日にエメリン・パンクハースト (Emmeline Pankhurst, 1858–1928) が逮捕されたことに対する抗議行動だった。[11] そして、この事件だ。傷はサージェント自身の手によって修復されたが、犯人のウッドは、後にこの絵に七〇〇ポンドの価値があると知って驚き、「もし女性が描いていたらもっと低い評価しか与えられなかっただろう」と言ったという (Edel 1985, 686)。

ウッドはジェイムズの名前すら知らなかったというが、権威ある王立美術院で、男性人気画家が描いた、尊大なポーズをとる裕福そうな男性の絵をターゲットに選んだのは、彼女が家父長的な価値観への反発を本能的に感じたためだったからなのかもしれない。

すでに見てきたように、ロンドンの「ジェントルマンズ・クラブ」が代表する価値観は、「アウトサイダー」にとっては、踏襲しつつも、時には打破すべきものだった。しかし、結局のところ、そこに見られるのは同じ家父長制のもとでの権威をめぐる争いであり、最終目的は、自分が「インサイダー」になろうとすることだった。

「アウトサイダー」として存在を否定された女性たちが、男性の権威を表す絵を襲ったとき、彼女たちは「男社会」という伏魔殿にあらたな闘いを挑んでいたのだ。しかし、その闘いは「まぼろし」ではなく、生きた「人間」が本物の「血」を流しながら行った現実の仕事であったことを示している。

註

［本論は、二〇一六年六月四日のアメリカ学会第五〇回年次大会における発表「アメリカ人芸術家のロンドン・クラブライフ――ヘンリー・ジェイムズを中心として」を大幅に改訂したものである。また、JSPS科研費（課題番号25580064）の助成を受けたものである。］

1　ミューディ (Charles Edward Mudie, 1818–90) は、イギリスの出版業者で、「ミューディ貸本屋 (Mudie's Lending Library)」の創設者として知られる。

2　ジェイムズとガードナーの関係に関しては、拙稿（福田　二〇一五年）を参照のこと。

3　「ホガース・クラブ」は、ラファエロ前派解体後に、ウィリアム・ホガース (William Hogarth, 1697–1764) の名にちなんで、一八五七年に設立された。王立芸術院からうとんじられ、六一年には閉鎖となるが、メンバーは活動を続けていたと見られる。

4　フランクリンはホイッスラーの愛人で、一八七七年と七九年に彼の娘を出産している。

5　ジェイムズとガードナー、サージェントの関係についても拙稿（二〇一五年）を参照。

6　「ニュー・イングリッシュ・アート・クラブ」については、主に Kenneth McConkey, *The New English: A History of the New English Art Club*, (London: Royal Adacemy of Arts, 2006) を参考にしている。

7　サージェントはボストン公共図書館の壁画を描くという大きな仕事を最初はホイッスラーに任せようと思っていたが、ホイッスラーが多忙だったため、自分で引き受けたという (Sutherland 285)。また、肖像画を描く仕事は、スタジオに長時間拘束され、さらには上流階級の客との会話を強いられることを意味するため、次第に引き受けなくなっていった。

8　ほかには、ショー (George Bernard Shaw, 1856–1950)、ハーディ (Thomas Hardy, 1840–1928)、コンラッド (Joseph Conrad, 1857–1924)、キプリング、ウェルズなどがパロディの対象となっている。

9 ビアボームが尊敬していた作家は、オスカー・ワイルド、リットン・ストレイチー (Lytton Strachey, 1880–1932) とヘンリー・ジェイムズの三人だとされている (Hall 34)。

10 ジェイムズと岡倉天心、および「ジェントルマンズ・クラブ」との関係、ジェイムズらの「アウトサイダー」意識については、拙稿（福田　二〇一六年）を参照のこと。

11 女性参政権運動家による絵画損傷事件については、主に Helena Bonett, "'Deeds not Words': Suffragettes and the Summer Exhibition" を参考にした。(Online. Internet. https://www.royalacademy.org.uk/article/deeds-not-words-suffragettes-and. 11 March 2018.)

参考文献

Anderson, Garrett. *"Hang Your Halo in the Hall!": The Savile Club from 1868*. London: The Savile Club, 1993.

Beerbohm, Max. Ed. Phillip Lopate, "Whistler's Writing." *The Prince of Minor Writers: The Selected Essays of Max Beerbohm*. New York: New York Review Books, 2015. 256–64.

Black, Barbara. *A Room of His Own: A Literary-Cultural Study of Victorian Clubland*. Athens: Ohio UP, 2012.

Burlingham, Russel and Roger Billis. *Reformed Characters: The Reform Club in History and Literature*. London: The Reform Club, 2005.

Cross, Tom. *Artists and Bohemians: 100 Years with the Chelsea Arts Club*. London: Quiller, 1992.

Edel, Leon. *Henry James: A Life*. New York: Harper & Row, 1985.

——, ed. *Henry James: Selected Letters*. Cambridge, MA: Belknap Press of Harvard UP, 1987.

——, ed. *Henry James Letters*, 4 vols. Cambridge, MA: Belknap Press of Harvard UP, 1974–84.

Freedman, Jonathan. *Professions of Taste: Henry James, British Aestheticism, and Commodity Culture*. Stanford: Stanford UP, 1990.

Hall, N. John. *Max Beerbohm; A Kind of a Life*. New Haven: Yale UP, 2002.

Hatton, Joseph. *Club-Land: London and Provincial*. London: J. S. Virtue, 1890.

James, Henry. “John S. Sargent” (1893). Ed. John L. Sweeney. *The Painter’s Eye: Notes and Essays on the Pictorial Arts*. Madison, WI: U of Wisconsin P, 1989. 216–28.

——. “On Whistler and Ruskin” (1878). Ed. John L. Sweeney. *The Painter’s Eye: Notes and Essays on the Pictorial Arts*. Madison, WI: U of Wisconsin P, 1989. 172–74.

Kaplan, Fred. *Henry James: The Imagination of Genius*. London: Hodder & Stoughton, 1992.

McConkey, Kenneth. *The New English: A History of the New English Art Club*. London: Royal Academy of Arts, 2006.

Milne-Smith, Amy. *London Clubland: A Cultural History of Gender in Late Victorian Britain*. New York: Palgrave, 2011.

Nevill, Ralph. *London Clubs: Their History and Treasures*. London: Chatto & Windus, 1911.

Ormond, Richard. *Sargent: Portraits of Artists and Friends*. London: National Portrait Gallery, 2015.

Page, Norman, ed. *Henry James: Interviews and Recollections*. London: MacMillan, 1984.

Pennel, E. R. J. *The Whistler Journal*. Philadelphia: J. B. Lippincott, 1921.

Petri, Grischka. *Arrangement in Business: The Art Markets and the Career of James McNeill Whistler*. Hildesheim: Georg Olms Velag, 2011.

Southerland, Daniel E. *Whistler: A Life for Art’s Sake*. New Haven: Yale UP, 2014.

Thorp, Nigel, ed. *Whistler on Art: Selected Letters and Writings of James McNeill Whistler*. Manchester: Carcanet, 2004.

Timbs, John. *Clubs and Club Life in London*. London: John Camden Hotten, 1872.

Ward, Humphry. *History of the Athenaeum 1824–1925*. London: The Athenaeum Club, 1926.

Woodbridge, George. *The Reform Club 1836–1978: A History from the Club's Record*. New York: Clearwater, 1978.
福田敬子「イザベラ・スチュワート・ガードナーとヘンリー・ジェイムズ——明治期における日本とボストンの芸術交流についての一考察」『紀要』第五六号、青山学院大学文学部、二〇一五年。七七—九六頁。
福田敬子「見えない越境——ヘンリー・ジェイムズと日本を結ぶ点と線」『ヘンリー・ジェイムズ、いま——歿後百年記念論集』英宝社、二〇一六年。三三一—三五二頁。

6

越智 博美

帝国の裡に取り憑くもの

――アメリカ南部の奇妙な果実

はじめに

戦争とは、その国の個人に否応なく国との係わり合いについての立ち位置を問うものであるかもしれない。作家にとってもそれは同様で、場合によってはその従来の立ち位置を変えざるを得ない人たちも含め、その反応はさまざまだろう。

第二次世界大戦について言えば、アメリカ南部の知識人は、ことに南部が、その人種差別の問題がナチズムやファシズムと重ね合わされて他者化されているという状況を背負いつつ、みずからの戦争への態度を表明せざるを得なかった。南部はむしろ敵国と通じているのであってアメリカではない、という他者化の言説を振り払う仕草を見せるときに、彼らはいかなるかたちで国家との関係を語ったのだろうか。本稿では、アレン・テイト (Allen Tate, 1899–1979) の芸術と政治をめぐる議論とソネット、ウィリアム・フォークナー (William Faulkner, 1897–1962) の短編を取り上げ、他者化の言説を拒んで国家への参入を目指しながらも、戦争への動員に対しては密かに戦争への反意を潜ませる、彼らのレトリカルな振る舞いを考察しながら、最終的には、実のところ南部を排除しようとするアメリカ合衆国そのものの帝国的な拡大につきまとって離れることのない人種差別問題の表象を考えてみたい。

手順としては、まず戦争への国民の動員の言説がどのように発信されていたか、またその際にラジオや本といった媒体を使った文化的動員とでも呼べるような、感情や精神すべてを戦争に注ぎ込むように要請しながら、ナチスを糾弾することが、いかに南部の人種問題を可視化していくのかということを確認するところから始めたい。

一．全面戦争と動員言説

ガード・ホーテンによれば、プロパガンダの有効性が認識されたのは、第一次世界大戦の時だったが、その有効性ゆえに、フランクリン・デラノ・ローズヴェルト (Franklin Delano Roosevelt) 大統領は、第二次大戦への参入をにらみながらも、その積極的な使用をためらっていた (41)。しかし、真珠湾攻撃を受けて戦争に突入すると、全面戦争に向けて、銃後の国民を巻き込む動員プロパガンダを避けることはもはや不可能であった (Horten 43)。そこでまず目指されたのは、国民ひとりひとりが、この戦争は「何のために戦っているのか」を理解して、それを「自分のものとして捉える」機運の醸成である。大統領は一九四一年一二月九日の開戦に際した「炉辺談話 (Fireside Chat)」において、国民に呼びかけた。「わたしたちはみながこの戦争に参加しているのです。（中略）兵士たちの命と国の未来は、わたしたちひとりひとりがみずからの責務を果たすことにかかっているのです」(Roseman, *The Call* 523–26)。印刷媒体のみならず、映画やラジオも活用された。

（旧）陸軍省の元には、一九四一年一〇月には、プロパガンダの統括を行い、翌年六月に設立される戦時情報

局 (Office of War Information, OWI) の前身のひとつともなる情報局 (Office of Facts and Figures, OFF) が設立され、詩人のアーチボルド・マクリーシュ (Archibald McLeish) がその長官となった。その管轄のもとで、ノーマン・コーウィン (Norman Corwin) による「これが戦争だ！」(*This is War!*) というラジオ番組が制作された。一九四二年の二月から毎週土曜日の夕方、一三回にわたって四大ネットワークすべてを使って一斉放送され、その聴取率は一九─二四パーセント、二千万人の人が聴いていた (Horten 44–8)。「男たちは死にいく──善良な男たちが死へと向かっていく。ヴァージニアの野辺のために、あるいはまた故郷の辻角の店のために」(Corwin, *This is War!* 87–8, cited in Horten 46) と語られるとき、それはなによりも銃後の人たちを遠くの戦場と結びつける企図を持っていた。このことは、同時代にやはりプロパガンダ作品の脚本を書いたアーチ・オボラー (Arch Oboler) が明白に語っているところでもある。

［戦時中においては、ドラマは］最大の反応を呼び起こすと理解していることをせねばならない。知性はほんの少しだけでいい。むしろ自己憐憫、恐怖、憎悪、達成欲、集団の愛国主義といった感情を、行動への意志へと変換した感情を通じて──そうするのである。
(Oboler, *Plays for Americans: Thirteen Non-royalty Plays by Arch Oboler* 93, cited in Horten 48)

遠くの戦争をわがものとして戦う感情の動員は、むろん雑誌媒体でも繰り返される。三〇〇万読者を誇るミドルブラウ雑誌の『サタデー・イヴニング・ポスト』(*Saturday Evening Post*) は、一九四三年には、ローズヴェルト大統領が唱えた「四つの自由(Four Freedoms)」——言論の自由、信仰の自由、欠乏からの自由、恐怖からの自由——のそれぞれにノーマン・ロックウェルの絵をつけて大規模な動員キャンペーンを展開しつつ、「わたしが戦う理由」("What I Am Fighting for")というタイトルのもと、毎回ひとりの兵士が彼にとっての戦争の大義を、たとえば故郷のために、親のために、あるいは妹のためにと述べていくシリーズも掲載した。フォークナーの短編「二人の兵士」("Two Soldiers")がこの文脈に掲載されたという事実を、まずは確認しておくことは大切だろう。ハイブラウ雑誌『ニュー・リパブリック』(*New Republic*)もまた、パリ陥落を契機に、進歩主義や孤立主義を棄て、露骨に戦意高揚を煽るようになる。たとえばアーサー・シュレジンジャー(Arthur Schlesinger, Jr.)は、「国民の団結が、ここまで完全な一致団結に近づいたことはない」と断じ、またそのうえで皆が「静かに、断固として決意を固めている」と述べた(Schlesinger, Jr. 142-43)。このような露骨さを眼の前にして、エドモンド・ウィルソンら左翼系の知識人は雑誌を離れ、むしろより非政治的な文化雑誌に変貌した『パーティザン・レヴュー』(*Partisan Review*)に集うようになった(Kazin 34-43)。

本もまたひとつのメディアとしてかり出される。ローズヴェルトは「本は武器である」と断じ、本の業界は、ナチスによる一九三三年の焚書行為を野蛮であるとするキャンペーンを張り、戦時書籍評議会(Council on Books in Wartime)は、「このような本が奴隷制の国で焼かれたのです」と、ナチスに対抗するポスターを配布した(Fishburn 250)。

知識人やアーティストもまた動員と無縁ではいられなかった。その陣頭指揮を執っていたのがOFF、その発展形のOWIの要職を歴任して、議会図書館館長でもあった詩人アーチボルド・マクリーシュである。彼は

『アメリカの大義』(*The American Cause*, 1941) において、民主主義を「戦う信念 (fighting faith)」(McLeish *American* 43)、積極的に守るために戦うべき精神として規定し、しばしば物質的豊かさとされる民主主義を精神的なものであるとする (22)。だからこそ、敵が本などを含めて仕掛けてくる「文化戦争 (Kulturawaffen)」に、こちらもまたに対抗せねばならないことになるのだ (17–18)。この動員要請に応じずに超然としている文学作家や知識人は、マクリーシュにとっては「無責任」な態度と理解されるものであった (McLeish "The Irresponsibles" 618–23)。

二．動員されない南部

総力戦とは、その過程において、その「総力」に何が包摂されるのかを、つまりネイションを問い直すことを伴うだろう。ファシスト国家を奴隷国家とする、先の戦時書籍評議会のメッセージからも明らかなように、総動員体制で「アメリカ合衆国」を民主主義の国家として提示するプロセスにおいて、南部はその人種差別ゆえにナチスと重ねられ、あたかも合衆国の外部、あるいは内なる他者として表象されていった。ジェニファー・レイ・グリーソンが指摘したように、「南部」は、アメリカ建国以来、「内部の他者」、「同時に内部でもあり外部でもある」ものとして想像されてきたが (Greeson 3)、第二次世界大戦時の「総動員」に際しても例外ではなかった。南部は、その人種差別とナチスとを結びつけるかたちで、国内における他者という徴をつけられたのである。

そうした徴づけが早くに現れたのは、反ファシズムを打ち出していた左翼雑誌である。たとえば一九三〇年代半ばに南部農本主義者をファシストと断じたグレイス・ランプキン（Grace Lumpkin）が関わっていた雑誌『戦争・ファシズムとの闘争』（*Fight against War and Fascism*, 1934–38）では、南部の自警団やＫＫＫといった集団がいかにテロリスト的でファシズムに近似しているか、南部がいかにナチス化、あるいはヒトラー化しているかといった表現がしばしば登場する。[1]『ニュー・リパブリック』では、トマス・サンクトン（Thomas Sancton）が、一九四二年から四三年にかけて、南部の人種問題を激しく糾弾する記事を書いた。それによれば、「ヒトラーはメンフィスでは大勝利であろう」（"Trouble in Dixie I" 12）し、それは枢軸国のプロパガンダの格好の対象である（"Race Fear Sweeps the South" 81）。

このように南部にナチスを重ねるイメージは、一部知識人のみに共有されていたわけではない。ノーマン・コーウィンもまた、ラジオで、アメリカの権利章典がリンチをする人、ある人種に憎しみを抱く人に対してできあがっていると述べているが（"We Hold These Truth" 73, cited in Horten 44）、明らかにここでもファシスト国家と南部が結びつけられている。さらにこの人種差別はしばしば「奴隷制（slavery）」という単語も呼び寄せた。マクリーシュが『アメリカの大義』のなかでファシズムを「奴隷制と死を欲望する」（McLeish 35）ものとしたほか、「本は武器である」キャンペーンも、焚書を行ったドイツを、「奴隷制の国」（Fishburn 250）と称している。副大統領ヘンリー・ウォレス（Henry Wallace）は、「平凡な人々の世紀」（"Century of the Common Man"）というスピーチにおいて、半分が奴隷制でもう半分が自由州では国家はたちゆかないとしたリンカーンの「分かれたる家」演説に言及しつつ、第二次世界大戦を南北戦争のように「奴隷制の世界と自由な世界」の戦いであると断じ、南北戦争における北部のイメージをアメリカに付与した。共和党員ながら、民主党の大統領への協力ゆえに支持されたウェンデル・ウィルキー（Wendell Willkie）も、一九四三年のベストセラー『ひとつの世界』（*One World*）において、「何のために戦うのかを明らかにすることによって自国の不平等が明らかになった」と、アメリカ国内の不平等を示唆した（Willkie 191）。

ファシズムの敵国を奴隷制国家と呼ぶとき、南部はそうした国と二重写しになり、民主主義国家アメリカの内なる他者、外国のようなものになっていく。このことは、南部人であるW・J・キャッシュ（W. J. Cash）が『南部の精神』（*The Mind of the South*, 1941）冒頭で「南部は別の国だ」（vii）と語った言葉もちろんだが、マーガレット・ミード（Margaret Mead）の著作『火薬をしめらせるな』（*And Keep Your Powder Dry: An Anthropologist Looks at America*, 1943）において、より明瞭である。ミードはアメリカの文化を民主主義の文化とする一方で、南部を「ファシズム」の地（243）だと言う。南部を「別のもの」（25n）とすることで、アメリカを民主主義国家として打ち出しさえするのである。

戦時中はジョン・スタインベック（John Steinbeck）の『月は沈みぬ』（*The Moon is Down*, 1942）など、反ファシズム小説が続々と世に出たが、南部白人の場合、すでに反人種差別の運動をしていた一部知識人を除いては、ナチスを単純に非難することは困難だっただろう。そのなかで、ファシズムのイメージを払拭する応答はどのようなかたちを取り得たのだろうか。ここからは、あからさまに愛国を語らないことによって別様の愛国的な姿勢を見せつつ、国に再参入した南部の知識人たちの例を見てみたい。彼らにとっての「再統合

(reunion)」とは「正しい民主主義国家の国民」を語ることであった。

戦争の際には国が一致団結していることが重要になる。たとえばニーナ・シルバー (Nina Silber) は、米西戦争の時代について、南北戦争の記憶を利用しつつ南北の握手という形象を利用して国体の統一――「再統合 (reunion)」――が図られたことを論じたが、それとは違い、第二次世界大戦においては、南部知識人たちは「個人」として参入しようとしているように思われる。国家を挙げての動員は、アレクシ・ド・トクヴィル (Alexis de Tocqueville) が『アメリカの民主主義』(*Democracy in America*, 1835, 1840) で指摘したように、多数意見による専制という危うさ (Tocqueville 297–98) を伴う。第二次世界大戦で言えば、戦争に際して国家が強力に国民を動員することは、容易に全体主義に接近する危険性を孕む。国家総動員を要請する論調が強い『ニュー・リパブリック』にすら、アメリカの産業資本主義が国家と結びつき庶民の希望を無視して外国との競争にばかり励むなら、「全体主義の一枚岩的な権力構造」になってしまうという懸念を表す記事が載った (Lynd 598)。この記事の著者ロバート・リンド (Robert Lynd) は、全体主義に対抗するのは、人々の草の根民主主義の力であるとした (600)。テイトやフォークナーもまた、たとえば「国家がひとつになった状態 (national unanimity)」(Schlesinger, Jr. 142–43) という一枚岩的なものに飲み込まれることのない意志ある個人を前面に押し出したが、結果としてそれは、冷戦期においてイメージされた個人と繋がりうるものともなった。

三　遠くで死んでいく少年

一九三〇年に南部農本主義のマニフェスト『私の立場』(*I'll Take My Stand*)を出版した一二人の南部知識人の一人であり、またモダニズムという用語をエリオット的なものという意味で使った詩人で批評家のアレン・テイトは、一九三〇年代の後半から四〇年代の初めにかけて、難しい立場に追い込まれていた。ひとつには、『私の立場』に寄稿したエッセイ「南部の宗教に関する所見」(“Remarks on the Southern Religion”)において、「封建的」社会(Tate, “Remarks” 167, 177)を寿ぐにとどまらず、封建的な宗教のない南部が伝統を守るには暴力が必要である(174)とまで語ったために、南部においても、左翼の知識人グレイス・ランプキンからファシストと呼ばれるに至っていたのである(Lumpkin 76)。

その後テイトは農本主義に見切りをつけて、文学批評へと舵を切ると、マクリーシュから、知識人が戦意高揚の文章を書かないのは「無責任」であると批判される。戦争に際して作家の言葉が「価値」や「結果」をともなうべきであるのに、「超然とした態度」と「客観性」を求めるのは無責任であるというのである(Macleish, “Irresponsibles” 20–22)。またヴァン・ワイック・ブルックス(Van Wyck Brooks)は、こうした超然とした態度を「同人誌文学」だと批判した。スターリンへの失望からすでに非政治的な左翼雑誌へと転換していた『パーティザン・レヴュー』がこの二人への反論特集を組んだ際には、テイトもニューヨーク知識人に合流した。テイトは、愛国的な態度の強要はむしろ全体主義であるというドゥワイト・マクドナルド(Dwight McDonald)に賛同し、民主主義を守るのは自由な想像力を守ることであると言い切ることによって、みずからを全体主義と無縁の立場に位置づける (Tate, "On the Brooks-MacLeish Thesis" 38)。さらに彼は、詩が詩であることがすでに「反枢軸」である (Tate, "Anti-Axis Poetry" 643) と論じ、それこそが全体主義への抵抗であるとして、逆に全体主義のレッテルを動員派に対して投げ返す。[2] 複雑さやテンションに価値を置く新批評の言葉、さらに二〇年代ハイ・モダニズムへの評価は、むしろ民主主義を擁護しファシズムに対抗するものへと反転し、かつて農本主義者であった新批評家は反動的な非アメリカ人転じて本流のアメリカ文化を担う立場を得る。こうした非政治性が、冷戦期の東西の対立においてはソ連の政治的な文学に対置されてアメリカ文学（研究）の主流にもなった。

このような美学的立場もまた動員するのが戦争であるなら、テイトはまさしくそうした立場を動員するエージェントでもあった。たとえば、ジョン・パール・ビショップ (John Pearle Bishop) と、一九二〇年代からのモダニズム文学を中心にしたアンソロジー『アメリカン・ハーヴェスト』(*American Harvest: Twenty Years of Creative Writing*, 1943) を編纂したのもその一環である。ビショップは、この時期にラテンアメリカ諸国への文化政策を担った間アメリカ問題調整局 (Office of the Coordinator of Inter-American Affairs) の出版ディレクターとしてモダニズム文学を中南米に向けて公式に輸出しており (Young and Hindle 154-55)、テイトはアンソロジーを介して文化外交に関与した。またテイトは、論敵ながら議会図書館長でもあったマクリーシュに乞われると、議会図書館の詩のコンサルタントに就任し、自身の新批評の観点から『アメリカ詩人六〇選』(*Sixty American Poets 1896-1944*, 1945) を編纂する。テイトは、いわば、非政治という戦法によって文化政治の中心に入り込み、詩の趣味を制度の内側からモダニズムの方へと改編したのであり、冷戦へと向かう文化的な価値観の構築過程で、マクリーシュらとは別様のナショナリズムを提示したのである。

このような「個人」が書く詩は、むしろ動員に抵抗を示す。一九四三年に発表され『冬の海』(*Winter Sea*, 1944) に収録された「続クリスマスに寄せるソネット、一〇年後」("More Sonnets at Christmas: Ten Years After") は、戦争を皮肉った四編のソネットからなる。全体としては、前のソネットから一〇年が経ち、キリスト教の倫理を喪失してしまったアメリカが、経済的発展をもくろんで外国に爆弾を落とし、その過程で無垢な少年たちの将来を奪うことを、皮肉な調子で語るものである。キリストはいまやミイラと化し、他国の爆撃にあたり「恐れるべき幽霊」(Tate, "More Sonnets" 186) はもはやいない。第二ソネット後半では、クリスマスのカレンダーの代わりに戦争に関わるものと思われる絵を壁にかけ、そして「一心に祈るのだ／おのれの星が冷たく軍功をあげて進んでいくさまを／貿易、社会のことを思いつつ／うまい汁を吸う (well-milked) 中国人／歌うことのできない黒人」に眼を向けることになる (187)。

アルフレッド・ケイジンによれば、「ミルクをふんだんに与えられた (well-milked)」という表現は、ヨーロッパの植民地主義を批判しつつニューディールの福音を世界に拡げることで得る経済的な利が戦争の隠れた目的ではないかという疑惑を誘ったヘンリー・ウォレスの演説「平凡な人々の世紀」に出てきたとされる「すべてのホッテントットに一クォートのミルクを」というスローガンを茶化したものである (Kazin 22)。[3] その第三ソネットでは、一〇年前のソネットにおいて、詩人の嘘によって、その身代わりに鞭打たれた黒人の少年がどうやら戦死した可能性が示唆される。「誰も彼に言ってやらなかった。おまえは鉛管工にだってなれるのだ、と／大工にも、事務員にも、バス運転手にも、爆撃手にもなれるのだ、と／幼い少年たちを暴力的な眠りにつかせるままにしてやれよ」(Tate, "More Sonnets" 187)。少年は何も教わらないまま戦争に行き、そして死ぬが、ここでは特定の少年であったものが複数の少年として一般化されている。動員のプロパガンダが人を「キリストのつきまとわぬ」(188) 遠い場所へ連れていってしまうことを、詩人は見抜いている。この詩はアメリカの戦争が経済的な利を目指すものであり、そのために多くの若者が死にゆくことを伝えているという点で、辛辣な戦争批判になり得ている。しかし、若者の動員への批判は、第三ソネットにおいて、過去の自分の人種的な罪深さ（黒人の少年を身代わりにして罰を逃れた）が、「幼い少年たち」へとずらされて一般化されることにより、なされている。テイトという南部知識人によるファシズムの悪魔払いは、半ば宙づりになったまま、あるいはそのような南部を半ば隠蔽したまま、また隠しきれないまま、行われているのである。

四．「奇妙な果実」を携えて

遠くの場所に動員されて死ぬ少年——奇妙にも、ウィリアム・フォークナーの短編「滅びさせない」("Shall Not Perish," 1943) は、テイトのソネットが見せた帝国的な広がりとしての戦争の大義と若者の犠牲という問題を、さらには宙づりになった人種差別の問題を、共有している。フォークナーも、「個人」を打ち出すことでファシストの疑惑を払いつつ、国家へ再参入する。左翼知識人にとってフォークナーはファシスト側であった。たとえばマックスウェル・ガイスマーは、『危機の作家たち』(*Writers in Crisis*, 1942) において、フォークナーを扱った章の冒頭の一節を「再建されざる反逆者」と題し、フォークナー作品に彼が見て取る女と黒人への憎悪を、ファシストのユダヤ人憎悪と繰り返し並列して論じることにより、あたかもフォークナーとファシストが同列であるかのような効果を出している。南部作家がファシズムという幽霊を払うレトリカルな所作を研究したロバート・ブリンクマイヤーは、一九四一年から四二年にかけてフォークナーが執筆した短編、すなわち「立派な男たち」("Tall Men," 1941)、「二人の兵士」("Two Soldiers," 1942)、および執筆は「二人の兵士」の直後だが掲載は翌年の「滅びさせない」を取り上げた。ブリンクマイヤーによれば、これらは、ヨーマン的な南部の農民こそがその忠誠心と愛国心とでアメリカン・ドリームの担い手であるというメッセージを発しており、これによってフォークナーはファシズム疑惑を払拭しようとしているというのである(Brinkmeyer 181–87)。

この議論に付け加えて、フォークナーが、このヨーマン的農民を全体主義的な動員に巻き込まれない個人として提示している点にも注目しておきたい。単に制度にそのまま同調するという意味で全体主義に傾きがちな個人ではなく、ロバート・リンドが提示したような草の根の個人的民主主義を、南部の貧しい農民において描くのがこれらの短編である。

「立派な男たち」において、マッカラム家の息子たちは、兵役未登録という理由で連邦の徴兵役人がその身柄確保にくると、みずから出向くと言って譲らない。この一家はニューディールの農業調整法(Agricultural Adjustment Act)とおぼしき制度に抵抗して、昔流の農業に固執するあまりに「変人」扱いされるヨーマン的農民であり、統計的な単位として組み込まれることを拒むかたちで愛国心を示すのである。このことはまた「二人の兵士」においても同様である。貧しいピート・グライアーとその弟が、真珠湾攻撃を報ずるラジオのニュースを近所の家の壁越しに聞いたことから始まる物語は、ピートを戦場へ見送った弟が残された家族を護ることをみずからの戦いであると覚悟するところで終わる。ピートの「行かねば」という理由なき突然の決意は、『サタデー・イヴニング・ポスト』の「私が戦う理由」で兵士が述べた「言葉にしがたい感情」(Pvt. Albert B. Gerber 25)を思わせる。ここには第一次世界大戦に行き損ねたフォークナーの、むしろ積極的な参加への希望を読み取ることもできるだろう。しかもピートの志願それ自体、「立派な男たち」に共通する性質を持つ。一九四〇年のあらたな徴兵制度では、登録者の中から不足人数分を州ごとにくじ引きで徴兵することになり、建国以来の「志願」は、(当初は動員を盛り上げるべく排除こそしないものの)一九四二年で正式に終わった。しかも、戦争開始以降は年齢が引き下げられるものの、当初の登録年齢は二一才から三六才のあいだに限られていた(Flynn 100)。一九歳のピートの志願は、一網打尽的な徴兵登録のシステムにむしろ逆らう個人による愛国心の発露であるとも言える。この作品が『サタデー・イヴニング・ポスト』に掲載された際には、兄を追いかけてひとりメンフィスに向かう弟のイラストがあしらわれていた上に、別のページには、入隊して行進する息子がアメリカの息子たちとして詠まれる詩が掲載されていた。フォークナーの短編は、雑誌がかき立てていた戦時動員の文脈に接続されていたのである。

続編「滅びさせない」は、「二人の兵士」の掲載からひと月も経たないうちに書き上げられるも『サタデー・イヴニング・ポスト』に却下される。結局は別の雑誌に翌年一九四三年に掲載されたこの作品は、前作同様、全米を席巻していた愛国と動員の言説に沿う表現に満ちている。グライアー家は四月にピート戦死の報を受け取っても淡々と畑を耕しているが、そのような折、『ライフ』(*Life*)の記事が下敷きとされるエピソードとして(Towner and Carothers 57)、町の名士ド・スペイン少佐の息子も戦死し、ピートの母親は、平時ならば社会的階層の違いから接点のない少佐を弔問して涙を共有する。それはまさしく、マルカム・カウリー(Malcolm Cowley)の記事「タウン・レポート一九四二」("Town Report 1942")が伝えるような、戦時中に普段合わない人たちが近づく様子である。この短編は、執筆当時の雑誌や新聞、ラジオの報道内容からして、戦時中に違和感のない物語となっているように思われる。

ただし、注目したいのは、その語りの口調である。語り手である、戦死したピートの弟は、前の短編では、知識が少ないという上でも幼く、兄から世界情勢を聞かされても太平洋がどこにあるかもまったく想像できなかったのが、わずかの間に大人の言葉使いを身につけ、みずからと繋がるものとして世界の拡がりを考えるようになっている。たとえば、午後遅くの日差しを「はるばるアメリカを横断して太平洋からやってきた」(Faulkner, "Shall" 111)と語るばかりか、最後には拡張するアメリカを想像しさえするのである。

その人たちは持ちこたえ、耐え忍び、戦い、負けて、負けたことを知らなかったからまた戦い、荒野を飼い慣らし、山々を越え、砂漠を越え、死に、なおも進み、そうしてアメリカ合衆国のかたちが大きくなり、さらにまた進んだ。僕もこのひとたちのことを知っていた。その男たちや女たち、七五年の間、なお強く、その二倍、そのまた二倍の年を経てもなお、やはり力強く、危険で、まだ進むもの。北部、南部、東部、西部、ついには彼らのしたこと、彼らがそのために死んだものがたったひとつの単語になった。どんな雷よりも大きく鳴り響いて——それはアメリカだった。そしてその単語、アメリカが、西側の土地をあまねく覆った。(114–15)

荒野を飼い慣らすイメージは、その直前に家族で見た西部劇映画の残像であろう。しかしそこから話を一般化して、アメリカの拡張を語るとき、「その人たちのことも知っていた」という過去形は、七五年の間のみならず、その倍、またその倍となると、事実上未来のことを規定の過去形のように指しているとも読めるだろう。そしてついに人々が命を捧げたものがアメリカになり、それが「すべての西側の土地 (western earth) を覆った」という部分は、単に西部の征服によるフロンティアの消滅のみならず、「地球の西側」を征服しているという像を結びもするだろう。

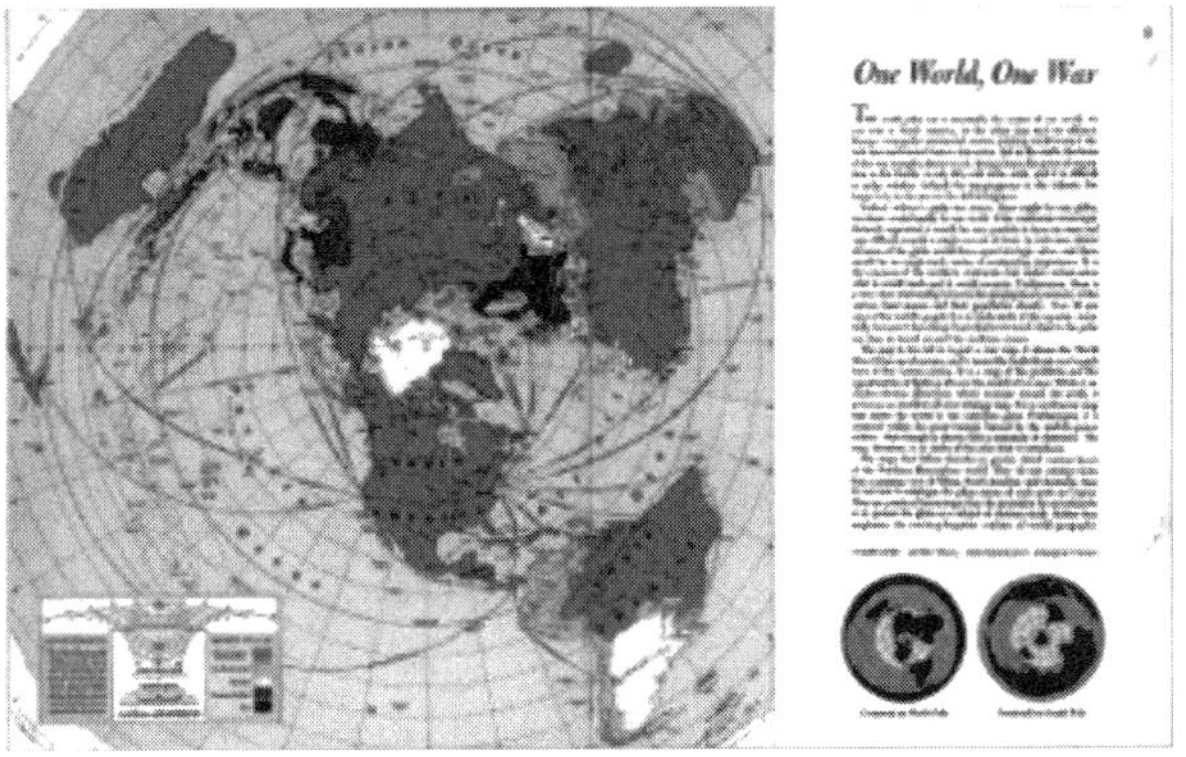

図版 1) Richard Edes Harrison, “One World, One War.”
Courtesy of Robert Rumsey Map Collection

少年は、兄が死んだ時点で、もう木の箱――ラジオ――はいらないと考える。その箱の情報こそが兄を遠くの戦場に追い立てたのだ。しかし、ラジオが与える世界のイメージはすでに少年の想像力を変えている。たとえばローズヴェルト大統領は一九四二年二月二三日、戦況を伝える「炉辺談話」において、当時アメリカ人の世界の見方を革命的に変え、学校や家庭の壁にも貼られていた――テイトのソネットで壁に貼られた絵もこれかもしれない――リチャード・イディス・ハリソン (Richard Edes Harrison) の航空ルートを俯瞰する「地図」を手元に置いて語りかけていた (図版1)。「さて、もう一度地図を見て下さい。ルートが長々と延びていますね (中略) 南大西洋を越えて南アフリカ、喜望峰に行くのであれ、カリフォルニアから直接に東インド諸島に向かうのであれ」(Rosenman, *Humanity* 108–09)。世界を俯瞰する地図とともに、みずからの「視点」から世界中をたぐり寄せるように語る大統領の言葉とまなざしを、少年もまた自分のものとしていたのではないか。遠くの戦争に思いを馳せるまなざしは、遠くの土地を自分の理解の裡にたぐりよせるまなざしでもあるのだ。「西側の土地」を、このいわば帝国的なまなざしをふまえて読むなら、「北、南、東、西」はあたかもアメリカを中心に世界を収めたようなハリソン地図、あるいはウェンデル・ウィルキーの『ひとつの世界』にあしらわれたハリソン的な地図の「ひとつの世界」と共振するイメージを伝えるかもしれない。最後に突如現れる帝国的なヴィジョンを「僕は知っていた」と語るわずか一〇才の少年。その知識がどこから来たのか、また彼の兄に何が起こったのかを考えてみるなら、テイトのソネットの中で「暴力的な眠り」についた少年とともに、兄ピートも、語り手たる弟も、アメリカの田舎から太平洋へとはるかに延びてつながる世界の中に身を置いていることになる。

タイトルの「滅びさせない (Shall not Perish)」は、リンカーンの「ゲティスバーグ演説」を締めくくる「人民の、人民による人民のための政治をこの地上から滅びさせない (that government of the people, by the people, for the people, shall not perish from the earth)」に由来する。プロパガンダが、ローズヴェルトを時としてリンカーンにたとえていたことを考え合わせるなら (Horten 47)、フォークナーがリンカーンを南部の側に簒奪して民主主義の広がりを語ることは、一方で積極的に動員要請に応えている姿勢をうかがわせるものの、それが南北戦争の響きを持つ限りは、南部の人種問題を喚起しもするだろう。

このことは、たとえばカーソン・マッカラーズ (Carson McCullers) の『結婚式のメンバー』(*The Member of the Wedding*, 1946）において、思春期にさしかかった主人公の少女フランキーが想像する「世界」と並べると、より明瞭になる。世界と自分の繋がりが断ち切れたような気分の一二才のフランキーは、兵役に就いている兄の結婚式に参列し、そのまま新婚カップルとともに世界を回りたいと願う。ここで重要なのが兄夫婦について世界を回るときのその世界の想像のされ方である。

フォークナーの主人公と同様、毎日のラジオや新聞から戦況に詳しいこの少女は、ジョージアの小さな町から世界に思いをはせている。

その夏、パットンはフランスじゅうからドイツ人を駆逐した。そしてまた兵士たちは、ロシアやサイパンでも戦っていた。彼女は戦いと兵士たちを見た。けれどもあまりにも沢山のいろいろな戦いがあって、頭のなかで何百万もの兵士をいちどきに思い浮かべることはできなかった。ひとりのロシア人兵士の姿が目に浮かんだ。ロシアの雪の中で黒っぽく、凍って、凍った銃を持っていた。切れ長の目をしたひとりの日本人兵士が目に浮かんだ。ジャングルの島で、緑の蔓の中を滑るように動いていた。ヨーロッパ、そして木にぶら下げられた人々、そして青い海に浮かぶ戦艦。（McCullers 23）

フランキーが思い描く世界の戦闘には、「木にぶらさげられた人々」のイメージが差し挟まれている。他の場面、たとえば世界の町を想像するときに、自国の町の名称が海外の国や町の名称に混じり込む――「中国、ピーチヴィル、ニュージーランド、パリ、シンシナティ、ローマ」。彼女の頭のなかで、アメリカと世界の町とできごとは混然としている。そうだとすれば、この「木にぶら下げられた人々」を南部の形象――「奇妙な果実」――として理解することはさほど突飛なことでもないだろう。ビリー・ホリデイ (Billy Holiday) が歌ったことで有名な「奇妙な果実」(“Strange Fruit”) はリンチの凄惨な結果を描き出してみせる。

南部の木には奇妙な果実がなる／葉には血が、根もとにも血が／黒い身体が南部のそよ風に揺れる／ポプラの木からぶらさがる、奇妙な果実

この果実は、無残な姿で木に吊された黒人の身体である。当時、「スペクタクル・リンチング」(佐久間、二〇)とも称されたリンチは、コミュニティを確認する儀式として、しばしば記念撮影の対象であった。そうした写真のひとつに写るトマス・シップ (Thomas Shipp) とエイブラム・スミス (Abram Smith) の惨たらしい姿は、多くの人々を震撼させ、そこから、一九三七年にプロテストソングとしての「奇妙な果実」が生まれたとされている (NPR)。一九四四年には、黒人差別に反対する南部の女性作家リリアン・スミスが、この歌に触発された小説『奇妙な果実』(*Strange Fruit*) を発表してベストセラーになったが、この作品は南部ではその後発禁になるものの、軍人の娯楽用に配布された「兵隊文庫 (Armed Service Editions)」に収められ、兵隊とともに海を渡る。「木にぶらさげられた人々」はフランキーの生きた時代において、一定の理解を呼び込む形象だったのだ。

兄について世界に行くからには、「世界中の。世界のみんな」と知り合いになりたいとフランキーは言う。世界中を回るのだ、というフランキーは戦況を伝えるラジオが置かれたテーブルの周りを興奮して歩く。兄のジ

ャーヴィス・アダムズ大尉は「一二隻の日本の戦艦を沈め」た、自分も「記録更新」を果たすのだ (McCullers 117-18) と語るフランキーの手にはナイフが握られている。「みんなと会う」、ドアをノックすれば「見知らぬ人も駆け寄って出迎えてくれる」(118) と熱に浮かされたように語る彼女にとって、敵艦を沈めて戦争に勝つことと友だちになることは、別のことではない。世界と友だちになることが軍事的な覇権と不可分であることを、ナイフを手にした彼女の姿は雄弁に語っている。

ハリラオス・ステコポロスが、マッカラーズが軍隊と無縁ではなかった伝記的事実を用いつつこの作品をぶら下がった身体を含めて帝国との関係から読み解いた分析が示すように、軍隊における人種差別やリンチ事件を考慮に入れるならば、アメリカの覇権は、人種差別をその裡に秘めたものであることを――フランキーが休暇中の軍人から暴行されそうになるというエピソードを描いた第二章からすれば、女をレイプするかもしれない制度でもあることを――上記のエピソードは示唆している (Stecopulos 101-25)。それだけではない。グライアー家の少年のように、フランキーもまた、遠くの世界を自分とつながる何かとして想像している。ジョージア州のどこかにある町の台所から、太平洋やヨーロッパを自分の活躍の場として想像するのだ。くだんの少年を含め、人々が日々耳にするラジオの戦況報道が、こうした想像の共有に一役買っていただろう。

思春期の少女の不安定な言動がはからずも露呈するのは、軍事力に支えられたアメリカの覇権の構造そのものである。南部を他者化する言説は戦争を正当化するが、マッカラーズが示唆するのは、その戦争とアメリカの拡大に、「木にぶらさげられた人々」――「奇妙な果実」――が、たくし込まれているという図式である。非アメリカとして排除される南部を形象する「奇妙な果実」は、むしろアメリカにとって無縁ではないもの、帝国に組み込まれているものとしてつきまとうのである。

このことを念頭に置いてフォークナーの「滅びさせない」に再度目を転じるなら、遠くの兄と自分とを繋げることを可能にするのが最後に示される「想像の共同体」としてのアメリカの壮大な帝国イメージである。が、同時にそれは「木にぶらさげられた人々」を糊塗してもおり、西部を討伐した人々が征服する西半球は、あたかも『アブサロム、アブサロム!』(*Absalom, Absalom!*, 1936) の終わりで禍々しいものとして幻視される「西半球」のネガであるかのようだ。『アブサロム』において、混血のジム・ボンド(の子孫)は、サトペン家の白人の側の血筋が絶えたあとも、なおも生き延び、人種混交を繰り返して白くなりながら「西半球」(Faulkner, *Absalom* 302) を席巻する。白人の罪深さの結果、恐怖としてイメージされる白き黒人の世界をあたかも抑え込むような、ピートの弟が語る白い西半球は、リンカーンのイメージをまといながら奴隷解放という「正義」で西半球を明白な運命のごとく覆う。だが、この壮大な帝国は、ラジオの受け売りのようでもあり、幼い少年の身の丈とあまりにかけ離れているとしか言いようがない。

この作品において、「木にぶらさがった身体」は直接には言及はされない。しかしながら、運が悪ければぶらさがるかもしれない者のことを、忘れることは許されていない。階級の違いに頓着せずにド・スペイン少佐邸を弔問した母親が、無言で仕える黒人召使いの名を尋ね、答えてもらえないとなると再度尋ね、その存在を無視することに抵抗するひそやかなエピソードを思い出しておきたい。いないことにしようとしてもいないことにならない存在としての黒人を、わたしたちは思い出さざるを得ないのだ。

それゆえに少年の、「木にぶらさがった身体」なき語りは、テイトのソネットにおける暴力的な眠りの言葉としても響きうるのだ。「滅びさせない」と語るリンカーンのイメージを借りて奴隷解放という「正義」が西側を覆うならば、それは一転して正義の帝国のイメージともなるだろう。読者三〇〇万の雑誌への掲載を却下されたこの短編は、淡々とした日常と、最後の壮大なイメージとが不協和音を奏でている点では失敗作かもしれない。しかしその不協和音は、この少年がおそらく兄への思慕から身につけた、借り物のようであるゆえに違和感を誘う愛国的な語りが、実のところは「木にぶらさがった身体」をその裡に隠し持つ帝国的な野望にほかならない可能性を示唆する、批判的な雑音でもあるのではないか。

「滅びさせない」を締めくくる白さの西漸運動は、息子を亡くして嘆く母による、黒人召使いの名を尋ねる声をあたかも打ち消すように拡大する。しかしそれゆえに、黒人のみならず白人を含めた息子たちの死をも糊塗しうることにもなるのだ。幼い少年がわずかのあいだに「木の箱」から身につけたと思われる身の丈に合わない帝国の言葉は、兄を戦争へと駆り立てたであろう帝国の言葉の反復でもある。だからこそ、人種差別を組み込んだ「アメリカ」の拡張への欲望が、拡大を担う側の息子たちの命をも「暴力的な死」の危険に曝すことを、ひそやかに語っているのではないだろうか。フォークナーがプロパガンダの言説に歩調を合わせようとしているにもかかわらず、微妙にその歩調がずれる部分にこそ、「木にぶらさがった身体」の姿が感知できるのだ。

＊本稿は、二〇一五年六月七日、アメリカ学会第四九回年次大会部会B「愛国の語り方、反戦の唱え方」にて発表した「動員をめぐる言説――第二次世界大戦と文学者」、二〇一五年八月一八日に物語研究会において発表した「「奇妙な果実」――William Faulkner の “Shall Not Perish” につきまとうもの」、およびそれに加筆した「奇妙な

果実——ウィリアム・フォークナーの"Shall Not Perish"につきまとうもの」(『物語研究』一六号、二〇一六年、二三八—四八頁)を加筆、改稿したものである。

註

1 たとえば以下を参照のこと。Joseph Gregg, "Fascism in the U.S.A."; John Howard Lawson, "Three States."

2 この論争については、拙著『モダニズムの南部的瞬間——アメリカ南部詩人と冷戦』(研究社、二〇一二年)第三章を参照のこと。

3 ただし、このスローガンは実はウォレスのものではないのにウォレスのものとして一人歩きしたものである。(Culver and Hyde 279)

引用文献

Allen, James K. *Without Sanctuary: Lynching Photography in America*. Twin Palms, 2000.

Barney, Toni. "Richard Edes Harrison and the Cartographic Perspective of Modern Internationalism." *Rhetoric and Communication Studies Faculty Publications*. University of Richmond, UR Scholarship Repository. Web. 30 May 2015.

Brinkmeyer, Jr., Robert H. *The Fourth Ghost: White Southern Writers and European Fascism, 1930–1950*. Louisiana State UP, 2009.

Brooks, Van Wyck. *Opinions of Oliver Allston*. E.P. Dutton& CO., INC, 1941.
Cash, W. J. *The Mind of the South*. 1941. Vintage Books, 1969.
Cowley, Malcom. "Town Report: 1942." *New Republic*, November 23, 1942, pp.674–76.
Culver, John C. and John Hyde. *American Dreamer: The Life and Times of Henry A. Wallace*. Norton, 2001.
Faulkner, William. *Absalom, Absalom!* 1936. Vintage, 1991.
——. "The Tall Men." *William Faulkner, Collected Stories*. Vintage, 1995, pp. 45–61.
——. "Two Soldiers." *William Faulkner, Collected Stories*. Vintage, 1995, pp. 81–99.
——. "Shall Not Perish." *William Faulkner, Collected Stories*. Vintage, 1995, pp. 101–15.
Fishburn, Matthew. "Books Are Weapons: Wartime Responses to the Nazi Bookfires of 1933." *Book History*, vol. 10, 2007, pp. 223–51.
Flynn, George Q. *Conscription and Democracy: the Draft in France, Great Britain, and the United States*. Greenwood P, 2002.
Gregg, Joseph. "Fascism in the U.S.A." *Fight against War and Fascism*, February 1934, pp. 12–13.
Harrison, Edes Richard. "One World, One War." (1944), http://www.davidrumsey.com. Accessed 10 nov. 2017.
Horten, Gerd. *Radio Goes to War: The Cultural Politics of Propaganda during World War II*. U of California P, 2003.
Kazin, Alfred. *New York Jew*. Syracuse UP, 1978.
Lawson, John Howard. "Three States," *Fight against War and Fascism*, October 1934, page number lost.
Lumpkin, Grace. "Fascism and Southern Agrarians," *The New Republic*, May 27, 1936, pp. 75–76.
McCullers, Carson. *The Member of the Wedding*. 1946. Mariner Book, 2004.
MacLeish, Archibald. "The Irresponsibles." *Nation*, 18 May 1940, pp. 618–23.
——. *The American Cause*. Duell, Sloan and Pearce, 1941.

Mead, Margaret. *And Keep Your Powder Dry: An Anthropologist Looks at America*. William Morrow and Company, 1942.

NPR. "Strange Fruit: Anniversary of a Lynching," http://www.npr.org/templates/story/story.php?storyId=129025516. Accessed 10 nov. 2017.

Pvt. Gerber, Albert B. "What I Am Fighting for," *Saturday Evening Post*, July 24, 1943, p. 25.

Roosevelt, Franklin Delano. "Using the Report in the "Purge": Speech at Barnesville, Georgia. August 11, 1938." *Confronting Southern Poverty in the Great Depression: The Report on Economic Conditions of the South with Related Documents*, edited by David L. Carlton and Peter A. Coclanis, Bedford/St.Martin's, 1996.

Rosenman, Samuel I., editor. *The Public Papers and Address of Franklin D. Roosevelt*, Vol. 10, *The Call to Battle Stations*, 1941. Russell and Russell, 1950.

——. *The Public Papers and Address of Franklin D. Roosevelt*, Vol. 11, *Humanity on the Defensive*. 1942. New York: Russell and Russell, 1950.

Rubin, Joan Shelley. *The Making of Middlebrow Culture*. U of North Carolina P, 1992.

Sancton, Thomas. "Trouble in Dixie I," *New Republic*, 4 January 1943, pp. 11–14.

——. "Race Fear Sweeps the South," *New Republic*, 18 January 1943, pp. 81–83.

Schlesinger, Jr., Arthur. "Do We Have National Unity?" *New Republic*, 2 February 1942, pp. 140–43.

Silber, Nina. *Romance of Reunion: Northeners and the South, 1865–1900*. U of North Carolina P, 1993.

Stecopoulos, Harilaos. *Reconstructing the World: Southern Fictions and U.S. Imperialisms, 1898–1976*. Cornell UP, 2008.

Tate, Allen. "On the Brooks-MacLeish Thesis," *Partisan Review*, Jan-Feb 1942, pp. 38–39.

——. "Anti-Axis Poetry," *New Republic*, Nov. 16, 1942, p. 643.

——. "More Sonnets at Christmas: Ten Years After," *Kenyon Review*, vol. 5, no.2 (1943), pp. 186–88.

——. "Remarks on the Southern Religion," *I'll Take My Stand: The South and the Agrarian Tradition by Twelve*

Southerners. 1930. Louisiana State UP, 1977, pp. 155–75.
Towner M. *Theresa and James B. Carothers. Reading Faulkner: Collected Stories*. UP of Mississippi, 2006.
Wallace, Henry. "The Century of the Common Man," May 8, 1942. *Selected Works of Henry Wallace*. New Deal Network. The Society for Historians of American Foreign Relations. https://shafr.org/teaching/draft-classroom-documents/century-of-the-common-man. Accessed 20 nov. 2017.
Willkie, Wendell. *One World*. Simon and Shuster, 1943.
Young, Thomas Daniel Young and John J. Hindle, editors. *The Republic of Letters in America: The Correspondence of John Peale Bishop and Allen Tate*. Lexington: UP of Kentucky, 1981.
ガイスマー・マックスウェル『危機の作家たち——フォークナー、トマス・ウルフ、スタインベック論』石一郎、須山静夫訳、南雲堂、一九七五年。
佐久間由梨「スイングする黒い体——ラングストン・ヒューズの短編におけるリンチ、ジャズ、パフォーマンス」『言語社会』三号、二〇〇〇年、二一五—三一一頁。

7

吉川　純子

冷戦と「男らしさ」という幻

――ヘミングウェイのメディア・イメージ

はじめに

アーネスト・ヘミングウェイ (Ernest Hemingway, 1899–1961) は激怒した。批評家マックス・イーストマン (Max Eastman 1883–1969) が、彼を侮辱したからだ。イーストマンは、スペインの闘牛をテーマにした『午後の死』(*Death in the Afternoon*, 1932) を一九三三年に評して、「ヘミングウェイは、自分が『一人前の大きさの男』("a full-sized man")』だという自信に欠けている」(Eastman 44) と露骨に性的なあてこすりをした上に、彼の文体は「ニセの胸毛をつけているようなものだ」(45) とこきおろした。それから四年後の一九三七年に、編集者のオフィスでイーストマンに出くわした彼は、自分のシャツのボタンを引きちぎって本物の胸毛を見せつけながら、相手のシャツのボタンをはずして毛のない胸を露出させ、本で顔を引っぱたいたあげく、二人で取っ組み合いを演じたという (500–01)。彼は、みずからの男らしさが疑われることに、よほど我慢がならなかったようだ。

その執着ぶりは、むしろみずからの「男らしさ」への疑いと不安を露呈しているように感じられる。実際、彼の死後に発表された小説『エデンの園』(*The Garden of Eden*, 1986) は、ジェンダーおよびセクシュアリティの問題を前景化し、しかも伝統的な性役割からの逸脱や両性具有性がテーマ化されている。それをきっかけに、作品および作家の再評価が大規模に行なわれるようになり、彼の「男性的」なイメージは脱神話化されるのだ。

一九八〇年代以降、作家論や作品論とは別に、ヘミングウェイのマスメディアにおけるパブリック・イメージ——ジョン・レイバーンの用語では“public personality” (Raeburn 10) ——の研究が進んできている。本稿も、彼の作家論や作品論ではなく、パブリック・イメージとその変化を扱うが、それは「男らしさ」のイメージの変化が、冷戦初期のアメリカ合衆国の社会の変化とどのように関わっていたのかを明らかにするためである。当時の文化的なコンテクストを示すために、他の作家の作品なども分析してみることにする。

フェミニズムとポスト構造主義の影響を受けて、一九八〇年代から始まった「男性性研究 (masculinity studies)」の成果によって、「男らしさ」の意味は歴史化され、相対化されてきた。男らしさは「時を超えた生物学的、あるいは心理的な属性ではなく、ダイナミックな文化規範や意味の集合体」(Osgerby 8) であり、言いかえれば、普遍的なものではなく、また、本質的なものでもない文化的構築物だという認識が広がったのだ。「男らしさ」の意味は多様であり、かつ変遷してきたことが明らかになってきた (Kimmel 3)。今世紀に入ってからは、さらに具体的に、冷戦と男性性との関係を解明する研究が進んでいる。

本稿では、まず第二次世界大戦後のアメリカの社会変化を、ジェンダーに着目しながらまとめ、続いて冷戦初期、すなわち第二次世界大戦終戦後から、ジョン・F・ケネディ (John F. Kennedy, 1917–63) が合衆国大統領に就任した——そしてヘミングウェイが自殺した——一九六一年まで、アメリカ人の男性、とりわけ白人中産階級の男性が置かれていた状況を明らかにしたい。当時マスメディアで盛んに取り上げられた「男性性の衰退」とは何か、それに男性たちはどのように反応したのかを分析することによって、ヘミングウェイが文学的セレブリティとして空前の名声を確立した背景を再確認してみたい。最後に、第二次世界大戦後にヘミングウエイのメディア・イメージが大きく変化したのはなぜなのかを、分析してみたい。

一．第二次世界大戦後の社会変化

一九四五年に第二次世界大戦に勝利し、長い不況から抜け出したアメリカは、大きな社会変化に見舞われる。国内では、産業構造の変化とＧＩビル（復員兵への奨学金）による高学歴化を背景に、ホワイトカラー化が進む。好況下で、平均所得と余暇時間が急増し、結婚年齢は急激に下がった。住宅不足を解消するために、レヴィット・タウンに代表される画一的で大規模な郊外の新興住宅地が続々と開発され、そこに住む新興中産階級の「核家族」が、家族の標準モデルとなる。多くの人々が未曽有の経済的豊かさを享受し、さまざまな異議申し立てによる社会の混乱もなかった（かのように見える）この時代は、豊かで平和な、「アメリカの黄金時代」として懐かしまれることが多い。

だが一方では、国際的には、ソ連の核兵器開発の成功と中国における社会主義政権の樹立によって、東西冷戦が始まり、激化していた。東西冷戦とは、一触即発の准戦時体制であったので、アメリカ人には、核攻撃を受けるかもしれないという不安と恐怖が常につきまとっていた。小学生が核攻撃からの避難訓練を受ける映像や、政府が一般家庭に核シェルターの設置を勧めるプロパガンダ映画も残っている（映画『アトミック・カフェ』*The Atomic Café*, 1982）。また、映画『ボディ・スナッチャー／恐怖の町』(*Invasion of the Body Snatchers*, 1956) では、平和な郊外の町にエイリアンが侵入し、住人の体を乗っ取っていく。体を乗っ取られた人間は蛹となり、羽化（?）した後には、見た目は以前と変わらないのに、敵と化している。エイリアンを共産主義の暗喩と考えれば、冷戦期のパラノイアを象徴する映画にもなる。豊かで平和な「黄金時代」は、核攻撃と共産主義の侵入への恐怖に縁取られていくことになるのだ。

二．ジェンダーとセクシュアリティの冷戦体制

ジョセフ・ナイは、『ソフト・パワー』(*Soft Power—The Means to Success in World Politics*, 2004) において、「冷戦の勝利は、ハード・パワーとソフト・パワーの組み合わせによるものであった。ハード・パワーは軍事的封じ込めの膠着状態を作り出したが、ソフト・パワーはソ連の制度を内部から浸食した」(Nye 50) と述べた。彼の定義によれば、ハード・パワーはアメとムチに例えられる軍事力、経済力であるのに対して、ソフト・パワーは、「自国が望む結果を他国も望むようにする力であり、他国を無理やり従わせるのではなく、味方につける力」(5) であり、言わば「魅力の力」(6) であった。

冷戦期のアメリカは、資本主義社会の自由と豊かさを、他国、とりわけソ連を代表とする東側諸国の人々に見せつけ、魅了するためのプロパガンダに満ちていた。宣伝の対象には、「生活水準、商品の入手しやすさ、芸術作品、科学の業績、家族関係、教育制度、価値観、給付金」(Osgood 254) などが含まれていた。すなわち、

「二大超大国の日常生活こそが、冷戦期のプロパガンダにおいて、最も関心を呼ぶトピックの一つだった」（同）のである。一九五九年にモスクワで開催された「アメリカ展」では、アメリカの標準的な家や最先端の家電製品が展示され、モスクワ市民の心をつかんだという。その際の、ニクソンとフルシチョフの「台所論争 (kitchen debate)」――両国の家庭の設備をめぐる辛辣な言葉の応酬――もまた象徴的である。ニクソンは、「冷戦における我が国の優位は、兵器によるものではなく、現代的な郊外家庭の安定した豊かな生活に支えられているのだ」と主張した (May 17–18)。アメリカ国民の日常生活そのものが「ソフト・パワー」であり、国民は「イメージ兵器」（三浦　一九四）を演出するために、それとは知らず動員されていたとも言える。東西冷戦においては、核兵器を使う「熱い戦争」は事実上不可能で、「心を獲得するための闘いが、より大きく立ち現われてきた」(Osgood 16) のだから。

そのイメージ兵器の中心に置かれたのが「消費する家族」（三浦　同）だった。東側の反アメリカ・プロパガンダに対抗するために、アメリカ合衆国情報省 (USAIA) が世界中にばらまいたパンフレットに「典型的なアメリカ人」として描かれていたのは、郊外の持ち家に住む核家族――サラリーマンの夫と専業主婦の妻と子供たち――である。エレイン・タイラー・メイは、五〇年代のアメリカ人が伝統的な性役割に回帰したのは、三〇年代の不況期に家庭の安定性が脅かされたので、安定した家庭を築きたかったからだと述べているが (May 53)、それだけでなく、アメリカ人の「健全性」と「優越性」を世界にアピールする国策に順応した面もあったと見るべきだろう。

その一方で、伝統的な性規範（異性愛）と性役割から逸脱した同性愛者たちは、「国家にとっての危険人物」

("national security risk") として、逮捕や公職追放などの激しい政治的弾圧を受けた (D'Emilio 40–53)。彼ら／彼女らは、体制に順応しない異分子として排除されたスケープ・ゴートにされてしまったわけだが、それは「異性愛者に自らの振る舞いの監視を強いる」(Corber 69) ためでもあった。異性愛者であっても、結婚しない男女は疑いの目で見られたのである。なぜなら、伝統的な性規範と性役割からの逸脱は「非愛国的 (un-American)」であり、ひいては東側を利することになる潜在的な裏切りと見なされたからである。一九四八年から五〇年代半ばにかけて、ジョセフ・マッカーシー (Joseph R. McCarthy, 1908–57) 上院議員らによる「アカ狩り」の嵐が吹き荒れたが、潜在的な反逆者と見なされたという点で、共産主義者と同性愛者は同列の扱いを受けた。冷戦初期において、ジェンダーとセクシュアリティは、かつてないほど政治的意味を帯びていたのだ。

三　男性性の衰退?

クーディレオンは、アメリカ冷戦期の政治的・文化的言説がジェンダーとセクシュアリティに関わるレトリックに満ちていたことを明らかにした。共産主義やソ連に対して「強硬 (hard)」か、「軟弱 (soft)」かが重大な問題とされ、「アメリカ人の男性性の危機」が声高に叫ばれ、それは「国家防衛と切り離せない問題」(Courdileone 136) だとされた。一九五二年の大統領選の民主党候補だったアドレイ・スティーヴンソン (Adlai Stevenson, 1900–65) は、典型的な東部エスタブリッシュメント出身のリベラルなインテリであったことが保守派の反感を買い、男らしくない「軟弱な」政治家として、ネガティヴ・キャンペーンの集中砲火を浴びた。保守派のタブロイド新聞『デイリー・ニュース（*The Daily News*）』は、彼を「アデレード（Adelaide）」と女性名で呼び、彼の演説を「オカマっぽい／朗々とした（"fruity"）声で」「さえずった（"trilled"）」と揶揄した（Kimmel 156）。保守派のメディアでは、リベラルなインテリは女々しく弱々しい「オカマ」――すなわち潜在的な裏切り者――だというステレオタイプがまかり通っていたのだ。クーディレオンは、「強硬か軟弱かという二分法が、これほど誇張され、あるいは公言された大統領選は、他になかったかもしれない」（同）と述べている。結局、スティーヴンソンは、軍人出身で「男らしい」アイゼンハワー（Dwight David Eisenhower, 1890–1969）に大差で敗北し、次の大統領選にも出馬したが、さらに差をつけられて、敗北した。

五〇年代アメリカのマスメディアでも、「男性性の衰退」がしばしば問題にされた。これには第二次世界大戦後のアメリカ社会の変化が大きく関わっている。凄惨な戦いから生還した兵士たち、とりわけ若い白人男性の多くは、GIビルによって大学を卒業し、結婚して、復員兵のための政府保証ローンで郊外の庭付き一戸建てを買い、都市に通勤するサラリーマンになる。同じ形の家が立ち並ぶ没個性的な郊外の町に住み、郊外の巨大ショッピング・モールで買った大量生産品を家族とともに大量に消費し、会社では組織の一員として順応を強いられるサラリーマン生活は、独立独歩の自営業者が多かった時代のアメリカの男性性の理想からはかけ離れていたと言うしかない。

ジョン・C・キーツ（John C. Keats, 1921–2000）という作家によるベストセラー大衆小説『はめ殺し窓のひび割れ』（*The Crack in the Picture Window*, 1956）は、郊外の新興住宅地が抱える様々な問題を――住宅は狭く、画一的で、しかも住民は年齢も収入も家族構成も似通った没個性的な集団であり、真のコミュニティとは言えない閉塞感に満ちている——激しい口調で告発したものだが、この小説においても、やはりジェンダーの問題が重要な位置を占めている。郊外の新興住宅地は「男のいない、女だけの世界」(Keats 56) であり、都市に長距離通勤する男性は、「宿泊者、あるいは時たまの週末のお客」(57) である。父親の不在によって、息子は「女のリーダーシップからの自立を学ぶことがないので、弱々しく受動的な男になることが多い」(同) という専門家の意見も紹介されている。郊外は、男らしさを損なう場と捉えられていたようだ。

五〇年代のアメリカの中流白人男性を代表するキャラクターの一人は、スローン・ウィルソン (Sloan Wilson, 1920–2003) のベストセラー小説『灰色のフランネル・スーツを着た男』(*The Man in the Gray Flannel Suit*, 1955) の主人公トム・ラスである。彼は、ヨーロッパ戦線から復員した後、郊外のつつましい家からマンハッタンの大企業に通勤し、妻子を養うために懸命に働く。もっと大きな家に住みたいという妻にせがまれて、より高給の会社に転職し、社内政治と戦時中にイタリア女性に産ませた子供のことを妻に告白するべきかどうかで頭を悩ませる。結局、彼は社内で「純然たる正義」を実現させて自律性を回復し、妻との関係を修復して、「家庭人」としての男性性を回復するというハッピー・エンディングとなるのだが、そこに至るまでの、妻や社内政治や過去の過ちに振り回されるトムの自律性のなさが、当時の白人中流男性が感じていた「男性性の危機」を表象していると思われる。

当時ベストセラーになった『孤独な群衆』(*The Lonely Crowd*, 1950) の著者である社会学者デイヴィッド・リースマン (David Riesman、1909–2002) は、第二次世界大戦後のアメリカ人の社会的性格は「内面指向 ("inner-directed”)」から「他者指向(“other-directed”)」に変わった(Riesman 13–23)――前者の価値のほうが高いことが暗に示されているので、実際には劣化したことになる――と分析し、戦後の大衆消費社会における画一性と順応主義を批判した。だが、今世紀に入って、ジェイムズ・ギルバートは、リースマンの分析にはジェンダー・バイアスがかかっていると見抜いた。ギルバートによれば、リースマンの枠組みでは、男らしさは一般的に自己信頼、攻撃(積極)性、社会的有能さを意味しており、女らしさは受動性、利用されること(exploited)、おとなしさを意味していた。この分け方では、前者が「内面指向」的性格、後者が「他者指向」的性格と一致する(Gilbert 53)。リースマンの批判にも、男性、とりわけ白人中流男性の、女性化への恐れが埋め込まれていたのだった(54)。

四．冷戦とミソジニー

リースマンに限らず、五〇年代のアメリカの言説には、ミソジニー(女性嫌悪)が跳梁していた。ギルバートによれば、文化人も、学者も、ジャーナリストも、「アメリカ男性にとって何が問題なのか？」を究明することに強い関心を示し、その答えは決まって「アメリカ女性」ということだった(Gilbert 10–11)。一九五八年に雑誌『ルック』(*Look*)の特集を書籍化した『アメリカ男性の衰退』(*The Decline of the American Male*)の表紙には、背後から女性に糸で操られながら働く、疲弊したホワイトカラーらしき白人男性のイラストが描かれている。そして最初のエッセイは、「なぜ女たちは彼を支配するのか?」である。著者のロバート・モスキン（Robert Moskin）は、マーガレット・ミード（Margaret Mead）、アルフレッド・キンゼイ（Alfred C. Kinsey）などの専門家の言説を引用しながら、女性たちの「新たな攻撃性と性的満足への要求」（Moskin 11）の結果として、アメリカ男性は「疲弊し、受動的になり、不安に駆られ、性的不能になる」（11–12）と主張する。そして女性たちは、「男から勝ち取ったものを、喜びと軽蔑が入り交じった気持ちで眺めている」（24）と。最後にモスキンは、「我々は、アメリカにおける男らしさの新たな意味と神話を作り出さねばならない。さもないと、『男みたいな女（"he-women"）』と『女みたいな男（"she-men"）』の社会になってしまう」（同）と警告する。その「新たな意味と神話」を担った一人が、ヘミングウェイだったのではないだろうか。

このような冷戦期ミソジニー言説の先駆けとなったのは、フィリップ・ワイリー（Philip Wylie, 1902–71）の『腹黒い世代』（*Generation of Vipers*, 1942）というエッセイ集であった。この本は戦後に書かれたものではないが、ある種の預言書のように戦後も人気を博し、版を重ねて、一九五五年までに一八万部のベストセラーとなった。彼のもとには、読者から六万通にのぼる賛否両論の手紙が届いたという（Gilbert 69）。この本において、彼はアメリカの行き過ぎた消費、官僚支配、政治的無関心、女性の支配的影響力を痛烈に批判し、「マミズム（"momism"）」という言葉を造語した。「ファシズム」を連想させる響きを持つこの単語は、はっきりとした定義はされていないが、「（中年の）女による専制支配」という意味で使われている。「ママ」は政治、宗教、経済、教育にくちばしを突っ込み、思い通りに操ろうとする（203）。男は「妻に小切手帳を渡し、彼女の気まぐれに奉仕するために仕事に行くことで、自らの魂を封印する」（Moskin 199）というのである。ギルバートは、この作品を評して「アメリカ社会における女性の地位を、驚くほど歪んだ見かたで見ている」(Gilbert 69) と述べた。戦後の社会変化に居心地の悪さを感じた男性たち（を代表する知識人、文化人たち）は、ジェンダーとセクシュアリティの冷戦体制を批判して「非愛国的 (un-American)」というレッテルを貼られる危険を冒す代わりに、女性を槍玉に上げて溜飲を下げていたように思われる。あるいは、ミソジニーを煽った文化人たちは、一般の男性読者の不満のはけ口を女性にすり替えることによって、体制批判を抑止していたのだろうか。

五．二つの男らしさ

冷戦期アメリカの男らしさの理想には、両立しがたい二種類のものがあった。一つは、映画俳優ジョン・ウェイン (John Wayne, 1907–79) が西部劇などで演じたキャラクターに代表される、タフで、荒々しいイメージ。もう一つは『灰色のフランネル・スーツを着た男』の主人公トムのような、家庭的な順応主義者である (Mitchell 8)。当然のことながら、郊外に住む白人の中流男性の生活は後者に近いものだった。テレビでは、『オジーとハリエット』(*The Adventures of Ozzie and Harriet*, 1952–63)、『ビーバーにおまかせ』(*Leave it to Beaver*, 1957–63)、『パパは何でも知っている』(*Father Knows Best*, 1954–60) のような郊外に住む核家族の微笑ましい日常を描いたホーム・ドラマがいくつも放映されていた。その中では、父親は優しくて頼りがいのある「家庭人」として理想化されている。一方、前者のイメージは、寡黙で、行動力と決断力があり、正義のためには殺しも辞さず、心身ともに強靭な一匹狼というものだった。キンメルによれば、「男性は、自らの魂を失わないように、うつろな灰色のフランネル・スーツの行進にあまり順応しすぎず、かと言って、家庭や職場の責務をなおざりにしすぎる非順応者になることもないアイデンティティ」(Kimmel 155)を確立しなければならないという精神的な綱渡りを強いられていた。戦後の急速な社会変化に適応し、体制に順応することは愛国的なことだったから、順応主義の男性は称賛されたのだが、自律性のなさは女々しいと見なされた。そうしたこともあって、当時の男性は、自らの男らしさを確認するために、タフな一匹狼(非順応者)のキャラクターに憧れたのではないだろうか。アフリカ、キューバなど、郊外の新興住宅地からははるかに遠い異国の地で冒険するヘミングウェイは、彼らの憧れを体現していたことになる。

六.ファンタジーへの逃避

戦争のトラウマと戦後の急激な社会変化によってアイデンティティの危機にさらされた(白人の)男性たちに手軽な避難所を提供したのは、男性向けの雑誌だった。とりわけ冷戦期を象徴する大衆向けの男性誌は、戦後数十誌が現れては消えたという「男性冒険雑誌(male adventure magazines)」と、『プレイボーイ』(*Playboy*)である。この二種類の雑誌の特徴を見ていくことにしよう。

「男性冒険雑誌」は、二〇世紀初頭から存在した「パルプ雑誌(pulp magazines)」の流れを汲むものであるが、冷戦期に売上げ部数を伸ばした。代表的な月刊誌『トゥルー』(*True*) は、ピーク時には二〇〇万部を売り上げたという (Parfrey 287)。そこで想定された読者層は、労働者階級の男性であった。その表紙は、目をむいて、歯を食いしばり、時には血と汗を流しながら異国の地で戦うワイルドな男――相手は、猛獣、ナチス、日本軍の兵士から、エイリアンまで――のどぎついイラストが定番で、内容は、狩猟や釣りなどのアウトドア活動、歴史や政治の怪しげな裏話で、そしてアウトドア用品や、「男らしい」体を作るためのエクササイズ器具の広告がついていた。エミリー・ゴールドによれば、これらの雑誌の読者層は、郊外に住む白人の勤め人であった。彼らは順応的な日常生活から逃避し、雑誌をめくりながら、異国への旅や大物釣りや猛獣狩りを楽しんだ気分になっていたのだった。そうすることで、自らの男性性を回復するファンタジーに浸ったのだ。一九五四年二月号の『トゥルー』の表紙は、アフリカのサバンナを背景に微笑むヘミングウェイのイラストであり、この雑誌好みの「無頼の男 ("rogue male")」としての彼が、特集となっている。

アウトドア指向の男性冒険雑誌に対して、月刊誌『プレイボーイ』はインドア派である。この雑誌は、少年のころ『エスクワイア』(*Esquire*) ――創刊時からヘミングウェイと関わりが深い雑誌――に憧れ、一時は社員として働いたこともあるヒュー・ヘフナー (Hugh Hefner, 1926–2017) によって、一九五三年に創刊された。創刊号は、人気女優マリリン・モンロー (Marilyn Monroe, 1926–62) の無名時代のお宝発掘的なヌード・グラビアのおかげもあって、初版七万部がすぐに完売し、五九年までには毎月一〇〇万部に迫り、次の一〇年間には四五〇万部を超えるという驚異的な成功を収めた (Osgerby 121)。その成功の大きな理由は、冷戦期の家族志向、郊外志向に背を向け、都会の知的で裕福な若い独身男性を理想的な読者として設定し、そのライフスタイルを指南したことである。それは、戦後の家族中心の順応主義からの逃走というかたちでの抵抗の身振りであった。『プレイボーイ』の男性読者は、家庭や仕事の責務から解放され、自由で自律的な個人——遊び人《プレイ》の若い独身男《ボーイ》——という「架空のアイデンティティ」(124)を提供されることになったと思われる。

この雑誌は、『エスクワイア』流のスタイリッシュな消費の指南や、有名作家の作品などの読み応えのある記事と、フルカラーのヌード・グラビアを組み合わせたことで、安っぽいポルノ雑誌とは一線を画すものとなった。そして、自らの快楽のための消費によって男性性を確認するという、『エスクワイア』に始まるファンタジーをさらに広めることになる。従来の価値観では、男性は生産する存在であって、消費は女性の役割だと考えられていたから、ファッションやインテリアにこだわる男は女々しいと見なされたが、『プレイボーイ』は「財力を誇示する消費は男らしい」というメッセージを発し、新興の中産階級の男性たちに大いに支持されることになった。そして、「快楽主義の独身男」には、同性愛の疑いがかけられかねなかったが、プレイメイトたちの豊満な肉体のグラビアが、それを打ち消していた(Osgerby 127)。

『プレイボーイ』的なイメージの持つ力を示す、忘れがたい場面がある。一九五四年に雑誌『ニューヨーカー』(*The New Yorker*)に掲載されたジョン・チーヴァー(John Cheever, 1912–82)の短編「田舎の亭主」("The Country Husband")には、戦後の郊外の一見平穏な日常に潜む闇や亀裂が巧みに描かれているが、その中に鮮烈な印象を残す場面がある。主人公は、ニューヨーク郊外の新興住宅地シェイディ・ヒルからマンハッタンに通勤する「灰色のフランネル・スーツ」的なサラリーマン、フランシス・ウィードである。彼が朝の通勤電車に乗るために駅のホームに立っていると、寝台車のついた長距離の急行列車が目の前を通り過ぎてゆく。その寝台車の中に彼が見たものは、あろうことか、長い金髪をくしけずる全裸の美女だ。「彼女は髪をくしけずり、くしけずりながら、幻のようにシェイディ・ヒルを通り過ぎてゆく。フランシスは、彼女が見えなくなるまで目で追い続けた」(Cheever 395)。彼は、その直後に偶然出会った町の顔役で「マミズム」を体現するライトソン夫人に、わざと無礼なことを言って、「すばらしい気分に包まれた。(中略)彼は、このさわやかな自立の感覚を与えてくれたことに対して、あの娘に感謝した」(同)。彼が事なかれの順応主義を脱して、「男らしい」自律性を取り戻したのは、退屈で抑圧的な郊外からの逃避をいざなう冷戦期アメリカのセイレーンを幻視したからだった。言うまでもなく、髪をくしけずるしぐさは、誘惑の身振りである。彼女は、蠱惑的でありながらも売春婦ではなく、健康的な、「今月の遊び《プレイ》のお相手《メイト》」のようにも見える。『プレイボーイ』のヌード・グラビアは、ただのポルノグラフィではなく、男性読者に「男らしいオレ」というファンタジーを提供していたはずである。

七．ヘミングウェイのイメージ戦略

ヘミングウェイは、『プレイボーイ』にもしばしば寄稿しているが、それだけでなく、さまざまな商業誌にも寄稿し、また、セレブリティとして、ゴシップ記事のネタにもなっていた。作家として認められるだけでなく、セレブリティとしての地位を確立することは、彼自身が望んだことであった。彼は、いつ、どういう方面から認められるかを、絶えず気にしていたという (Raeburn 9)。

彼のパブリック・イメージの特徴は、いくつもの「男らしい」顔を持っていたということである。これは、何が「男らしい」と感じるかは階層によって異なるということでもある。その一つは、二〇年代をパリで過ごした「失われた世代」のモダニスト、すなわち純文学作家としての顔であり、これはインテリにアピールする。アールによれば、そもそもモダニズムの男性作家は、エリート主義的で、男性性を強調する傾向が強かった。大衆小説を女々しいものと見なし、それとの差別化をはかるために、自らを「強く、男性的」と規定するのが彼らのマーケティング戦略であり、ヘミングウェイにしても同様なところがあった (Earl 111)。二つ目は、『エスクワイア』や『プレイボーイ』で見せる「男らしい消費」、すなわち、旅行や酒、美食などの金のかかる娯楽の達人の顔で、これは中産階級好みであった。三つ目は、大酒飲みのスポーツマンで、ボクシングや闘牛のような荒っぽい娯楽を好み、大物釣りやサファリに興じるアウトドア肉体派の顔で、これは『トゥルー』などを読むブルー・カラー男性の憧れでもあった。もう一つ、「戦地に飛び込んで戦争を報道する男」の顔があるが、これはどの層からも、「男らしい男」だと認められるはずである。

もちろん、出版社の意向による演出もあっただろう。だが、彼が期待に応えて多彩な顔を演じ分けてみせたことには変わりがない。ストリチャクズは、「彼ほど巧みに大衆向けの演技をした作家は、ほとんどいない」(Strychacz 4) と述べ、演技が「実はアイデンティティを構築するのかもしれない」(7) と、彼の演技性の持つ意味を強調する。すでに紹介したエピソードでも、イーストマンは「ニセの胸毛」という表現で、ヘミングウェイの「男らしい」文体の演技性を指摘したのであり、それに対するヘミングウェイの反応も——取っ組み合いの後、床に寝転がってニヤニヤ笑っていたという (Mellow 501) ——芝居がかっている。そして、彼の演技的な「男らしさ」は、時代とともに変化してゆくのである。

八．メディア・イメージの変化

一九三四年の『ヴァニティ・フェア』(*Vanity Fair* 42; 29) には、ヘミングウェイをカリカチュアライズするイラストが登場する。カフェで酒を飲む姿、カジキ釣りのボートに立つ姿、軍服を着て赤十字の腕章を着けた戦傷者の姿、闘牛士の姿の着せ替え衣装に囲まれ、原始人のような毛皮を着たヘミングウェイの似顔絵には、次のようなキャプションがつけられている。「アーネスト・ヘミングウェイ、アメリカが生んだ文学的野人。大いに飲み、大いに戦い、大いに愛する——すべては芸術のために」。この頃までには、ヘミングウェイはセレブリティとしての地位を確立していたことがわかる。野性的で大酒飲み、戦いと恋に熱中するマッチョなイメージと、世紀末唯美主義のスローガン「芸術のための芸術 (art for art's sake)」のもじりとが並列され、彼が高踏的な芸術家であることも強調されている。「文学的野人 ("literary cave man")」という表現からも、彼のイメージが矛盾したものだったことが見てとれるだろう。

なかでも注目するべきは、戦傷者の姿であろう。ヘミングウェイは、実際に第一次世界大戦で——兵士としてではないが——負傷している。そのせいだけでなく、一九三〇年代においては、彼と戦争とは強く結びつけられていた。それは、一九二九年に第一次世界大戦を舞台とした『武器よさらば』(*A Farewell to Arms*)を発表し、また、一九三六年にはスペイン内戦のドキュメンタリー映画の製作に関わったことからして、当然と言える。一九四〇年代も、スペイン内戦を舞台とした『誰がために鐘は鳴る』(*For Whom the Bell Tolls*, 1940)の発表に始まって、翌年には戦争報道のために中国を訪問し、翌々年には『戦う男たち』(*Men at War*, 1942)という戦争小説のアンソロジーを発表し、四四年にはキューバでUボートを追いかけているのだ。一九四一年一月六日の『ライフ』(*Life*)には、別荘で新妻とくつろぐヘミングウェイの紹介の次に、スペイン内戦の模様が彼の作品と結びつけて描かれている。一九四八年一月二六日の同誌で、パーカーの万年筆の広告に登場した彼が書いているのは、戦争に関する内容である。

ところが、一九五〇年あたりを境に、彼のメディア・イメージから戦争の影が消える。一九五一年一一月五日の『ライフ』では、ビールの広告でヘミングウェイが書いた手紙の内容は、釣りと酒のことだけである(Bruccoli 112–3)。キューバのカジキ釣りの漁師を主人公とした中編小説『老人と海』(*The Old Man and the Sea*, 1952)は戦争には関わっていないが、老漁師サンチャゴとカジキマグロや鮫との死闘が描かれている。読者が、キューバでゲーム・フィッシングに興じるヘミングウェイとサンチャゴを重ねて見たとしても不思議はない。「男らしい男」は戦わなくてはならないのだが、その相手は変わり、戦いの場も変わったのだ。二つの世界大戦は終わり、東西冷戦が始まったからだ。

一九五二年五月一三日付のスクリブナー社の内部文書には、『老人と海』の売り出し戦略として次のような記述がある。「彼の経歴から、戦争に関する記述や記録を必ずすべて消すこと。この本に掲載される経歴は、彼の作品歴のみ！」(Scribner's Collection V, Hem Box 16 File 5)。ヘミングウェイのメディア・イメージから戦争の影が消えたのは、出版社が意図したことだったのだ。一九五四年にノーベル賞を受賞した直後の書店のショウ・ウィンドウに飾られた彼の写真（同 Box 17 File 3）は、旅行中の写真と、カジキ釣りと、サファリの写真のみである。前述した大衆雑誌の取り上げ方も、サファリか、釣りに偏っている。一九五六年に『ホリデイ』(*Holiday*) という雑誌に掲載されたパン・アメリカン航空の広告には、旅の達人という風情のヘミングウェイが登場している (Bruccoli 138–39)。

ロタンドは、二〇世紀の「男らしさの理想」を四つ提示してみせる。すなわち、"team player" "existential hero" "pleasure seeker" "spiritual worrier" である。彼は、ヘミングウェイを「女と文明に背を向ける孤高の男 ("existential hero")」の例として挙げているが (286)、一九五〇年代アメリカにおける彼のメディア・イメージは、むしろ「危険な遊びを好む消費の達人 ("pleasure seeker")」であった。

終わりに

これまで述べてきたように、ヘミングウェイのメディア・イメージが第二次世界大戦後に再構築された背景には、冷戦初期の社会変化に伴う「男性性の不安感」がある。アメリカの男性たちは新しいロール・モデルを求める一方で (Earl 89)、ファンタジーに逃避した。テレビやグラフ雑誌などの視覚文化が急速に発展するなかで、五〇年代のヘミングウェイのメディア・イメージは、商業主義と結託して、"pleasure seeker"としての「男らしさ」のアイコンとなり、各種の雑誌に氾濫したのだ——まるでピンナップ・ガールのように。アールが「ピンナップ・パパ」(61)と呼んだように、彼のメディア・イメージは、男たちの「男らしいオレ」を投影するもう一つのファンタジーとして、消費され続けたのだった。

ヘミングウェイが生涯憑りつかれていた「男らしさ」への執着とセレブリティ志向は、アメリカの「文化的無意識」(Earl 95)と呼応して、彼のメディア・イメージを多重なものとし、かつ変えていった。その事実は、「男らしさ」という概念が、強固な拘束力を持つものでありながら、移ろいやすいファンタジーでもあることを教えてくれるのだ。

引用文献

Alajálov, Constantin. "Vanity Fair's own paper dolls—no. 5." *Vanity Fair* 42 (March 1934): 29.

Bruccoli, Mathew J. ed. *Hemingway and the Mechanism of Fame*. Columbia: U of South Carolina P, 2006.

Cheever, John. "The Country Husband." (1954) in *The Stories of John Cheever*. New York: Ballantine Books, 1980. 384–410.

Corber, Robert J. *In the Name of National Security: Hitchcock, Homophobia, and the Political Construction of Gender in Postwar America*. Durham: Duke UP, 1993.

Cuordileone, K. A. *Manhood and American Political Culture in the Cold War*. New York: Routledge, 2005.

D'Emilio, John. *Sexual Politics, Sexual Communities: The Making of a Homosexual Minority in the United States, 1940–1970*. Chicago: U of Chicago P, 1983.

Earl, David M. *All Man!: Hemingway, 1950s Men's Magazines, and the Masculine Persona*. Kent, OH: Kent State UP, 2009.

Eastman, Max. "Bull in the afternoon" *The New Republic*, June 7, 1933: 94–96.

Gilbert, James. *Men in the Middle: Searching for Masculinity in the 1950s*. Chicago: U of Chicago P, 2005.

Gold, Emily. "Into the Wild: The 1950s Suburban Male's scape Tactic." *1950s Men's Magazine Project*. 2009. Web. 10 Sept. 2016.

Keats, John C. *The Crack in the Picture Window*. New York: Ballantine Books, 1956.

Kimmel, Michael. *Manhood in America: A Cultural History*. Oxford: Oxford UP, 2006.

Life. Jan. 6, 1941. "The Hemingways in Sun Valley: The Novelist Takes a Wife," 49–57.

Loader, Jayne. et. al. *The Atomic Café*. Libra Films. USA, 1982. Film.

May, Elaine Tyler. *Homeward Bound:American Families in the Cold War Era*. New York: Basic Books, 1988.

Mellow, James R. *Hemingway: A Life without Consequences*. Cambridge, Mass.: Perseus Publishing, 1992.

Mitchell, Taylor Joy. "Cold War Playboys: Models of Masculinity in the Literature of Playboy." Dissertation. U of South Florida, 2011.

Moskin, Robert J. "Why Do Women Dominate Him?" in The Editors of *Look, The Decline of the American Male*. New York: Random House, 1958, 3–24.

Nye, Joseph S. Jr. *Soft Power: The Means to Success in World Politics*. New York: Public Affairs, 2004.

Osgerby, Bill. *Playboys in Paradise: Masculinity, Youth, and Leisure-style in Modern America*. Oxford: Berg, 2001.

Osgood, Kenneth. *Total Cold War: Eisenhower's Secret Propaganda Battle at Home and Abroad*. Lawrence: UP of Kansas, 2006.

Parfrey, Adam. *It's a Man's World: Men's Adventure Magazines, the Postwar Pulps*. Los Angeles: Feral House, 2003.

Parker "51." Advertisement. *Life*, 26 Jan. 1948: inside front cover.

Raeburn, John. *Fame Became of Him: Hemingway as Public Writer*. Bloomington: Indiana UP, 1984.

Riesman, David. *The Lonely Crowd: A Study of the Changing American Character*. New Haven: Yale UP, 2001(1950).

Rotundo, E. Anthony. *American Manhood—Transformation in Masculinity from the Revolution to the Modern Era*. New York: Basic Books, 1993.

Scribners collection. Princeton University. Vol. V. Hem Box 16, File 5.

——. Vol. V. Hem Box 17, File 3.

Siegel, Don. *Invasion of the Body Snatchers*. Allied Artists Pictures USA, 1956. Film.

Strychacz, Thomas. *Hemingway's Theaters of Masculinity*. Baton Rouge: Louisiana State UP, 2003.

True. February, 1954: front cover.

Wilson, Sloan. *The Man in the Gray Flannel Suit*. New York: Four Walls Eight Windows, 2002 (1955).

Wylie, Philip. *Generation of Vipers*. Normal, IL: Dalkey Archive P, 1996 (1942).

三浦展『郊外・原発・家族——万博がプロパガンダした消費社会』勁草書房、二〇一五年。

8

武田　ちあき

サッチャーのお化け
――ヨークシャー学校小説シリーズによみがえる英国の幻

今宵みなさんの前に立つ私は、赤い薄絹のイブニング・ドレス、
薄化粧、金髪はふんわりカール……
西側世界の鉄の女ですって！　この私が？　冷戦の戦士？
―マーガレット・サッチャー、一九七六年一月三一日、フィンチリーでのスピーチ（Knowles 803）

序――双子のベストセラー

一九八〇年代、炭鉱閉鎖・教育改革でサッチャリズムの嵐がひときわ激しく吹き荒れた英国の東北、ヨークシャー。この地に今、当時を舞台にして展開する学校小説シリーズがふたつ生まれ、国民の人気を大いに博している。ひとつはジャック・シェフィールド（Jack Sheffield, 1945– ）の校長もの、『ティーチャー』シリーズ（*Teacher* series, 2004– ）、もうひとつはジャーベイズ・フィン（Gervase Phinn, 1946– ）の視学官もの、『デールズ』シリーズ（*Dales* series, 1998– ）である。新作が出るたびイギリスの文芸書評誌『ザ・グッド・ブック・ガイド』のベストセラー・リストに名を連ね、さらに次作への期待を集めて現在も続行中のこれら連作は、しかし日本ではほとんどまったく知られていないため、まずはいささかの紹介と解説を要する。

シェフィールドが三〇代前半から務めた村の小学校長の経験を、退職後に作品化しはじめた『ティーチャ

ー』シリーズは、『先生、先生！』(*Teacher, Teacher!*, 2004) を皮切りに『先生様』(*Mister Teacher*, 2008)、『親愛なる先生』(*Dear Teacher*, 2009)、『村の先生』(*Village Teacher*, 2010)、『はい、先生！』(*Please Sir!*, 2011)、『ジャックに教育』(*Educating Jack*, 2012)、『授業終了！』(*School's Out!*, 2013)、『聖夜』(*Silent Night*, 2013)、『先生の星』(*Star Teacher*, 2015)、『幸せ極まる日々』(*Happiest Days*, 2017) と、現在一〇作目に達している。

フィンもやはり若い時に村の小学校長に就任、のち州の視学官に転身し、その見聞を物語化したのが『谷の裏側』(*The Other Side of the Dale*, 1998)、『丘を越え谷を越え』(*Over Hill and Dale*, 2000)、『谷でてんやわんや』(*Head Over Heels in the Dales*, 2002)、『谷でうろうろ』(*Up and Down in the Dales*, 2004)、『谷の奥』(*The Heart of the Dales*, 2007) の「デールズ五部作」である。これに自伝『谷への道』(*Road to the Dales*, 2010)、回想録『森は出たけど丘は越えず』(*Out of the Woods But Not Over the Hill*, 2010)、さらに同じデールズ地方に展開する『小さな村の学校』(*The Little Village School*, 2011)、『小さな村の学校、困る』(*Trouble at the Little Village School*, 2012)、『視学官訪問！』(*The School Inspector Calls!*, 2013)、『愛の教え』(*A Lesson in Love*, 2015)、『小さな村の学校の秘密』(*Secrets at the Little Village School*, 2016) と現在五作目まで来ている小説『小さな村の学校』シリーズ (*Little Village School* novels) を加えて、広く『デールズ』シリーズと総称できるだろう。

この二作家の作品群は、多くの点で共通するとともに相補う、いわば双子のような位置にある。いずれも寒冷荒涼かつ風光明媚なヨークシャー・デールズ国立公園一帯を舞台としつつ、シェフィールドが「ラグリー・オン・ザ・フォーレスト (Ragley-on-the-Forest)」という架空の村を設定し、もっぱらその一点を中心にストーリーを展開するのに対し、フィンは州内の多数の学校や地域を駆け回る。一方が校長として教育現場から定点観測し、他方が視学官として教育行政の立場から移動観察するのは、しかも一九八〇年代という同じ時代である。両者を並べることで、読者はこの時代のこの地方の状況をより立体的・総合的に理解し把握できる。また、同時進行する二系統の物語を読み合わせることで、オムニバス形式の味わいが生まれ、話の深みも増す。思えばかれらの本のどちらも好調な売れ行きには、じつはこのインターテクスチュアリティの生み出す相乗効果が介在している、とすら推測される。

なにより似通うのは、作家としてのスタンスである。双方とも、守秘義務を伴う現役を退いた後、自分を実名で主人公に据え、公的な記録や報告には出ない裏話・笑い話・秘話・逸話、私的な人間模様を臆せず明かす。教育者であると同時に文学者であるからこそ見える、学校の真実と現実、教育現場の真髄と妙味が、そこに生き生きと立ち上がる。シェフィールドの全作を通じての副題『裏・学校日誌』、フィンの第一作の表題『谷の裏側』は、こうしたかれらのテーマを端的に要約している。それはきわめて人間的なルポルタージュであり、ノンフィクションであって、本質的に実話なのである。[1] さらに二人に共通するのは、豊かなユーモア感覚である。スコットランド系のシェフィールドはより穏やかで控えめ、抒情的でロマンティック、アイルランド系のフィンはより饒舌で辛辣、ドライでブラック、と語り口の個性は異なるが、微笑・哄笑・爆笑・苦笑がふんだんに湧くかれらの学校小説は、ジャンルからいえばまぎれもなくユーモア文学に属する。

しかし、かれらの描き出すヨークシャーの一九八〇年代とは、その地にとって史上たぐいまれなほど苛烈な時代であったはずである。基幹産業の解体と学校の統廃合で共同体が崩壊の危機に直面し、ストライキや反対運動などで地域住民がみずから戦いを強いられる一方、変化と痛みを受け入れなければ不治の英国病に斃れるのみ、というジレンマ。そのように困難な時代のドラマをあえて今つづる作家たち、それをこぞって待ち望む読者たちは、これらのシリーズに何を見出し、何を求めているのか。ＥＵとの関係で国家のアイデンティティが問われる二一世紀の今、英国民はかつてやはり国家のアイデンティティが揺らいだ時期を振り返り、一世代前の危機の経験に学ぼうとしているのではないか。そこに横溢していた笑いを思い起こすことで、英国伝来のタフな現実主義を取り戻そうとしているのではないか。それは、未来を生きるために、過去の亡霊を呼び出すとともに調伏する試みなのではないか。

本稿では、作品空間によみがえる英国社会の幻、なかでもいろいろな姿で出没する「サッチャーのお化け」を追うことにより、ヨークシャー学校小説シリーズが現在の英国に果たしている政治的機能と文化的意義を解明していきたい。

一．ヨークシャー・クロニクルの白眉

シェフィールドとフィンの構築する世界は、英国のさまざまな文芸の伝統の結節点に位置する。チャールズ・ディケンズの『ニコラス・ニクルビー』(*Nicholas Nickleby*, 1838–39)、トマス・ヒューズの『トム・ブラウンの学校生活』(*Tom Brown's School Days*, 1862)、イヴリン・ウォーの『大転落』(*Decline and Fall*, 1928)、ジェイムズ・ヒルトンの『チップス先生さようなら』(*Good-bye, Mr Chips*, 1934) を代表とするイギリス学校小説の系譜

上にあるのはもちろんだが、読者による作品の消費形態からいえば、かれらが引き継いでいるのは二〇世紀に隆盛した年代記のジャンルである。

ジョン・ゴールズワジーの『フォーサイト家物語』五作 (*The Forsyte Saga*, 1906–21)、イーデン・フィルポッツの「ダートムア」もの一九作 ("Dartmoor" novels, 1898–1948)、R・K・ナーラーヤンの「マールグディ」もの一一作 ("Malgudi" novels, 1935–83)、C・P・スノーの『他人と同胞』一一巻 (*Strangers and Brothers*, 1940–70)、ヘンリー・ウィリアムソンの『太古の陽光の年代記』一五巻 (*A Chronicle of Ancient Sunlight*, 1951–69)、アントニー・パウエルの『時の音楽に合わせての舞踏』一二巻 (*A Dance to the Music of Time*, 1951–75) といった大河小説は、テレビの連続ドラマと同様に、登場人物と同時代を生きるライブ感を読者に与えるとともに、読者間にファンクラブのような連帯感を育み、変化の世紀に英国の伝統と継続性の感覚を演出して安心感・帰属感を醸した。シェフィールドが年一冊、フィンが数年に一冊のペースで出版するヨークシャーの連作も、やはりストーリーの進展を同時に共有する人心の核として求心力を発揮し、地域の結束に寄与している。

このジャンルは時代の風俗・生活・感情を記録することで国民の生活史・社会史を保存する歴史的な価値も帯びる。シェフィールドとフィンが読者に提供するのも「時代の缶詰」であり、当時のできごとや流行のディテールがぎっしり詰め込んであるため、蓋を開けると立ちのぼる往時の雰囲気と記憶には強烈な実在感が伴う。とくにシェフィールドの場合、毎年刊行される一巻ごとに物語が一年度進み、児童は一学年進級し、村人は一つ年をとる。読者は常に今からちょうど三〇年前の話を、その進行と同じ速度で追いかける形になり、臨場感と一体感は作品の外へはみ出して、読者自身の現実生活にまで及ぶ。そこには過去のみならず現在の参照点となる文化遺産、ヨークシャーの年代記が成立している。[2]

地方の特色と魅力をアピールするお国自慢、というイデオロギーから見ると、手本となった先達はヨークシャーの獣医、ジェイムズ・ヘリオット（James Herriot, 1916–95）の「ドクター・ヘリオット」シリーズ（"Dr Herriot" series, 1972–92）である。農場・牧場の家畜の治療と健康管理を担い、英国農業の根幹を支え、地域の主要産業を守る仕事は、しかし農夫以上の激務だった。その泣き笑いを収めた『ヘリオット先生奮戦記』（*All Creatures Great and Small*, 1972）以降の牧歌的田園ユーモア小説五作は世界的ベストセラーとなり、ＢＢＣがテレビドラマ化したシリーズも大ヒット。原作ゆかりの地に外国からも観光客が押し寄せ、作品は日本でもすべて邦訳された。フィンが作家デビューの際、地元紙『ヨークシャー・ポスト』に「ジェイムズ・ヘリオットの再来」と謳われたように、ヘリオット、フィン、シェフィールドの三人は「ヨークシャー・ユーモア文学」の系統を樹立している。

中央に対する地方、アッパーに対するロウアーという政治的・階級的プロパガンダとして通い合うのは、一九九〇年代以降のブリティッシュ・フィルム・ルネッサンスの中核となったヨークシャー映画の数々である。『ブラス！』（*Brassed Off*, 1997）、『フル・モンティ』（*Full Monty*, 1997）、『リトル・ヴォイス』（*Little Voice*, 1998）、『リトル・ダンサー』（*Billy Elliot*, 2000）、『シーズン・チケット』（*Purely Belter*, 2000）、『カレンダー・ガールズ』（*Calendar Girls*, 2003）、『キンキー・ブーツ』（*Kinky Boots*, 2005）、『ヒストリー・ボーイズ』（*History Boys*, 2006）らは、いずれも見事なまでにお揃いでヨークシャーを舞台にした労働者階級の一発逆転もの、しかもそのほとんどがサッチャー政権時代の設定である。

シェフィールドもフィンもじつは労働者階級出身で、異例な出世を遂げた点で相通ずる。シェフィールドは幼少時から肉体労働に従事して苦学、貧しい中で本を買い与えてくれた母に「大きくなったら自分で本を書く」と約束し、第一作を亡母に捧げた。フィンはアイルランド移民の子孫で、育った貧困地区は現在パキスタン系移民の町。イレブン・プラス試験に落ちるなど辛酸をなめたのち、「健全な常識」を買われ、居並ぶ高学歴の候補者たちを尻目に視学官に採用される。そもそもサッチャー自身が食料品店の娘からの成り上がりで、リンカンシャーの北部方言を苦労して矯正し、英国初の女性首相の座に就いたのだ。シェフィールドとフィンも、そうした下剋上が可能だった時代の夢の語り部として、成功を信じる価値観を作品に定着している。[3]

この地の文学の歴史的な源流に目を向ければ、古都ヨークを擁する州として、英国史にまつわる多数の伝説・民話・昔話・怪談・幽霊譚が伝承されている。デールズ地方だけでも村の名のアルファベット順に収録した説話集が編纂されるほど (Walker)。その延長上にこそヨークシャーのゴシック小説の系列、エミリー・ブロンテの『嵐が丘』(*Wuthering Heights*, 1847)、シャーロット・ブロンテの『ジェーン・エア』(*Jane Eyre*, 1847)、フランシス・ホジソン・バーネットの『秘密の花園』(*The Secret Garden*, 1911) は在る。これらの古典で定番の「妖気漂う荒野と館をさまよう女主人の生霊・亡霊」、それがシェフィールドとフィンの作品では、学校に取りついたサッチャーの怨念として現れてくることとなる。

このように多岐の芸術分野にわたり、古代から現代に至るこの地方の社会史を刻む物語の集合体を、「ヨークシャー・クロニクル」という大きな流れとして総括することができる。歴史的な広がりと社会的な影響力に富む、この一大文芸体系の先端で今シェフィールドとフィンは、地域の誇りを逞しく楽しく支え続けているのである。

二．奇人変人の宝庫

ラグリー村とデールズ地方は一種の博物館である。両シリーズには、きわめて個性的な登場人物、村の名物人間が多数ひしめいている。たとえば几帳面で潔癖症、商品はすべて直線と直角を基準に陳列しなければ気のすまない金物屋の主人ティモシーが、『クリスマス・キャロル』(*A Christmas Carol*, 1843) の「ちびっこティム (Tiny Tim)」にならって「きっちりティム (Tidy Tim)」とあだ名されていることでもわかるように、そこは奇人変人のあふれるディケンズ的な世界。ヘンリー八世の宗教改革が及ぶのに五〇年かかったと言われる辺境ヨークシャーは、ヴィクトリア朝の英国が奇跡的に影をとどめるガラパゴスとして描かれる。

それゆえ、その作品空間は一種の桃源郷である。たとえば村きっての荒っぽい少年の名は『嵐が丘』由来のヒースクリフ・アーンショー。村人の飼っている犬は凶暴で知られるヨークシャー・テリア、その名もスカーギル。すなわちサッチャーの仇敵、全国炭鉱労働組合委員長である。ステレオタイプに戯画化された人物たちの物語は、普遍性と神話性を帯びる。この村は、サッチャーが全国共通学習指導要領《ナショナル・カリキュラム》と全国統一学力試験《ナショナル・テスト》の実施で、画一的教育と競争原理を導入することにより破壊する直前の、英国本来の個人主義教育の成果としての個性を備えた村人たちが住むユートピアなのだ。

家族は結束し、共同体は連帯し、有事・学校行事に、村は一丸となる。神経質な金物屋、どの客にも体調不良を訴える不平屋のガソリンスタンド店主、Rを発音できないコーヒーショップのママ、と各自問題を抱えたプラット三兄弟は、学芸会となると結集して学校に協力する。父親が五〇年代アメリカの西部劇にかぶれて命名したウェイン、シェーン、クリントのラムズボトム三兄弟も、ふだんはデイヴィッド・ボウイ風ファッションで化粧している三男まで、大雪の日には学校に参集して雪かきに汗を流す。教員スタッフ、視学官の同僚たちも、それぞれの強烈な個性が相補うことでうまく職場が運営されていく。そこに掲げられているのは、でこぼこがかみ合ったジグソーパズルとしての村の風景画であり、英国社会の理想像である。その画面の中心に、地域と密に連携した学校がある。

しかしシェフィールドとフィンが力をこめて描くのは、そのような教育現場が風前の灯であるという危機感、その絵に亀裂が入っていく過程である。校長室に押し寄せる教育委員会からの書類の波、職員室で読まれる新聞に掲載された教育政策の記事、統廃合の予定を告げる教育長からの電話、残留する校長を決定する面接、立ち上がる地域の人々、繰り広げられる反対運動。フィンはこの闘いに特化したシリーズを独立してひとつ、『小さな村の学校』として立ち上げているくらいである。

そして共同体の一番の脅威、最も破壊的な要素がじつは、当時トレンドになりはじめた「強い女性」像であることが、次第に明るみになってくる。一九八〇年前後のバブル期、アメリカではヤング・エグゼクティブ全盛、女性も男性と肩を並べて働くべく、ノーマ・カマリらのデザイナーズ・ブランドに代表される巨大な肩パッドのパワースーツが流行、女性の権力志向の象徴となった。テレビドラマ『ワンダーウーマン』(*Wonder*

Woman, 1975–79) の人気は当時のスーパーウーマン志向の反映でもあり、主人公のはいていた「ワンダーブーツ」に憧れるラグリー村のモデル志望の娘が、それに似せた長靴をプレゼントしてくれた中年男のプロポーズを承諾してしまうくらい喜ぶのは、イギリスの田舎、しかもキャリア願望のない女性にまで、パワーを是とする美意識が浸透していたことを示す。

マーガレット・サッチャーの政界進出がイギリス女性に与えた夢と野望、誤解と勘違いを、シェフィールドとフィンは作中の女性群像に託す。ラグリー村の〈教育長・事務長・小学校長〉とデールズ地方の〈教育官僚・秘書・小学校長〉のトリオは、おたがいに「影の内閣」かと思うほど似た構成のセットである。教育長バーリントン＝ハントリー夫人は一見厳格で強面だが、品格と温情に富む。教育官僚ミス・ド・ラ・メアは有能で精力的だが、気さくで陽気。教育界の高位にある二人はそれぞれに女性リーダーの理想を体現しており、役割モデルとしてのサッチャーがストレートに反映されたキャラクターである。

だが教育委員会の秘書サベジ夫人は「名前もサベジなら、中身もサベジ（非情）」と噂される悪評高い難物。服装もアクセサリーも化粧も一分の隙もなく完璧ながら、勤務時間中は忙しいふりと偉いふりをすることに終始して実質的な仕事は何もせず、煙たがられ邪魔にされる。能力のない女性が身のほど知らずに役職をめざす時に起こる最悪パターン。対照的に、事務長ベラは上品で地味な定番スーツで、長年堅実に勤務。村人たちは校長の名でなく「ベラの学校」と呼ぶほど信頼を寄せる。愛猫にマギーと名付けるくらいサッチャーに心酔し、女性の社会進出と新しい世の中の到来を待ち望むが、結局は地方の領主の後妻に収まる。「ヨークシャー一の美人校長」の令名高いクリスティーンも、フィンとの結婚後は専業主婦となり子育てに専念する。彼女たちがサッチャーに見た女性の社会的成功の夢は、どれも夢のままに終わるのだ。

しかしシェフィールドの妻となった小学校長ベスは、結婚退職するどころか、出産後もベビーシッターを雇って職場復帰。勤務の傍ら通信教育で大学院の学位を取得し、大規模校の校長職へのステップアップを目指して単身赴任も辞さない。ラグリーの小村を一生の住処と思い定め、村と小学校と自宅の田舎家《コテージ》をこよなく愛し、転勤や転居など夢にも思わぬシェフィールドにとって、妻の果てしない上昇志向は理解の域を超え、尊敬よりも恐怖の対象となる。英国人らしい理想の田園生活、自然と共生したペースの生き方と働き方を打ち砕くのは、天使のように可憐な容姿をもつ美女の、鉄の意志なのだ。ＩＴＶ放映のテレビ番組『スピッティング・イメージ』(*Spitting Image*, 1984–96) に出てくる人形のようなグロテスクな「化け物」ではなく、この麗しい金髪のベスこそが「サッチャーのお化け」なのだと気づくとき、読者の背を冷たい戦慄が走る。

ベスはこの先、おそらく決して自分を曲げない。夫が思い描いた人生設計に妥協することはきっとない。めざす道をあくまで突き進み、ためらうことも振り返ることも後戻りすることもない。それは英国が歩んできた社会主義的福祉国家の道を断ち、英国病の過去を清算し、効率主義・成果主義へと価値観の転換を迫るサッチャーの化身にほかならない。

しかもヨークシャーは、そのようにサッチャー的なるものが最も大きい抵抗に遭う土地柄の地方である。みずからヨークシャーに生まれ、英国の各地方の伝統的特色を集成したブライアン・ウェイツは、ヨークシャーが英国で最も男性の体格がよく、暴力犯罪率が高く、女性に批判的で、夫から妻への文句が多い地方であると指摘している (8–10)。サッチャーの労働政策・エネルギー政策・教育政策が最も激しく衝突した地は、皮肉にも女性の権力者が最も受け入れられにくい、男尊女卑の保守的な土壌の州だった。それは女性の側から見れば逆に、英国で最もフェミニズムを普及させる必要のある地方ということになる。

やがてベスの夫は、ほとんど絶望に近い無力感から立ち直り、妻の選択を受け入れていくことになる。フィンの「小さな村の学校」も、合併を乗り越え女性校長のもとで円滑に運営されていく。家庭でも社会でも「サッチャーの嵐」を切り抜け前進していくプロットは、ヨークシャーの人間にとって最も苦手で困難な試練を耐え抜く、という地域の矜持を鼓舞する。そしてたとえ何が起ころうとも物語は続いていくこと、シリーズが存続していくこと自体に英国人の不屈のブルドッグ魂を見出して、読者は励ましすら得られる。

『聖夜』の第一二章「サッチャーの子どもたち」は、そうした心意気の好例である。アーンショー家の居間。映画『グレムリン』(*Gremlins*, 1984) を町に観に行きたいヒースクリフと弟だが、失業中の父は小遣いをくれない。折しもテレビでサッチャーが「男も女も怠惰に追い込まれるような制度では、人間の尊厳と自尊心がむしばまれます」(214) と、名言を吐く。自由経済の自助努力にヒントを得た兄弟は村の商店を回り、配達の御用聞きをして一ポンド五ペンス稼ぐ。これだけあれば妹にキャンディー、母にハンカチ、父にマッチを買ってあげて、映画代とバス代を出してまだおつりがくる、と喜ぶふたり。しかし配達先のひとつ、夫の死後三度目に泥棒に家を荒らされて、亡き夫との写真まで踏みつけられた寡婦のことが頭を離れない兄は、そのお金で写真立てを買い、彼女に届ける。そのことを村人から知らされた母は小遣いをはずむ。映画館へ向かうバスの中、働けば将来は自分の家が買えるかもしれない、と夢想する息子たち(その夢が叶うことはないけれども)。

サッチャーによる産業構造の変革と労働倫理の昂揚は、田舎の少年の純朴さと村人たちの善意が織りなす昔ながらの村社会に呑みこまれて消化され、ひとつのほほえましい挿話としていなされ、流され、笑いのめされる。英国社会を震撼させた一大経済政策が「村暮らしのスパイス」程度に矮小化されているのは、ヨークシャー州民のプライドのなせる業であり、一種の「ほら話」である。それはいたって穏やかな形をとってはいても（むしろ敵意をむき出しにせず余裕を見せることで優越した立場に回っての）「サッチャーのお化け」退治であり、除霊、お祓い、お清めなのである。

三．重なる戦争の影

ヨークシャーと中央政府《ウェストミンスター》との利害の相反、意識の乖離は国内政治だけでなく国際関係においても露見する。国内政策でサッチャーはヨークシャーの住民にとって、女性の活躍を促すジャンヌ・ダルクである以上に、産業界と教育界に死の訪れを予告する老婆バンシーの精であったが、対外政策でもフォークランド紛争に突き進む彼女は、国際法と英国の正義を貫く女神ブリタニアである以上に、英軍兵士の命を危険にさらす怪物、戦死者の亡霊を背負う死神だった。その像を前に、ラグリー村の物語は政治的起爆剤として機能する。

『はい、先生！』では、学校掃除婦ルビーの長男アンディのフォークランド諸島出征が反戦の色で語られる。年度の始めには「遠い水平線のかなた、南大西洋の島々で持ち上がりかけているもめごと」(19) 程度の他人事だったのが、アンディが戦地に送られるに至り、この「ラグリー村の息子」(290) のため村人は心をひとつにして無事を祈る。アルゼンチン海軍随一の巡洋艦ベルグラノ号の撃沈に、ルビーは「かわいそうなアルゼンチンの人たち。息子の帰ってこない母親がたくさんいることだろう」(277) と涙し、校長も自分の祖父が第一次大戦のソンムの戦いで逝ったこと、父が第二次大戦中、南シナ海で日本軍の戦闘機の爆撃に遭ったことを思い起こして「戦争はむごいものだ」(277) と沈思する。「やった《ガッチャ》ぜ！」(276) という『サン』紙の派手な見出しとは違い、村が愛国的に盛り上がることはない。年度末、卒業式の来賓として招かれた帰還兵アンドリュー・スミス軍曹は、卒業生ひとりひとりに記念品の本を授与して送り出す。育ちゆく世代の前途への願いがにじむ結末である。

この戦争体験をも、ヨークシャーのユーモアは笑い飛ばす。空母インヴィンシブル号ではアンドリュー王子も同名のアンディに負けず母（女王）に尽くすが、校長と同名の駆逐艦シェフィールド号はミサイルで撃沈。その年の学校対抗サッカー大会のためにＰＴＡが底値で買い集めてきたユニフォーム・パンツ・ソックスで生徒たちをピッチに送り出したら、なんとアルゼンチンのナショナルチームと同じ格好になってしまっていたことに気付く先生たち。水色と白の縦縞の新品を見て「今年はうちが一番おしゃれだね」(281) と喜んでいた校長のせりふがあまりにも皮肉になる。校庭ではヒースクリフの弟テリーが、好きな女の子のためにスズメバチを駆除。「ああ、殺しちゃったのね。死んだら天国に行くってよ」(310) と、ハチをじっと見守るふたり。いっこうに天国へ昇る気配のないハチに、テリーは「ゆっくりやってるんだべ」(310) とあきらめる。映画『禁じられた遊び』にも通ずる、死との戯れ。何かにつけて、村人たちの愉快な行動は中央政府の意向からズレているのだ。

こうした反戦の姿勢は、シリーズの他の作品に顔を出す他の戦争の場合にも一貫している。『ジャックに教育』の第一三章「クリーソープスの霊能者」では、第二次大戦で婚約者を亡くした雑貨店主、老嬢プルーデンスの若き日の恋がよみがえる。いつもカウンター奥の棚に置いてあるぬいぐるみ、手作りの服や帽子でめかしこんだ村のベスト・ドレッサー、テディベアのジェレミーは、一九四〇年にブリテンの戦いで戦死した戦闘機パイロットのジェレミーの身代わりだった。あるとき村の集会所で霊能者のショーが開かれる。真に受けないプルーデンスだが、得意客の誘いを断れない。出かけようとすると婚約者の最後のプレゼント、もう壊れていて動かないはずの置時計がチリンと鳴る。舞台で霊能者の女性は「声が聞こえる、でも名前が聞き取れない、大きいエンジンみたいな爆音で。たぶんジェイミーか、ジミーか……ジェレミー」、「時計の文字盤がある、それとメッセージ、でも時計は止まってしまっている」(239)とつぶやく。家に帰ってきたとたん、また時計の響きが聞こえた気のするプルーデンス。手に取ると、時計はジェレミーの出立した三時で止まったまま。裏返して蓋を開けてみると、小さくたたんだ、歳月で黄ばんだ紙がある。そっと開くとジェレミーの丁寧な筆跡。四〇年以上も時計の暗闇に閉ざされていたメッセージはただ一言、「愛してる《アイ・ラブ・ユー》」(242)。プルーデンスにはテディベアだけでなく、ジェレミー本人の魂がずっと寄り添っていたのだ。哀切なまでに美しい悲恋、神秘的な霊の奇跡の物語。しかしその底には、戦争への静かな怒りがある。(そして例によって校長は「学校の将来像」という書類を送りつけられ「いっそ霊能者に見てもらいたい」(225)と思うのである。)

『はい、先生!』の第一二章「リーズ義勇軍」では、さらにさかのぼって第一次大戦の志願兵だった地域の古老兄弟が、小学校の食育の時間にパン焼きの技を伝授に来て、生い立ちを語る。少年時代、貧しくて食べるものにも事欠きながら、「あんたたちは世界で一番運がいいよ、大英帝国の子どもでヴィクトリア女王の世なんだから」(208) と祖母に言い聞かせられて育つ。「君の国が君を必要としている」(208) とこちらを指さすキッチナー元帥の募兵ポスターに応じて入隊し、軍隊の食事の潤沢さに感動、除隊後パン焼き名人になったのだった。ふたりはその後も折にふれて学校に匠のパンを差し入れし、やがて相次いで世を去る。親や国の言うとおり素直に、厳しい人生を生き抜いた兄弟の陰には、同じように忍耐強く善意に溢れて従順で、しかし生き残れなかった若者たちの大群が見え隠れする。

いくつもの戦争の影が重なり合い、戦いの記憶が行き交う、歴史を重ねた村の空間。そこに展開する痛ましい物語は、さらなる戦争の脅威が妖怪のように徘徊することを好まない、許さない「気《オーラ》」を発している。八〇年代の物語をその「気」に乗せて送る作者、受け取る読者の足場はともに二一世紀の今にある。妖怪を追い払う方法として現在の英国の作者・読者の頭にあるのは当然、中央政府の都合に振り回されないための地方分権であろう。

結――地域主義の牙城

二〇一四年スコットランド独立住民投票の実施にあたり、地方への権限移譲を求める動きは世界中に飛び火した。カタロニア、バスク、フランドル、コルシカ、クルド人居住区、チベット、新疆ウイグル自治区、ケベック、テキサス、沖縄。英国内ではウェールズのプライド・カムリ党、北アイルランドのシン・フェイン党、コーンウォル州のメビヨン・ケルノウ党が地方自治の拡大を主張。地域主義の高揚の中、ヨークシャー独立運動が起こる。

二〇一四年八月に始まった「ヨークシャー・ファースト(Yorkshire First)」キャンペーンは、のち政党の正式名称になり、二〇一五年の総選挙では一四名の候補者を出した(当選者なし)。このスローガンの含意は多様である。「まずヨークシャーから独立(他の州に先駆けてヨークシャー率先独立運動)」とも「ヨークシャーの利益が最優先(中央政府の圧力を排除した地方中心の政治)」とも解せるし、党のロゴには「ヨークシャーでは人々が先(政府や企業の都合より市民の生活)」ともある。発起人のリチャード・カーターによるとヨークシャーは面積でイングランド最大、人口でスコットランドと同数、経済規模ではウェールズの倍なのに、相応の権限がない。よってヨークシャー独立議会の設置、持続可能な発展のためのヨークシャー未来基金創設、「メイド・イン・ヨークシャー」ラベル普及、八月一日「ヨークシャーの日」祝日制定などが具体的な目標として掲げられている。[4]

かつて村社会に争議と亀裂をもたらしたサッチャーは二〇一三年に没し、国民は国葬の葬列に背を向けて並んだり、通夜の代わりに死亡祝賀パーティを開催したり、映画『オズの魔法使い』の挿入歌「鐘を鳴らせ、悪い魔女は死んだ」がBBCラジオのヒットチャート上位に入ったり。サッチャーのお化けをねじ伏せる儀式は現実の行事としては終了した。

今は古き良き英国の村人たち、昔なじみの懐かしい顔ぶれ、父祖たちの霊を呼び出して、守護と加護を祈願すべき時。その祈禱を行っているのがシェフィールドとフィンの小説なのだ。その語りに呪文としての魔力を与えているのがヨークシャー方言である。一見珍妙な文字表記から復元される発音には田舎のぬくもりと息づかいがこもり、いのちの手ざわり、心のふれあいがじつに生々しく感じられる。いまどきのグローバル時代における英語としてあまりにも特異なこの変種は、地方の独自性と魅力の象徴ですらある。慣れてくると読者は、このなまりが癖になって恋しく慕わしく、自分の故郷のように感じ始めるのだ。

ヨークシャー学校小説シリーズは英国民にふるさとを提供してくれる。すでに現存しない遠い昔の村の風景、思い出の中の牧歌的な子ども時代、失われゆく英国性の幻が、ＥＵ離脱に揺れる不安定な人心を和ませる。そしてこの作品群は文学的にも政治的にも、ヨークシャーの人々に誇りを与えてくれる。フィンが「職員室のヒーロー」と呼ばれるのはその爆笑小説で教員のストレス・マネジメントに貢献しているからに違いないが、教員に限らず住民にも政治家にも、広く愛郷心と地域主義を振興し、地方の元気を牽引する功績にもよるだろう。ユーモアたっぷりにフィンとシェフィールドがサッチャーのお化けをぶちのめす物語。それは庶民の人形劇『パンチとジュディ』のヨークシャー版だったのである。

註

1　フィンの「デールズ五部作」は、ペンギン・ブックスの新装版では「ノンフィクション」に分類されている。
2　田園学校小説シリーズの先駆にはミス・リード(Miss Read, 1913–2012)の「フェアエーカー村」もの二〇作("Fairacre" novels, 1955–96)、「スラッシュ・グリーン村」もの一四作("Thrush Green" novels, 1959–2009)があり、こちらは村の小学校の女性校長の目から見たバークシャーの年代記で、地方文学の古典となっている。
3　ヨークシャーの貧民街に先天的視覚障碍児として生まれ、「家から半径二マイル以内で初めて大学へ行く人間」(Blunkett 87)となり、ブレア内閣の教育雇用相を務めた政治家、デイヴィッド・ブランケット(David Blunkett, 1947–)の自伝『晴れた日には希望が見える』(*On a Clear Day*, 1995)も、同様に労働者階級の成功物語として「ヨークシャー・クロニクル」の一角を成すものといえる。
4　党のシンボル・カラーは水色と白。ヨークシャーとアルゼンチンは配色で因縁があったとわかる。『大転落』のボリンジャー・クラブのネクタイ事件を連想させる一致。

引用文献

Bennhold, Katrin. "From Kurdistan to Texas, Scots spur separatists." *International New York Times* 12 September 2014:1.

Blunkett, David, and Alex MacCormick. *On a Clear Day*. Updated ed. London: Michael O'Mara, 1995.（デイヴィッド・ブランケット著、高橋佳奈子訳『晴れた日には希望が見える——全盲の大臣と四頭の盲導犬』朝日新聞社、一九九八年）

"'Iron Lady' had profound effect on film, TV and literature." *The Japan Times* 10 April 2013:6.

Knowles, Elizabeth, ed. *Oxford Dictionary of Quotations*. 7th ed. Oxford: Oxford UP, 2009.

Phinn, Gervase. *The Other Side of the Dale*. London: Michael Joseph, 1998; London: Penguin, 2010.

——. *Over Hill and Dale*. London: Michael Joseph, 2000; London: Penguin, 2010.

——. *Head Over Heels in the Dales*. London: Michael Joseph, 2002; London: Penguin, 2010.

——. *Up and Down in the Dales*. London: Michael Joseph, 2004; London: Penguin, 2010.

——. *The Heart of the Dales*. London: Michael Joseph, 2007; London: Penguin, 2010.

——. *Road to the Dales: The Story of a Yorkshire Lad*. London: Michael Joseph, 2010; London: Penguin, 2011.

——. *Out of the Woods But Not Over the Hill*. London: Hodder & Stoughton, 2010.

——. *The Little Village School*. London: Hodder & Stoughton, 2011.

——. *Trouble at the Little Village School*. London: Hodder & Stoughton, 2012.

——. *The School Inspector Calls!* London: Hodder & Stoughton, 2013.

——. *A Lesson in Love*. London: Hodder & Stoughton, 2015.

——. *Secrets at the Little Village School*. London: Hodder & Stoughton, 2016.

Sandle, Paul, and Sarah Young. "U.K. regions call for Scottish-style devolution." *The Japan Times* 19 September 2014:4.

Sheffield, Jack. *Teacher, Teacher!: The Alternative School Logbook 1977–78*. London: Central Publishing Services, 2004; London: Corgi, 2007.

——. *Mister Teacher: The Alternative School Logbook 1978–79*. London: Corgi, 2008.

——. *Dear Teacher: The Alternative School Logbook 1979–80*. London: Bantam, 2009.

——. *Village Teacher: The Alternative School Logbook 1980–81*. London: Bantam, 2010.

——. *Please Sir!: The Alternative School Logbook 1981–82*. London: Bantam, 2011.

——. *Educating Jack: The Alternative School Logbook 1982–83*. London: Bantam, 2012.
——. *School's Out!: The Alternative School Logbook 1983–84*. London: Bantam, 2013.
——. *Silent Night: The Alternative School Logbook 1984–85*. London: Bantam, 2013.
——. *Star Teacher: The Alternative School Logbook 1985–86*. London: Bantam, 2015.
——. *Happiest Days: The Alternative School Logbook 1986–87*. London: Corgi, 2017.
"Thatcher laid to rest with pomp." *The Japan News* 19 April 2013:4.
Waites, Bryan. *Tykes, Dumplings and Scrumpy Jacks*. Cheltenham: Evergreen, 1993.
Walker, Peter N. *Folk Stories from the Yorkshire Dales*. London: Robert Hale, 1991.
Yorkshire First. 30 June 2015 <http://www.yorkshirefirst.org.uk/>.
"Yorkshire First." *Wikipedia*. Wikimedia Foundation, Inc. 30 June 2015 <https://en.wikipedia.org/wiki/Yorkshire_First>.

9

松井 優子

連合以前という亡霊

――スコットランド分権／独立小説の展開と未来の想像

一・呼び出し

だが、皇太子妃の葬儀の数日後、ついに住民投票が実施された。マイクは投票に出かけながら、リュカ先生のこと、バノックバーンでの先生の予言のことを考えていた。受け入れるときがいつかやってくるだろう、そのときには歴史の亡霊が人々の耳でささやくだろう、というあのことばを。そして、実際にそのとおりになった。圧倒的多数の人々が、議会再開に賛成票を投じたのだ。(Robertson 617)

右は、ジェイムズ・ロバートソン(James Robertson, 1958–)の長篇『大地は静かに』(*And the Land Lay Still*, 2010)(以下『大地』)からの一節である。主人公マイクは二〇〇八年の時点で五三歳、写真家だった亡き父アンガスの作品を集めた回顧展「アンガスのアングル――スコットランド生活の五〇年、一九四七年―一九九七年」の開催を目前に控えるが、その図録に付す序文の執筆は難航している。作品は過去と現在を往復し、父の写真一葉一葉が喚起する記憶や、それらをあらためて解釈し、父を、そして父と自分との関係を理解しようとするマイクの視点から、二人がかかわった多くの人々の物語を織りこみつつ、スコットランド社会の半世紀あまりをたどろうとする。題名は初代スコットランド桂冠詩人エドウィン・モーガン(Edwin Morgan, 1920–2010)の詩「呼び出し」('Summons')の一節からとられ、各セクションの冒頭部分では二人称をもちいつつ自然と人間との関係を描いて、モダニスト・ルネサンス期のルイス・グラシック・ギボン (Lewis Grassic Gibbon, 1901–35) の小説『夕暮れの歌』(*Sunset Song*, 1932) を思わせるなど、二〇世紀を代表する文学のテーマや手法への応答にもなっている。六七〇頁を超えるこの大著は、分権の賛否をめぐる二度の住民投票を軸に、これを支持する立場から書かれているものの、二〇世紀後半以降のスコットランド社会をあつかった小説として、現時点では最も包括的な試みのひとつといえるだろう。

右の引用もむろん、その二度の住民投票と関係している。作中、マイクのパブリック・スクール時代のフランス語教師でベルギー人のリュカ先生が予言めいたことを口にしたのは、一回目の一九七九年三月の投票の前、一九七八年六月末にバノックバーン (Bannockburn) で開催されたスコットランド国民党 (Scottish National Party)（以下SNP）の年次集会でのことであり、これを思い出しながらマイクが向かったのは、二回目の、一九九七年九月の投票だからである。「圧倒的多数が賛成票を投じた」とあるとおり、この結果をうけ、一九九九年には、およそ二九〇年ぶりにエディンバラにスコットランド議会が再設置された。

バノックバーンは、一三一四年、スコットランド王ロバート・ブルース (Robert the Bruce, 1274–1329) がイングランドのエドワード二世に勝利をおさめた地だが、そのバノックバーンの戦いから七〇〇年後の二〇一四年九月、今度は、連合王国からのスコットランドの離脱を問う住民投票が実施され、約一〇%差で否決という結果となった。この年に出版され、独立支持の立場から、王ブルースやバノックバーンの戦いの表象について分析したロバート・クローフォードの『複数のバノックバーン』は、『大地』が当時のスコットランド首席大臣からは評価を、連合支持派からはその政治的立場に対して非難をうけたことにもふれつつ、この作品は多すぎるほどの紙幅を政治問題に割き（ロバートソンは、スコットランド議会内居住作家の任にあったこともある）、「まるでスコットランド史の教科書になることをめざしているかのよう」(Crawford 225) だと評する。同時に、こうした衝動じたいは、語りを工夫しつつ一個の社会の歴史や文化を提示しようとする、ウォルター・スコット (Walter Scott, 1771-1832) の鋭敏な意識に似ているとも述べている（同）。ロバートソンは、スコットの『ミドロージャンの心臓』(*The Heart of Midlothian*, 1818) の書き換えとも読める歴史小説『ジョウゼフ・ナイト』(*Joseph Knight*, 2003) も著しており、その彼による『大地』は、二〇〇八年にいたるまでのほぼ六〇年間を分権や独立支持の立場から解釈しようとする試みでもある。その点で、スコットの代表作『ウェイヴァリー』(*Waverley*, 1814) にも似た、近過去小説と呼ぶこともできるかもしれない。

一方、この二〇世紀半ばから二一世紀にかけては、とくに近未来を舞台に、賛否いずれの立場をとるにせよ、スコットランドの分権／独立問題をより直接的にあつかった、言わば分権／独立小説と呼べるような作品も多く出版された。たとえば、一九九七年投票時までに書かれたこの種の小説の展開を概観したクレイグ・ブキャナンの論考では、ジョン・コンネル (John Connell) の『デイヴィドの帰郷』(*David Go Back: A Novel*, 1935) にはじまって一〇作近くがとりあげられ、二〇一二年出版のSF論集では、その後に出版された数作品が考察の対象となっている (Buchanan; McCracken-Flesher, ed., *Scotland*)。[1] 二〇一四年の投票前後にはさらに作品数が増し、そこでは連合王国から離脱過程にあったり、すでに離脱したスコットランド社会とその問題が多様な観点から提示されている。

こうした作品はそれらじたい、それぞれの時期において、未来の、あるいは「今・ここ」とは異なるスコットランドを想像し、立場によっては一個の政治主体として立ち上げようとする分権／独立論議の一部でもあった。そうした試みの一環として、そこには、ネイションとしてのスコットランドを語る一定の、そして複数の物語がもちいられており、その多くにはさまざまなスコットランドの過去、「歴史の亡霊」のささやきが聞きとれる。本稿では、これら分権／独立小説が、現実世界の政治的・文化的状況と交渉しつつ、どのように過去を動員し、未来の、あるいはオルタナティヴなスコットランドを語る言説を形成、更新してきたのか、その展開において画期をなす作品を中心に考察したい。まず、一連の作品の嚆矢と考えられる『デイヴィドの帰郷』とそれに応答する作品群をとりあげ、このジャンルがどのような関心やモチーフとともに成立したのかを検討する。そのうえで、第一回、第二回の住民投票前後の作品におけるそれらの利用や、議会再設置を経て、二〇一四年投票前後の作品での新たな展開を軸に、これら分権／独立小説において歴史の亡霊がいかに呼び出され、未来や別種のスコットランドやブリテンの想像の一部となっているのかを考えたいと思う。

二．モダニスト・ルネサンス期の関心と複数の応答

もしスコットランド人が突然独立を宣言し、連合王国を崩壊させ、ブリテンを終わらせてしまったら、イングランド人はどうなるだろう？　イングランドとスコットランドはともに国連の安全保障理事国になれるのか、それとも、この機に乗じてロシアが二国とも理事会から追い出してしまうだろうか？　スコッ

トランドのいないイングランドは世界の大国でありつづけられるだろうか?(Dand 1)

その春には、『スコッチ・ウイスキー・オン・ザ・ロック』という政治スリラー・シリーズが放映されていた。(中略)奇想天外な内容だったが、BBCの放送だったので、イゾベルはまるでドキュメンタリー番組ででもあるかのように、絶対的に信用していた。見ながら、彼女は国が無政府状態に陥るのではないかと心配し、マイクは、リュカ先生のようなタイプではないとしても、自分はある種のナショナリストだと本能的に感じた。(Robertson 46)

分権/独立小説の起源のひとつとしてブキャナンが挙げているのが、先述のジョン・コンネルの『デイヴィドの帰郷』(以下『帰郷』)である(Buchanan 57)。一九三五年に出版されたこの作品は、舞台を近未来に設定することで虚構性をより強め、作品が書かれた当時の関心を独立運動というテーマと結びつけた。そして、それらが他の作家や作品によってパロディ化されたり、利用されたりすることで、一個のジャンルを形成していき、これらに特徴的な要素や重なりあうジャンル、サブジャンルの存在も観察できるようになっていく。

ごく近未来に設定された『帰郷』では、スコットランドはすでに中央政府と自治条約を結んでいるが、これを是としない者たちのあいだで独立に向けた動きがみられるようになる。ロンドンの新聞社で働く主人公のデイヴィド・ハミルトンは、恩師の葬儀に参列するためキングズ・クロス駅からエディンバラに向かうが、国境直前で独立運動の一派の襲撃にまきこまれ、偶然乗り合わせていた友人トムソンとともに捕虜となる。一派のリーダー、トマス・ブルースの呼びかけに応じて運動に加わるも、政府軍との激しい戦闘ののちにとらえられ、最後は、裁判で死刑を求刑されたブルースが、新しいスコットランドのヴィジョンを印象的に語る場面で結ばれる。そのブルースの「胸のボタンホールには一輪の白薔薇」(Connell 297) が挿してあった。

一九三四年には独立を党是とする現在のSNPが結成されるなど、『帰郷』が出版されたモダニスト/スコティッシュ・ルネサンス期は、政治面でも独立に向けた具体的な動きがみられた時期である。とはいえ、『帰郷』は独立の実現そのものというより、むしろ、その前年に発表されたドット・アラン (Dot Allan, 1892–1964) の『飢餓行進』(*Hunger March*, 1934) やグラシック・ギボンの『灰色花崗岩』(*Grey Granite*, 1934) といった、グラスゴウやアバディーンなどの都市を舞台とする写実的な小説と関心を共有し、これを提起する手段として独立というテーマをもちいているようだ。たとえば、ブルースの決起行進に加わる群衆の大半は中年の男性産業労働者たちで、「若いときには戦争に翻弄され、つぎには不況に半日勤務、失業手当にその受給資格審査——こうしたすべてが彼らを特徴づけて」おり、「どんな天候だろうと、吹きさらしのまっすぐな低地地方の道を日々仕事場に通うときのように」歩を進め、「こうしてブルースと彼の革命はエディンバラに到着した」と描写される (Connell 117, 128)。さらに、ブルースは、国外のスコットランド出身者は故国に戻りその再生に注力すべきと主張し、結末の裁判の場面でも、人々の生き生きとした精神こそ自由な国の証であり、自分が求めるのは「あなた方の弛緩した帝国や太鼓腹をした商業的ジンゴイズムではなく、小さくて、困窮にあえぎ、苦しみ、みじめで高潔なスコットランド」(300) だと陳述する。

右での経済不況と、それが増幅する階級間の連携や社会変革の必要性といった問題は、『飢餓行進』や『灰色花崗岩』でも主要なテーマのひとつであり、出身階級は異なるものの、ブルースの姿はこれらの作品に登場する革命家や牧師の姿と重なる。また、第一次世界大戦後の新たな文脈におけるスコットランドというネイションの再検討、再定義は、この時期の文学・文化全般を特徴づける関心でもあり、『帰郷』における独立問題は政治運動というよりも、こうした同時代の問題や関心を象徴的に前景化する役割をになっているようである。

むしろ、連合王国からの離脱がひきおこす結果が実際的に議論され、それによって現実味をおびるのは、国境での列車襲撃といった同様のエピソードをふくむ、C・H・ダンド (Charles Hendry Dand) の『スコットランドのくじかれた陰謀』(*Scotching of the Snake*, 1958)(以下『陰謀』)においてだろう。主人公で語り手のドナルド・キャメロンは、スコットランド担当国務大臣からスパイとしての調査を依頼され、組織「丘の息子たち」に潜入する。この組織はコミカルな方法で自分たちの主張を伝えつつ、一夜のうちに新聞社や放送局を占拠することで国際社会に平和裏に独立を宣言しようともくろんでいる。キャメロンは、主要メンバーのひとり、「パースの美女」カミラと結婚の約束をしたこともあって一時は寝返るものの、組織の「ボス」の独裁者的野心に疑惑と警戒の念を抱き、これを止めねばと感じたそのとき、なんと独立後は「ボス」がウイスキー製造や飲酒を禁止するつもりだとわかり、間一髪のところで計画はついえるというもの。

作品は「抱腹絶倒のコメディ」(Dand 1) として、組織の手法や計画失敗の経緯はとりわけ、全体としても独立という発想そのものを茶化して、独立不支持を伝える一方、関連する実際的な問題については、離脱の手続きから離脱後の各国との関係にいたるまで、「ボス」執筆の論文や新聞記事にふれつつ、具体的かつ詳細に論じられている。なかでも、冒頭の一文が「本書は何よりもイングランド人のために書かれた」(9) とはじまり、作中でも、離脱問題はイングランドの問題でもあると気づくキャメロンを描く (175) ことで、多様な読み手をこの問題の検討にまきこんでいく。また、これと関連して、国としての独立が話題とされながらも『帰郷』では現実の社会・経済問題に呼応して低地地方が中心だったのに対し、『陰謀』では高地地方にも焦点が当てられ、これによってイングランドとの対比を強めつつ、議論がスコットランド全域におよぶ。さらに、コンネルの人物造型が、ハミルトンはジェイムズ・マシュー・バリを、トムソンはアーサー・コナン・ドイルを想起させるなど具体的個別性を残していたのにくらべ、「丘の息子たち」の主要メンバー、「詩人」、「ドクター」、「パイパー」らはタイプ的呼称で呼ばれ、ゲール詩の伝統や医学教育、キルト姿の高地軍人が重ねられて、よりスコティッシュネスの演出が意識され、結果として、賛否にかかわらず「スコットランドの独立」が一個の現実的なテーマとして浮上してくることになる。

近未来に設定され、分権支持の立場から書かれたアラスター・メア (Alistair Mair) の『ダグラス事件』(*The Douglas Affair: A Novel*, 1966) では、このテーマが政党活動や投票行動をとおした現実世界での具体化の過程と接続しはじめる。五八歳の会社社長、ジェイムズ・ダグラスはまずは実現可能な分権をめざす点で、一気に完全離脱達成を主張する所属政党とは路線を異にする。そこで自身の資金や経験、人脈をもちいて新たに政党を立ち上げ、広報用に新聞社等も設立、三年以内の分権達成という目標に向けて活動をはじめる。ダグラス本人は途中で事故死するものの、党は二議席を獲得、後継者らが活動の継続を示唆して結ばれる。民主的選挙で平和裏に分権達成をめざすという、この言わば独立過程の「現実路線」は、やはり分権支持の立場から一九八九年に出版され、政党党首アンドルー・ウォレスを主人公とするウィリアム・ポール (William Paul) の『勢獅子』

(*The Lion Rampant*) でも踏襲されている。が、その前に、一九七九年の第一回投票以前に出版され、影響力の大きかった作品として、ダグラス・ハードとアンドルー・オズモンド (Douglas Hurd and Andrew Osmond) による『スコッチ・ウイスキー・オン・ザ・ロック』(*Scotch on the Rocks*, 1968)（以下『ロック』）をみておこう。

この作品は、連合王国首相パトリック・ハーヴィを主人公とする政治スリラー・シリーズの三作目として書かれ、独立問題は、彼の活躍を描くための一エピソードという点では副次的な位置を占める。が、それゆえに、既存の分権／独立言説の広範な引用から構成され、この時点でのこのジャンルの集大成にして一大典型のような作品になっている。時代はほぼ同時代、ジェイムズ・ヘンダーソン率いるSNPはウェストミンスター議会で相当数の議席を獲得するも、なおスコットランド議員全体の過半数にはおよばない。一方、連立内閣を組んで政権を維持したい保守党首相ハーヴィはその相手にSNPを選び、国境地帯でヘンダーソンと会合をもってそのための協定を結ぼうとする。が、これに反対するSNP党員のひとりが、スコットランド解放軍 (Scottish Libera-tion Army) と通じて妨害工作をおこなうかたわらではフランス共産党員とも密約を結んでおり、これを、SLAの謎のリーダーの正体を探り出すべく情報部から派遣されていたスパイが暴き……と、『陰謀』と同様、こちらも、先の『大地』の一節にもあったように「奇想天外な内容」ではある。

その一方、作品は最初にスコットランド地図を掲げつつ、グラスゴウのスラム地域にはじまり、アバディーンにスターリング、高地地方の居城、スコットランドとイングランドの国境、ロンドンと広域にわたって展開され、最後はエディンバラでの独立式典の場面で閉じられる。登場人物も、エディンバラの中産階級出身のSNP党首や党員、クライドサイドの労働者階級やギャング、高地地方の地主出身の保守党政治家に軍人、旧植民地や国外で働いてきた技術者など、主要都市や地域のイメージを利用しつつ各階層を代表するタイプ的人物像がそろい、スコッツ語の軽口やゲール語の暗号がとびかう。スコットランド史や文化にかんする知識をパロディ風にちりばめ、およそスコットランド的と思われてきたものはすべて詰めこんだという印象もぬぐえないものの、この前後の同種の作品の多くとくらべても、ふくまれる地理的範囲や階層の幅は広く多様である。

その広い射程は、ジェイムズ・マクタガート (James MacTaggart) 脚本によってテレビドラマ化され、一九七三年五月から全五回にわたってBBCで放映されたことで、一気に影響力を拡大し、多様な反応をひきおこすことになった。SNP(『ロック』では実在の政党名がもちいられている)から暴力や共産主義と結びつけられたことに対して抗議がだされた一方では、番組に触発されて破壊行為におよんだ一〇代の少年たちが続出したという (Scott and Macleay 75–78)。放映開始時の『ラジオ・タイムズ』誌の紹介をみると、出演俳優や政治家をふくめ各方面からの独立問題にかんする見解が掲載され、ハーヴィの活躍よりも、独立の是非やその手段に焦点が当てられている ("Could" 8–9)。アダプテーションがこれに呼応する内容だったことも考えられるが、すでに原作の段階でタイプ的人物像や既成の言説の組み合わせとしてわかりやすさを備えていたことも、独立問題への力点の移動や一般的関心を招きやすかったかもしれない。

そうした言説のいくつかについて詳しくみるまえに、一九九七年の第二回投票前後までに出版された分権/独立小説の特徴について、簡単に確認しておこう。その多くは『ロック』のような政治スリラー、スパイ小説、あるいは冒険小説といったジャンルに属し、このジャンルの伝統的属性にそった、男性中心的な人物造型や筋立てをとる。頻繁な場面転換に加え、誘拐や拘束、戦闘や爆発といった暴力行為、逃亡やカー・チェイスといったアクション・シーンが見せ場のようにしてふくまれ（暴力を行使する側は、作品により異なる）、現実世界での民主的投票による分権の過程を写実的に描く姿勢は相対的にうすい。

その一方、『帰郷』、『陰謀』、『ロック』、『勢獅子』をふくめ、独立運動や政府側の反応を報道する（架空の）新聞記事に、ラジオやテレビのニュースの引用を配して、この問題の政治性や共同性を伝えていることも多い。そこでは、現実の分権／独立運動で実際に争点となった論点が議論され、アイルランドや、ブリテンの他の地域との関係、小国経済、移民、帝国、植民地主義、共和制といった比較的長期にわたる問題から、国連やEU、NATOとの関係、石油に原子力エネルギー、核や潜水艦にミサイルなど、作品出版時の時事性を反映したものまでふくまれる。また、首都エディンバラを中心としながらも、のちになるほど地理的範囲が広がり、社会の各階層を登場させて、その全体像を示す傾向にある。加えて、運動に参加する一人ひとりの個人的動機にも言及され、独立に対する立場はどうあれ、いずれもブリテン史や現状を分析し、広くネイションとは、国家とは何か、個人と共同体との関係をめぐる考察へと誘う。さらに、こうした小説からは、スコットランド独自の教会、法律、学校制度を通じて形成される国民意識だけでなく、ネイションとしてのスコットランドを語り、読み手の感情や想像力にうったえる複数の歴史の亡霊のささやきも聞こえてくる。次節では、それらに耳をかたむけてみよう。

三．一九九七年とナショナルな物語

時が経過してはじめて、完全に像が結ぶのだ。ちょうど現在が順に流れて、やがて歴史となっていくように。われわれとは誰だろう？　マーガレット・サッチャーの革命の意図せぬ影響のひとつは——今になってみればよくわかる——それに、率直に認めよう、あれは革命だったのだ——ブリテン国家に対するスコットランド人の忠誠心を破壊したことだった。(Robertson 36)

かねてからの分権への要求が北海油田の発見という経済的基盤の可能性を得て、一九七九年三月に実施された住民投票は、必要とされた賛成票を得るにはいたらなかった。が、同年九月にマーガレット・サッチャー率いる保守党政権が発足すると、そのスコットランド軽視の姿勢に不満はつのる一方となり、一九八九年の人頭税の先行導入が、その象徴的政策としてこれに拍車をかける。一方では、分権を求める新たな市民運動が立ち上げられ、これと並行して、文化面での事実上の分権をめざして社会的組織や文化的機関の再編制も進んでいた。一九九七年、すでに一九八九年に自由民主党とともにスコットランド国制会議 (Scottish Constitutional Conven-tion) に参加し、分権への具体案を提示していた労働党がトニー・ブレアの下で政権に就くと、同年九月一一日、分権の是非を問う二回めの住民投票が実施されることになった。[2]

このとき、投票日前後の大衆紙には中世の英雄の姿があり、[3] 投票結果をうけて議会が再開された一九九九年五月一二日には、最大野党ＳＮＰの議員たちが白薔薇を胸に登院した。これらをひとつに組み合わせれば、一輪の白薔薇を胸に自らのヴィジョンを語る、『帰郷』でのその名もブルースの姿に重なることだろう。これら中世の英雄と白薔薇が連想させるジャコバイト神話とは、ネイションとしてのスコットランドを語る物語として、『帰郷』が特定の時事的な都市問題と独立問題とを象徴的に接続する回路のひとつでもあり、他の分権／独立小説もそれぞれの立場からこれらを利用している。

ただし、当時のＳＮＰ党首、アレックス・サモンド (Alex Salmond) は、当日のテレビ番組で、キャスターから「このジャコバイトの薔薇」は「かつてのスコットランドを思い出させる」意味があるのではないかと問われると、ジャコバイトではなく「マクダーミッドの薔薇」だとして、同党の創立メンバーにしてモダニスト・ルネサンス運動を率いた詩人ヒュー・マクダーミッド (Hugh MacDiarmid, 1892–1978) の「小さな白薔薇」('The Little White Rose,' 1934) を暗唱し、「スコットランドとその人民への忠誠」を象徴する薔薇だと答えている (Riach 29)。この詩は翌一三日の新聞各紙の一面にも全文や一節が掲載され (*The Scotsman*; *The Herald*)、のちには議事堂の壁にも刻まれた。ただ、ここでは、キャスターの質問にあるように、この薔薇が一般的にはジャコバイトを連想させたことに注目したい。アドルノを援用しつつ、文学や大衆文化におけるスコットランド表象について分析したリーアクは、このインタビューの引用につづけて、その後この「小さな白薔薇」がジャコバイトの薔薇のコピー文として商業利用され、匿名の文化的イコンとなったことを挙げ、そうした現象には看過すべきでない強い願望が存在すると述べる (Riach 30)。この現象は、スコットランドにおけるジャコバイト神話の影響力をも示唆しているはずである。

一六八八—八九年の名誉革命以降のブリテンの体制に異議を唱え、ステュアート王家の復興をめざしたジャコバイトによる蜂起のなかでも、スコットの『ウェイヴァリー』の題材として知られているのが、ジェイムズ七世／二世（在位一六八五―八八）の孫、「ボニー・プリンス・チャーリー」ことチャールズ・エドワード・スチュアート (Charles Edward Stuart, 1720–88) が率いた一七四五年の最後の蜂起で、多くの分権／独立小説に着想やモチーフを提供しているのもこちらである。このブリテン最後の内乱は現体制への抵抗として同種の異議を表明するのに有用なうえ、徽章の白薔薇など多くの文化的イコンを有し、最後のカロドゥンの戦い後のチャールズの逃亡生活やその間の支持者たちの堅い忠誠などエピソードも豊富で、それらが最大限に活用されている。[4] たとえば、『帰郷』では先述の白薔薇のほかに、ジャコバイト・ソングやカロドゥンの戦いに言及され (Connell 184, 224; 145)、『陰謀』では「ボス」の逃亡先として、チャールズの場合と同じくスカイ島経由でのフランス行きが提案される (Dand 216)。『ロック』ではこれらに加え、プロットの展開にも類比がみられる。

ステュアート王室はスコットランド出身であり、四五年蜂起は高地地方で旗揚げされたものの、あくまで議会政府と王家支持派との戦いであり、イングランドとスコットランドが戦ったわけではまったくない。が、こうした小説では君主制の問題（先述のサモンド党首の薔薇と忠誠にかんする訂正もこれと関連する）は焦点化されず、なによりも両国間の戦いとして提示され、スコットランドの物語としてのジャコバイト神話が構築、再生産されている。とくに、挫折に終わった異議申し立ての試みは、むしろそれゆえに希望の物語へと転換され、分権支持の作品にも利用されている。その一方、リチャード・J・フィンリーは、二〇世紀において「スコットランド史から保守派にとってのヒーローを探すなら、ジャコバイトとクラン的忠誠という理想になるだろう」とし、ジャコバイト主義の軍人精神や無批判な服従が連合支持派にうったえたと指摘する (Finlay 179)。

力点や立場は異なるものの、ここでも「クラン的」という高地地方との連想とともにジャコバイトがスコットランド化されており、分権／独立小説でのジャコバイト神話の利用につながっているようだ。

一八世紀半ばのブリテンの内乱がスコットランドのものとされ、連合と離脱という相反する立場の支持や表明の一部と化しているとするなら、中世の戦いで勝利したウィリアム・ウォレス (William Wallace, c.1270–1305) やロバート・ブルースの場合は、最初からネイションとしてのスコットランドを語るのに不可欠の人物になる。とはいえ、盲目のハリー (Blind Harry, c.1440–c.1492) による長篇詩『ウォレス』(*The Actes and Deidis of the Illustre and Vallyeant Campioun Schir William Wallace*, c.1477) と、ジョン・バーバー (John Barbour, c.1320–1395) の長篇叙事詩『ブルース』(*The Actes and Life of the Most Victorious Conquerour, Robert Bruce King of Scotland*, c.1377) が書かれ、のちに出版されて以来、フィンリーらによれば、一九世紀には彼らの勝利が一七〇七年の対等な連合を導き、帝国発展の礎となったとして連合主義の一部を形成することもあれば、二〇世紀には逆に独立支持と結びつけられるなど、とくに政党政治の文脈において各党の各時代の要請に応じて彼らもじつにさまざまに解釈され、利用されてきた。本稿冒頭の『大地』の一節にあるバノックバーンでの集会もそのひとつだが、こうした古戦場の記念行事や記念塔の建立に付与される意味も、党派や時代によって変遷をくりかえしている。[5]

当然ながらと言うべきか、『帰郷』でのトマス・ブルース、『勢獅子』でのアンドルー・ウォレスという命名など、分権／独立小説にも彼らの影がそこここに登場する。さらに、『ロック』では、登場人物のひとりがウォレスとブルースとともに戦った家系の出身とされる (Hurd and Osmond 97) など、リチャード獅子心王とロビン・フッドがともに登場するスコットの『アイヴァンホウ』(*Ivanhoe*, 1820) が普及させたのとはまた異なる、スコットランド流の中世主義とでも呼べそうな現象もみられる。ただ、王ブルースの場合は、バーバーの詩や一三二〇年の「アーブロース宣言」('Declaration of Arbroath')との関連など、スコットランドの自由言説に必須の素材を提供しながらも、王制の位置づけが問題になったり、ウォレスは一二九七年のスターリング・ブリッジの戦いに勝利した「英雄」とされる一方、領主層出身と思われる出自が評価や解釈を左右することもあるなど、二人のあいだでも受容に相違があり、それは個々の作品における細かな表象のちがいとも対応している。

一方で目を引くのが、『ロック』の作中、元労働党議員で現在はSNPから立候補しているというマッキーが、グラスゴウの河川敷公園で民衆に向けて演説する一場面である。経済的、国際的理由を列挙して独立の必要性を論理的に主張しながら始まった演説は、聴衆の反応に応じてトーンを変え、最後は、民衆転じて群衆との「今こそ!」「自由を!」の応答で締めくくられる(Hurd and Osmond 49–52)。そこに、のちのメル・ギブソン監督・主演『ブレイブハート』(*Braveheart*, 1995)でのウォレスの姿を重ねることもできるかもしれない。かつて『ロック』のアダプテーションが、期せずして少年たちを刺激したように、一九九七年の住民投票の二年前に公開されたこのハリウッド映画も、制作者の意図とはべつに、スコットランド流中世主義の一般的普及に大きく影響したと思われる。中世の英雄の姿が新聞に躍った投票日の九月一一日は、そのちょうど七〇〇年前、スターリング・ブリッジの戦いが戦われた日でもあった。

これら一九九七年投票前後までの分権/独立小説にジャコバイト神話や中世主義がみられたとすると、以下にみるように、連合王国からの離脱を問う二〇一四年投票前後に出版された独立小説には、またべつの歴史の亡霊がささやきかけているようである。

四　二〇一四年と生き返る未来

最も注目を浴びた郵便ポストは、エディンバラ南部の新興の団地に置かれたものだった。建設した自治体は、どうやら歴史ロマンスには庶民の生活の品位を高める力があると信じていたらしく、そこのすべての通りをウォルター・スコットの小説の登場人物にちなんで命名するよう定めた。（中略）一九五二年一一月、エリザベスの王位継承から九ヶ月後にして、ウェストミンスター寺院での戴冠式の七ヶ月前、「EⅡR」の銘が入った新しい郵便ポストが、サー・ウォルター・スコット・アヴェニューとギルマストン・ロードの角に設置される。三日後、その鮮やかな赤の塗料はタールにまみれる。(Robertson 271)

二〇一四年九月一八日の住民投票当日、新聞各紙の一面を飾ったのは中世の英雄ではなく、ロバート・バーンズ (Robert Burns, 1759–96) の詩だった。『デイリー・テレグラフ』(*The Daily Telegraph*) 紙が、フランスの脅威に対してブリテンの連帯を歌った「ダンフリーズの義勇兵」('The Dumfries Volunteers,' 1795) から引用すれば、『タイムズ』(*The Times*) 紙は、全面にユニオン・ジャックをあしらった特別なカバーに、「連合にとってのDデイ」という文言と、バーンズの「遠い昔」('Auld Lang Syne,' 1788) のリフレイン「昔なじみを忘れられようか」を配し、裏には一七〇七年の連合以降の年表を載せて、「昔なじみ」としての歴史を語る細やかさを示す。日本ではこの「遠い昔」の旋律にのせて「蛍の光」が歌われるという皮肉はさておき、これら連合支持の保守系二紙にくらべ、『デイリー・レコード』(*Daily Record*) 紙は「なんといおうと人は人」('A Man's a Man for All

That,' 1795）の一節を引用し、賛否よりも民主主義的投票への賛辞を掲げるという曖昧なメッセージにとどまり、分権までは支持しても離脱には反対という労働党の悩ましい立場が見え隠れしていた。

二〇世紀半ば以降のスコットランドでは圧倒的に労働党が強く、一九九七年の分権を推進し、初代スコットランド首席大臣を務めたのも、同党のドナルド・デュアー（Donald Dewar, 1937–2000）だった。が、その後、専門職を中心に中産階級を支持基盤としていた中道左派の最大野党ＳＮＰが徐々に支持を広げ、二〇〇七年の第三回スコットランド議会選挙ではついに第一党となり、二〇一一年にはさらに議席をふやす。これをうけて、二〇一二年一〇月にデイヴィド・キャメロン連合王国首相とアレックス・サモンド首席大臣とのあいだで、離脱を問う住民投票の実施にかんする「エディンバラ合意」が結ばれ、翌一三年には実施の具体的詳細を決めた法律が制定されて、賛成派、反対派双方による活発なキャンペーンが展開された。なかでも、時代を反映し、今回はツィッターやフェイスブックなどＳＮＳの活用が大きな役割をはたすことになった。[6]

グレアム・モートンは、二〇一四年の投票では『ブレイブハート』公開以降に生まれた世代にも投票資格があたえられたことにも言及しつつ、今回のキャンペーンでのウォレスの存在感のうすさを指摘している（Morton 206）。これには、世代差に加え、スコットランド政府が独立の青写真を示した白書が『スコットランドの未来』（*Scotland's Future: Your Guide to An Independent Scotland*, 2013）と題されているように、今回の投票では、めざす社会や国家のヴィジョン、将来像が問題だったことも大きいと思われる。一定の条件を満たした在住者には出身地を問わず投票資格があたえられるという場合、中世史への言及よりも、多文化主義や再生可能エネルギーの推進、ウェストミンスター的新自由主義に対する北欧型福祉国家モデルの提示のほうが、べつの国家の選択という重い決断の決め手になったはずである。

このころ出版された独立小説でも、登場人物三人がエディンバラのパブをはしごしながら独立問題の賛否を論じあったり (Craig A. Smith, *The Mile*, 2013)、世論調査の操作にかかわる陰謀を阻止したり (Callum Duffy, *To Kill the Truth*, 2013)、独立後の法律制度の問題を具体的に演じたり (Robert S. Scott, *Capital Offence*, 2014) と、たとえ政治スリラーや冒険小説というジャンルが踏襲され、ブルースやジャコバイトに言及される場合でも、力点は独立をめぐる、より現実的な論点の検討にシフトしている。この点では、分権や独立問題が直接の題材ではないものの、イアン・ランキン (Ian Rankin, 1960–) の警察小説シリーズも興味深い。一九八七年に第一作が刊行され、現在もつづくこのシリーズでは、作品ごとに年を重ねるエディンバラの警察官ジョン・リーバスの視点と彼があつかう事件をとおして、この間の社会の変化がしるされる。計三回の住民投票もむろんその重要な一部を構成しているが、あわせて注目されるのが、定年を迎える彼にかわって、部下のシボーン・クラークが存在感を増していることだろう。二〇一四年の投票は、彼女のような「新スコットランド人、移住者」(Rankin 173) が、自分が住み、その実現に参与する社会と未来を選ぶ機会でもあったからである。

そのランキンのシリーズと同じく二回の投票をはさんで出版されたのが、ポール・ジョンストン (Paul Johnston, 1957–) の近未来探偵小説シリーズである。一九九七年刊行の第一作『ボディ・ポリティック』(*Body Politic*)（以下『ボディ』）の舞台は二〇二〇年、連合王国は多数の都市国家に分裂してすでに存在せず、主人公の語り手で「市民」クィンティリアン・ダルリンプル、通称クィントは、その都市国家のひとつ、二〇〇四年に独立した「啓蒙エディンバラ」でひそかに探偵業を営む。ジョンストン自身、「住民投票の二か月前に出版され、内容の多くは当時のスコットランドで起きていることと重要な関係があったのは幸運だった」(Wanner 154) と述べているように、作中でクィントがとりくむのは国家と個人双方の身体にかかわり、政体や権力のありようを問う事件で、まさに時宜を得た出版だった。

それから一八年、続篇四作を経て、今度は離脱投票後の二〇一五年に、『頭か、心か』(*Heads or Hearts*) と『スケルトン・ブルース』(*Skeleton Blues*) が発表される。時は二〇三三―三四年、「亡霊であり、化石化した記憶」(Johnston, *Heads* 2) となっていたはずのスコットランドの再結成が風雲急を告げ、「啓蒙エディンバラ」ではその参加を問う住民投票の実施が数ヶ月後にせまるなか、各都市国家間に策略がとびかう。そこで起きた、投票実施を妨害する事件にクィントが駆り出され……と、今回はむしろ一四年の離脱投票をふりかえりつつ、最後は、新「啓蒙」議会の下で実施された投票での賛成票多数と再結成国家誕生を暗示させて結ばれる。クィントが子どものころに観た『ブレイブハート』が否定的に回想され (Johnston, *Skelton* 40)、ウォレスやブルースをはじめ、スコットランド史の主な人物たちは「堕落させる有害な神話」(Johnston, *Heads* 20) とされる「啓蒙エディンバラ」では、観衆に「自由」を呼びかけるのは、ローマへの反逆奴隷を描いた劇中で主役のスパルタクスに扮した抵抗分子のひとりである (Johnston, *Skelton* 49)。スコットランドの過去の記号で再構成された近未来の理念的な都市国家と、クィントの記憶のなかの具体的な過去が重ねられ、相互に照射しあう構造は前作までと変わらないが、『ボディ』とくらべると未来社会の細部の設定へのこだわりや自律性はうすれ、作品が書かれた時代との接点が強まっている印象をうける。あわせて、『ボディ』でのR・L・スティーヴンソン (R. L. Stevenson, 1850–94) やランキンらにかわって、この二作で最も多く言及される作家はウォルター・スコットであり、彼の『ミドロージャンの心臓』(以下『ミドロージャン』)と『黒い小人』(*The Black Dwarf*, 1816)が、プロットや人物造型をふくめ、作品全体にわたって着想をあたえているのも注目される。

分権／独立小説において、スコットへの言及じたいは珍しいことではなく、現体制や既存のスコットランド表象への異議申し立ての手段としてむしろ積極的に活用されている。たとえば、攻撃をうけた独立派の本部には「サー・ウォルター・スコットの壊れた胸像」(Connell 245)がころがり、独立派が陽動作戦としてスコットの居所アボッツフォード襲撃の偽情報を流し(Dand 88)、さらに、「啓蒙エディンバラ」では「啓蒙記念塔」(Johnston, *Heads* 186)と改名され、先端が部分的にとれたままというスコット記念塔にいたっては、テリー・ヒューストン(Terry Houston)の『ひび割れた石』(*The Wounded Stone*, 1998)では、独立派の砲撃によって吹き飛ばされてしまう(Houston 176)。その一方、誘拐、スパイ、反乱へのなりゆき的な関与など、『ウェイヴァリー』を想起させるプロットをもつ作品も多く、『陰謀』や『ロック』では、「パースの美女」やメグ・メリリーズなど、登場人物の愛称や名前にスコット作品の登場人物名がもちいられてもいる。

スコットランド議会再開と文学・文化をテーマとした論集の序で、編者のマクラケン＝フレッシャーは、この論集でスコットが頻繁にとりあげられているのは、二〇世紀には、スコットこそが「政治的スコティッシュネスにとっての文化的な問題」であるとして、彼に議論が集中していたからであり、スコットは、この論集で問題としているスコットランド文化にまつわる基本的な「神話を提供しているだけでなく、それらによって誤解もされてきた」と指摘する(McCracken-Flesher, *Culture* 13, 17)。なかでも、政治性の強い分権／独立小説においては、スコット作品やそれらが普及させた表象を利用しつつ、作家スコットには批判的姿勢を示すという一見矛盾する組み合わせが、ネイションとしてのスコットランドを語りつつ、現在とは異なる政治的未来を志向する試みの重要な装置として機能してきた。一方で、それらが今度は特定のスコット観や作品解釈の固定化を招いてきたことも確かだろう。

スコットランド再結成へと力点がシフトしたジョンストンの二作品が興味深いのは、既存のスコット観も利用されている一方で、たとえば、反乱分子側が『ミドロージャン』のモチーフを引用し、現体制側への異議申し立ての手段としていることだろう。この新機軸によって、作品の展開やクィントによる捜査の過程で『ミドロージャン』に潜む対抗的な視点が前景化され、べつの視点からのスコット再読に、そしてスコットランド文化再読につながっている。あるいは、「独立投票小説」と銘打たれたジム・ヒューイットソン（Jim Hewitson）の『谷で何かが蠢いて』(*Down in the Glen Something Stirs*, 2014) は、二〇三七年の時点から二〇一四年をふりかえりつつ、スコットランド史の分岐点にはつねに妖精界の関与があったという設定で、現実の独立問題と具体的には呼応しながらも、奇想天外さでは分権／独立小説中、二位以下を大きく引き離す。が、そのぶん、民俗学との関連から国境地方のバラッド編纂者としてのスコットにふたたび光が当てられることになってもいる。

先のマクラケン＝フレッシャーは、ランキンやジョンストン作品の考察も収めたべつの著書で「スコットはつねに死者たちをよみがえらせ、スコットランド文化においてちがいをもって歩かせていた――つまるところ、彼は歴史小説家なのである。ただし、この歴史小説家が関心をもっているのは、生き返った未来にだが」(McCracken-Flesher, *The Doctor* 54) と述べている。『ミドロージャン』にしろ『ウェイヴァリー』にしろ、歴史小説である以上、連合の成立やジャコバイトの敗北をなかったこととして描くことはない。かわりに歴史的事件における諸勢力の主張に耳をかたむけ、そこからつながる未来を複数に開いておくことで、現状のなりたちを描きつつ、その変革の可能性を伝えている。右でみてきた分権／独立小説はいわゆる歴史小説ではないけれど、スコットランドやブリテンの現状の分析やべつの未来の構想に一八世紀のジャコバイト蜂起や中世主義など複数の物語が動員され、その一部を構成するというかたちで過去が未来によみがえっている。その嚆矢としての『帰郷』の出版からはおよそ八〇年が、議会再開からは一〇数年が経過し、冒頭でふれたロバートソンの『大地』のように、この間のできごとを歴史化しようとする試みもあらわれた。そして、この新たな歴史化の動きは、独立小説における今ひとつの重要な要素であるスコット受容にも変化を生じさせている。スコットランドの分権／独立をめぐる物語は、これら複数の歴史の亡霊がささやき、過去が未来に生き返りながら紡がれてきたようである。

註

1 本稿でとりあげていない分権／独立小説や、各作家の経歴については、Buchanan; McCraken-Flesher (ed.), *Scotland*; Crawford; 松井優子「エディンバラと犯罪小説」⑴、⑵『駿河台大学論叢』第二〇号（二〇〇〇年）、二五―四五頁、同第二二号（二〇〇一年）、二九―五七頁等を参照。

2 一九九七年投票前後の文化的、政治的動きについては、McCraken-Flesher (ed.), Culture; Crawford; James Mitchell, *Strategies for Self-Government: The Campaign for a Scottish Parliament* (Edinburgh: Polygon, 1996), Alice Brown,

David McCrone, Lindsay Paterson and Paula Surridge, *The Scottish Electorate: The 1997 General Election and Beyond* (Basingstoke and London: Macmillan, 1998) 等を参照。

3 たとえば、*The Express* (10 Sept. 1997: 3), *The Scottish Mirror* (11 Sept. 1997: 2), *Daily Record* (12 Sept, 1997: 5), *Daily Mail* (12 Sept. 1997: 3) など。

4 ジャコバイトやその文化については、William Donaldson, *The Jacobite Song: Political Myth and National Identity* (Aberdeen: Aberdeen UP, 1988); Daniel Szechi, *The Jacobites: Britain and Europe 1688–1788* (Manchester and New York: Manchester UP, 1994) 等を参照。

5 ウォレスとブルースの受容やその変遷については、フィンリーとモートンの他に、Crawford; Edward J. Cowan (ed.), *The Wallace Book* (Edinburgh: Birlinn, 2007); Colin McArthur, *Brigadoon, Braveheart and the Scots: Scotland in Hollywood Cinema* (London and New York: L. B. Tauris, 2003); Michael Penman (ed.), *Bannockburn, 1314–2014: Battle and Legacy: Proceedings of the 2014 Stirling Conference* (Donington: Shaun Tyas, 2016); John Rodger, *The Hero Building: An Architecture of Scottish National Identity* (Abingdon: Routledge, 2015) 等を参照。

6 二〇一四年投票については、Kevin Adamson and Peter Lynch, *Scottish Political Parties and the 2014 Independence Referendum* (Cardiff: Welsh Academic P, 2014); Aileen McHarg, Tom Mullen, Alan Page, and Neil Walker, *The Scottish Independence Referendum: Constitutional and Political Implications* (Oxford: Oxford UP, 2016); Iain McLean, Jim Gallagher and Guy Lodge, *Scotland's Choices: The Independence and What Happens Afterwards* (Edinburgh: Edinburgh UP, 2013) 等を参照。

引用文献

Buchanan, Craig. "The Scottish Parliament—A Novel Institution." Ed. McCracken-Flesher. *Culture, Nation, and the New Scottish Parliament*: 57–75.

Connell, John. *David Go Back: A Novel*. London, Toronto, Melbourne and Sydney: Cassell, 1935.

"Could it happen here?" *Radio Times*, Scottish edition. 5–11 May 1973: 8–9.

Crawford, Robert. *Bannockburns: Scottish Independence and Literary Imagination, 1314–2014*. Edinburgh: Edinburgh UP, 2014.

Dand, Charles Hendry. *Scotching of the Snake*. London: Jonathan Cape, 1958.

Duffy, Callum. *To kill the Truth*. Callum Duffy, 2013.

Hewitson, Jim. *Down in the Glen Something Stirs*. OTCEditions, 2014.

Houston, Terry. *The Wounded Stone*. Argyll: Argyll Publishing, 1998.

Hurd, Douglas, and Andrew Osmond, *Scotch on the Rocks*. London: Collins, 1971.

Johnston, Paul. *Body Politic*. London: New English Library, 1998.

——. *Heads or Hearts*. Sutton: Seven House Publishers, 2015.

——. *Skelton Blues*. Sutton: Seven House Publishers, 2015.

Mair, Alistair. *The Douglas Affair: A Novel*. London: Heinemann, 1966.

McCracken-Flesher, Caroline. *The Doctor Dissected: A Cultural Autopsy of the Burke and Hare Murders*. Oxford: Oxford UP, 2012.

——, ed. *Culture, Nation, and the New Scottish Parliament*. Lewisburg: Bucknell UP, 2007.

——, ed. *Scotland as Science Fiction*. Lewisburg: Bucknell UP, 2012.

Morton, Graeme. *William Wallace: A National Tale*. Edinburgh: Edinburgh UP, 2014.
Paul, William. *The Lion Rampant*. London & Sydney: Macdonald, 1989.
Rankin, Ian. *Set in Darkness*. London: Orion, 2000.
Riach, Alan. *Representing Scotland in Literature, Popular Culture and Iconography: The Masks of the Modern Nation*. Basingstoke: Palgrave Macmillan, 2005.
Robertson, James. *And the Land Lay Still*. London: Hamish Hamilton, 2010.
Scott, Robert S. *Capital Offence*. Northlight Productions, 2014.
Scott, Andrew Murray, and Iain Macleay. *Britain's Secret War: Tartan Terrorism and the Anglo-American State*. Edinburgh: Mainstream 1990.
Smith, Craig A. *The Mile*. Edinburgh: Pilrig Press, 2013.
Wanner, Len. *Dead Sharp: Scottish Crime Writers on Country and Craft*. Uig: Two Ravens Press, 2011.

あとがき

本論文集、『憑依する英語圏テクスト――亡霊・血・まぼろし』は、その名のとおり、テクストを成立させている「亡霊」について、分野や英語圏各地域を横断しつつ多角的に考察した一冊である。テクストにしろ、人の営みにしろ、はっきりと見える部分は、全体像のほんの一部。見えない部分を見えるようにするのが、いわゆる「分析」の醍醐味だろう。いささかおどろおどろしく響く言葉は、テクストの無意識をすくいとるためのキーワードだ。「亡霊」は文字通りの「死者」のほか、過去の呪縛や心理的拘束を、「血」は人種、民族、家族にまつわる問題、そして暴力を、「まぼろし」は、個人と社会を動かす「大きな物語」のあれこれを包含する。

執筆者は、かつてお茶の水女子大学大学院で同じ研究会に属していたメンバーである。当時この研究会でご指導をいただいていたのが富山太佳夫先生で、先生には、今回、いろいろとご多忙のなか、本書冒頭に稿をお寄せいただいた。

もとをたどれば、この話は、二〇一四年の六月、「昔の研究会仲間の成果をぜひ一つにまとめたい」という声が、どこからともなくあがったことに始まる。実は研究会での成果を論集として発表することは、もう二〇年以上も前から「亡霊」のようにメンバー全員に「取り憑いて」いた懸案でもあった。ただ、執筆者の研究分野はそれぞれ異なり、共通点と言えば「英語圏」ということのみ。しかも、文学・文化・言語学研究者が混在している。試みにそれぞれがキーワードを出してみたところ、そこに並んだのは、「一九世紀」、「イギリス」、「アイルランド」、「ポストコロニアリズム・帝国・植民地」、「人種」、「歴史」、「ジェンダー」、「男性性」、「階級」、「アメリカ文化」、「東西冷戦」……などなど。一時は、このままこの企画は「まぼろし」で終わるのか、とさえ危ぶまれた。

同じ年の一〇月、富山太佳夫先生（当時は青山学院大学教授）が「お化けの行列」というタイトルで、福岡で講演されることになり、執筆者のひとりがこれを聴きに行った。ご講演じたいは先生のご専門のひとつ、ゴシック小説に関するものだったのだが、ここから、「お化け」、「亡霊」という、共通テーマのインスピレーションを得ることになった。テクストに取り憑いている目に見えない存在への関心は、その昔フーコーやデリダ、ジェイムソンについて研究会で学び、読んでいた頃からつねにメンバー全員の頭にあったうえ、ジャンル横断的、異種混在的な研究会の特性を存分に生かせるテーマでもあったからだ。執筆者全員がこれに同意し、それぞれの分野で考察を進めることになった。

それから四年、案の定、多彩なピースをまとめるのは難しく、また、校務も年々忙しくなるなかにあって、出版までにはそれこそ「血」のにじむような努力を要したが、最終的に形にすることができたことは、「執念」という「憑依」のたまものだろう。なかでも、「英語圏テクストと亡霊」をテーマとした研究が、多岐にわたる幅広い議論の可能性を生み、かつ、一見ばらばらに見えながらも互いに密接に関連していて、一つのテーマがまた別のテーマにつながり、拡大・拡散していくことを明らかにできたことは、大きな収穫であった。

論文で扱われた「亡霊」、「血」、「まぼろし」のつながり、拡大・拡散を、目にみえるかたちで表したものが、冒頭にある地図である。これは、この論文集で言及されている国、都市、地域、地方、場所をごくおおまかに示したものだ（地名のあつかわれ方は各論文によって異なり、それに応じて、論文中の議論の対象となっている場所の分類や表記の方法も必ずしも統一されているとは限らないことをご了解いただきたい）。一目で、本論集の射程の広がりを実感していただけるはずである。大西洋中心の地図を眺めてみれば、現在の世界のかたちを形成した、欧米中心主義、植民地主義のイデオロギーが可視化されるだろう。日本が地図の右端、「東」が「極まった」位置にあることや、日本人が大西洋世界を研究することの意義をも再認識することにもなる。地図からも一目瞭然であるが、心残りは、「英語圏」を対象にした論文集であるにもかかわらず、オーストラリア、ニュージーランドなど、オセアニア地域に関する論考がないことである。今後の課題としたい。

掲載された論文は、地域や分野ではなく、議論の対象になっている作品、事件、事象の年代順に並べてある。われわれの社会やテクストに取り憑くさまざまな「亡霊」について、それぞれの論文が投げかけている問題提起をくみ取っていただければ研究者冥利に尽きるが、各論文についてはもちろん、全体の構成に対するご意見、ご批判も多々あるであろうことは承知している。ご助言、ご教示をいただければ幸いである。

本論文集の刊行を前に、研究会を導いてくださった富山太佳夫先生がご定年を迎えられた。執筆者一同、先生のご健勝とますますのご活躍を心からお祈りし、謝意に代えさせていただきたい。

最後になったが、本書の刊行にあたって数多くの貴重なご助言をいただき、辛抱強く見守ってくださった音羽書房鶴見書店の山口隆史氏に、厚く御礼申し上げる。

二〇一八年七月

編者一同

歴史語用論 historical pragmatics 1–24
ローズヴェルト、フランクリン・デラノ Roosevelt, Franklin Delano 133–35, 147–48
ロバートソン、ジェイムズ Robertson, James 206, 208, 228
　『大地は静かに』 *And the Land Lay Still* 206, 208, 210, 214, 217, 220, 222, 228
ロレンス、C・E Lawrence, C. E. 79
　『スウィフトとステラ』 *Swift and Stella* 79, 97

わ

ワイリー、フィリップ Wylie, Philip 169
　『腹黒い世代』 *The Generation of Vipers* 169
ワイルド、オスカー Wilde, Oscar 113, 128
ワシントン、ジョージ Washington, George 28–29
『ワンダー・ウーマン』 *Wonder Woman* 192–93

ポリドリ、ジョン Polidori, John 26, 36, 44
「吸血鬼」"The Vampyre" 26, 36

ま

マイアーズ、F・W・H Myers, F. W. H. 89–90
マクダーミッド、ヒュー MacDiarmid, Hugh 218
「小さな白薔薇」'Little White Rose' 218
マクリーシュ、アーチボルド MacLeish, Archibald 134–37, 140–41
マッカーシー、ジャスティン McCarthy, Justin 111
マッカラーズ、カーソン McCullers, Carson 148
『結婚式のメンバー』*The Member of the Wedding* 148–51
マッケイ、クロード Mckay, Claude 51–76
『故郷を遠く離れて』*A Long Way from Home* 71
「死なねばならぬなら」'If We Must Die' 53, 59
『ハーレムに帰る』*Home to Harlem* 52–58, 61, 65–66
『バンジョー』*Banjo* 66–73
マミズム momism 169, 174
マルセイユ Marseille 52, 54, 66–68, 71
ミード、マーガレット Mead, Margaret 138, 169
ミス・リード Miss Read 202
ミソジニー（女性嫌悪） 168–70
ミッチェル、マーガレット Mitchell, Margaret 45
ムラート（混血） 27, 34–35, 37, 40–45
メア、アラスター Mair, Alastair 213
『ダグラス事件』*The Douglas Affair* 213
モーガン、エドウィン Morgan, Edwin 206
モダニスト／スコティッシュ・ルネサンス Modernist/Scottish Renaissance 207, 209, 211, 218

や

ヤーコブス、アンドレーアスとユッカー、アンドレーアス Jacobs, Andreas and Jucker, Andreas H. 2, 7
優生学 79
ユーモア文学 186, 189
ヨークシャー Yorkshire 183–204
呼びかけ語 vocative 10–12, 21,24

ら

『ライフ』*Life* 145, 177
ラインバウ、ピーター Linebaugh, Peter 71
ラスキン、ジョン Ruskin, John 106, 115, 122
ラム・ハウス Lamb House 113
ランキン、イアン Rankin, Ian 224, 227
ランプキン、グレイス Lumpkin, Grace 137, 140
リースマン、デイヴィッド Riesman, David 167–68
『孤独な群衆』*The Lonely Crowd* 167
リサネン、マティ Rissanen, Matti 4
『リトル・ヴォイス』*Little Voice* 189
『リトル・ダンサー』*Billy Elliot* 189
『リバティー・ベル』*The Liberty Bell* 32, 49
リフォーム・クラブ Reform Club 105, 108–09, 111, 113–14, 119, 124
リンカーン、アブラハム Lincoln, Abraham 137, 148, 152–53
ルイス、マシュー・グレゴリー Lewis, Matthew Gregory 27
ルヴェルチュール、トゥサン Louverture, Toussaint 43, 62
レインズフォード、マーカス Rainsford, Marcus 43
『黒人帝国ハイチの歴史』*An Historical Account of the Black Empire of Hayti* 43

『ひび割れた石』*The Wounded Stone* 226
ヒューム、ダニエル Home, Daniel Dunglas 89–90, 99
ヒルトン、ジェイムズ Hilton, James 187
ピンクニー、チャールズ Pinckney, Charles 28–29
ファシズム 132, 137–38, 141, 143–44, 169
ファノン、フランツ Fanon, Frantz 69
『黒い肌、白い仮面』*Black Skin, White Masks* 69
フィルポッツ、イーデン Phillpotts, Eden 188
フィン、ジャーベイズ Phinn, Gervase 184–190, 192–93, 201–02
フェミニズム 161, 195
フォークナー、ウィリアム Faulkner, William 132, 135, 139, 143–45, 148–49, 152–54, 157
『アブサロム、アブサロム!』*Absalom, Absalom!* 152
「二人の兵士」"Two Soldiers" 135, 144–45
「滅びさせない」"Shall Not Perish" 143–48, 152–53
「立派な男たち」"Tall Men" 144
フォークランド紛争 Falklands Conflict 196
『冬の海』*Winter Sea* 142
ブラウン・フェローシップ協会 Brown Fellowship Society 34, 45
『ブラス!』*Brassed Off* 189
フランクリン、モード Franklin, Maud 116, 127
『ブリタニカ百科事典 第 11 版』*The Encyclopaedia Britannica*, Eleventh Edition 90
『フル・モンティ』*Full Monty* 189
ブルース、ロバート Bruce, Robert 207, 220–21, 224–25
『ブレイブハート』*Braveheart* 221, 223, 225
『プレイボーイ』*Playboy* 171–75
プロテスタント 82, 88
プロパガンダ 59–60, 66, 133–34, 137, 143, 148, 153, 162, 164, 181, 189
ブロンテ、エミリ Brontë, Emily 190
『嵐が丘』*Wuthering Heights* 190–91
ブロンテ、シャーロット Brontë, Charlotte 190
『ジェーン・エア』*Jane Eyre* 190
文化=政治 55, 72–74
ベネット、アーノルド Bennet, Arnold 111–12
ヘフナー、ヒュー Hefner, Hugh 172
ヘミングウェイ、アーネスト Hemingway, Ernest 159–81
『老人と海』*The Old Man and the Sea* 177
『エデンの園』*The Garden of Eden* 160
ヘリオット、ジェイムズ Herriot, James 189
『ペル・メル・ガゼット』*Pall Mall Gazette* 117–18
ヘルシンキ・コーパス Helsinki Corpus 4
ホイッスラー、ジェイムズ・マクニール Whistler, James McNeill 105, 114–22, 127
『黒と金のノクターン――落下する花火』*Nocturne in Black and Gold—The Falling Rocket* 114
『敵を作る穏やかな方法』*The Gentle Art of Making Enemies* 122
『ホイッスラーの母』*Arrangement in Grey and Black No. 1* 117
法廷言語 forensic language 5, 24
ポー、エドガー・アラン Poe, Edgar Allan 27, 31, 33–36, 41, 44
「黄金虫」"The Gold-Bug" 27, 34–35
「赤死病の仮面」"The Masque of the Red Death" 27, 31, 33–35, 41
ポール、ウィリアム Paul, William 213
『勢獅子』*Lion Rampant* 213, 216, 220
ホガース・クラブ Hogarth Club 116, 127
ボストン公共図書館 Boston Public Library 121, 127

トクヴィル、アレクシ・ド Tocqueville, Alexis de 139
トルイヨ、ミシェル=ロルフ Trouillot, Michel-Rolph 28
奴隷制度 27–29, 32, 35, 37, 45, 53, 58, 65, 71–75
奴隷貿易 53, 58, 65, 71–75

な

ナーラーヤン、R・K Narayan, R. K. 188
ナイ、ジョセフ Nye, Joseph S. Jr. 163
　『ソフト・パワー』*Soft Power—The Means to Success in World Politics* 163–64
ナチス 132–33, 135, 136–38, 172
『ニグロ・ワールド』*Negro World* 58
ニッカーボッカー・グループ The Knickerbocker Group 26, 45
ニュー・イングリッシュ・アート・クラブ New English Art Club 120, 127
ニュー・ニグロ・ムーヴメント New Negro Movement 53
『ニューヨーカー』*The New Yorker* 173
ネグリチュード Négritude 73
年代記 188–89, 202

は

『パーティザン・レヴュー』*Partisan Review* 135, 140
ハード、ダグラスとアンドルー・オズモンド Hurd, Douglas and Andrew Osmond 214
　『スコッチ・ウイスキー・オン・ザ・ロック』*Scotch on the Rocks* 210, 214–16, 219–21, 226
『秘密の花園』*The Secret Garden* 190
ハーレム・ルネサンス Harlem Renaissance 53–55, 72
バーン=ジョーンズ、エドワード Burne-Jones, Edward Coley 115
バーンズ、ロバート Burns, Robert 222
ハイチ（サン=ドマング） Haiti (Saint-Domingue) 25–49, 62–63, 65, 69
ハイチ革命 26, 28–29, 36, 40–41, 43, 62
バイバー、ダグラス Biber, Douglas 4
パイパー夫人 Piper, Leonora Evelina 90
バイロン、ジョージ・ゴードン Byron, George Gordon 26, 36
　『邪宗徒』*The Giaour* 36
パウエル、アントニー Powell, Anthony 188
話しことば 3–4
バノックバーン（の戦い） Bannnockburn 206–07, 220
バリ、ジェイムズ・マシュー Barrie, James Matthew 111, 213
ハリソン、リチャード・イディス Harrison, Richard Edes 147
ハリソン地図 Harrison map 147–48
ハワード大学 Howard University 63
パンクハースト、エメリン Pankhurst, Emmeline 126
反戦 196, 198
『パンチとジュディ』*Punch and Judy* 201
ビアボーム、マックス Beerbohm, Maxwell 112, 121–23, 128
　『クリスマス・ガーランド』*A Christmas Garland* 122
ビショップ、ジョン・パール Bishop, John Pearl 141
『ヒストリー・ボーイズ』*History Boys* 189
『ひとつの世界』*One World* 148
批判的文体論 critical stylistics 3, 7, 9
ヒューイットソン、ジム Hewitson, Jim 227
　『谷で何かが蠢いて』*Down in the Glen Something Stirrs* 227
ヒューズ、トマス Hughes, Thomas 187
ヒューズ、ラングストン Hughes, Langston 71, 157
ヒューストン、テリー Houston, Terry 226

『スケルトン・ブルース』*Skelton Blues* 225
『ボディ・ポリティック』*Body Politic* 224–25
心霊主義 79, 81, 88–90
推定無罪 4
スウィフト、ジョナサン Swift, Jonathan 77–101
『アテネとローマにおける貴族と平民との間の抗争軋轢について』*A Discourse of the Contests and Dissensions between the Nobles and the Commons in Athens and Rome* 86
スコット、ウォルター Scott, Walter 208, 219–20, 222, 225–28
『ウェイヴァリー』*Waverley* 208, 219, 227
『ミドロージャンの心臓』*The Heart of Midlothian* 208, 226–27
スティーヴンソン、アドレイ Stevenson, Adlai 165–66
ステュアート、チャールズ・エドワード Stuart, Charles Edward 219
スノー、C・P Snow, C. P. 188
スピーチ・アクト 6–9, 14–19, 20–22
『スピッティング・イメージ』*Spitting Image* 194
スミス、リリアン Smith, Lilian 150
世界黒人地位改善協会 UNIA 58
セゼール、エメ Césaire, Aimé 73, 75
セント・ジェイムズ・クラブ St. James's Club 105, 108
全米黒人地位向上協会 NAACP 57

た

第一次世界大戦 55, 64, 124, 133, 145, 176–77, 198, 212
退化 79, 86, 91, 98
第二次世界大戦 132, 136, 138–39, 153, 161–62, 167
ダマ、レオン・ゴルトラン Damas, Léon-Gontran 73
『ダラー・ニュースペーパー』*The Dollar Newspaper* 34
タンジール Tangier 53
男性性研究 161
男性冒険雑誌 171–72
ダンド、C・H Dand, C. H. 210, 212
『スコットランドのくじかれた陰謀』*Scotching of the Snake* 212–14, 216, 219, 226
ダンレーヴン卿 Lord Dunraven 89–90, 99
チーヴァー、ジョン Cheever, John 173
「田舎亭主」"The Country Husband" 173
地域主義 199–201
チェルシー・アート・クラブ Chelsea Art Club 117
チャールズ一世 King Charles I 1–24
チャップマン、マライア・ウェストン Chapman, Maria Weston 31
徴兵制度 145
ツルゲーネフ、イワン Turgenev, Ivan Sergeyevich 112–13
デイ、リチャード・ヴァリック（ダーシー、ユライア・デリック） Dey, Richard Varick (D'Arcy, Uriah Derick) 26, 44–45
ディケンズ、チャールズ *Dickens, Charles* 106, 187, 191
『クリスマス・キャロル』*A Christmas Carol* 191
テイト、アレン Tate, Allen 132, 139, 140–43, 147–48, 152
「続クリスマスに寄せるソネット」"More Sonnets at Christmas—10 Years Later" 142–43
デュ・ボイス、W・E・B Du Bois, W. E. B. 57–59, 69, 71–72
『黒人の魂』*The Souls of Black Folk* 69
デラシネ 68
動員 mobilization 132–36, 139, 141–45, 148, 153, 164

キャッシュ、W・J　Cash, W. J.　138
ギルロイ、ポール　Giilroy, Paul　71
　『ブラック・アトランティック』*The Black Atlantic*　71
『キンキー・ブーツ』*Kinky Boots*　189
『禁じられた遊び』*Jeux interdis*　197
『クライシス』*Crisis*　57–59
『グレアムズ・マガジン』*Graham's Magazine*　31
『グレムリン』*Gremlins*　195
ケイジン、アルフレッド　Kazin, Alfred　142
「ケルト」復興　Celtic Revival/Renaissance　83
交霊会　78–80, 82, 85, 88–92, 95–96, 99
ゴールズワジー、ジョン　Galsworthy, John　188
国際美術協会　International Society of Sculptors, Painters and Gravers　117
国際美術展　International Exihibition　118
国籍離脱者　105, 119, 121, 123–24
ゴシック小説　77, 190
ゴス、エドマンド　Gosse, Edmund　123–24
コッホ、ペーターとエスタライヒャー、ヴルフ　Koch, Peter and Oesterreicher, Wulf　4
ゴトロー夫人　Gautreau, Virginie Amélie Avegno　119
コンネル、ジョン　Connell, John　208, 210, 213
　『デイヴィドの帰郷』*David Go Back*　208–13, 216, 218–20, 228

さ

サージェント、ジョン・シンガー　Sargent, John Singer　105, 119, 120–23, 125–27
　『マダムX』*Madame X*　119
裁判記録　2–6, 21
サヴィル・クラブ　Savile Club　105, 110, 112–13
『サタデー・イヴニング・ポスト』*Saturday Evening Post*　134, 145
サッチャー、マーガレット　Thatcher, Margaret　183–204, 217
サッチャリズム　184
女性参政権運動　125
サンゴール、レオポール・セダール　Senghor, Léopold Sédar　73, 75
サンズ、ロバート・C　Sands, Robert Charles　25–49
　「黒い吸血鬼――サント・ドミンゴの伝説」"The Black Vampyre, or a Legend of Saint Domingo"　26, 36, 42, 44
『シーズン・チケット』*Purely Belter*　189
シェイクスピア、ウィリアム　Shakespeare, William　3, 8, 31
　『テンペスト』*The Tempest*　31
ジェイムズ、C・L・R　James, C. L. R.　43
　『ブラック・ジャコバン』*The Black Jacobins*　43
ジェイムズ、ヘンリー　James, Henry　103–30
　「ジョン・S・サージェント」"John Singer Sargent"　120
　『鳩の翼』*The Wings of the Dove*　121
　「ホイッスラーとラスキンについて」"On Whistler and Ruskin"　115
ジェファソン、トマス　Jefferson, Thomas　26–29, 36, 42, 44
シェフィールド、ジャック　Sheffield, Jack　184–90. 192–94, 197, 201
ジェントルマンズ・クラブ　103–130
社会語用論コーパス　the Sociopragmatic Corpus　6, 10–11
社会的階層（語用論）11
社会的役割（語用論）10
ジャコバイト　Jacobites　218–21, 224, 228–29
初期近代英語　Early-Modern English　2, 6, 11, 22, 24
植民地主義　28, 142, 216
ジョンストン、ポール　Johnston, Paul　224, 227
　『頭か、心か』*Heads or Hearts*　225–26

索 引

あ

アーヴィング、ワシントン Irving, Washington 26, 45
アーツ・クラブ Arts Club 106, 116–17, 119, 124
アイルランド自由国 the Irish Free State 81, 83, 87
アウトサイダー 103, 113, 124, 126, 128
アシニーアム・クラブ Athenaeum Club 105–07, 119, 124
アフラメリカン Aframerican 68–69
『アフリカーナ』*Africana* 54
アフリカン・ディアスポラ 60–73
アボリショニズム（奴隷制廃止運動） 32–33, 58
アメリカ南部 131–57
アラン、ドット Allan, Dot 211
『飢餓行進』*Hunger March* 211
アングロ・アイリッシュ Anglo-Irish 81, 82–85, 93
イーストマン、マックス Eastman, Max 160, 175
EU 187, 201, 216
イェイツ、ウィリアム・バトラー Yeats, William Butler 77–101, 110
「1913年9月」'September 1913' 87
「1916年復活祭」'Easter 1916' 98
「クレイジー・ジェイン、司教と語る」'Crazy Jane talks with the Bishop' 83
『幻想録』*A Vision* 93
『窓ガラスに刻まれた言葉』*The Words upon the Window-Pane* 77–101
『ヴァニティ・フェア』*The Vanity Fair* 176
ヴィージー、デンマーク Vesey, Denmark 34
ウィリアムソン、ヘンリー Williamson, Henry 188
ウィルキー、ウェンデル Willkie, Wendell 138, 148
ウィルソン、スローン Wilson, Sloan 167
『灰色のフランネル・スーツを着た男』*The Man in the Gray Flannel Suit* 167, 170. 173
ウォー、イヴリン Waugh, Evelyn 187
ウォレス、ウィリアム Wallace, William 220–21, 223, 225
ウォレス、ヘンリー Wallace, Henry 137, 142
ウッド（オルダム）、メアリー Wood (Aldham), Mary 125–26
英国病 186, 194
エディンバラ Edinburgh 207, 210–11, 214, 216, 222, 224, 228
王立芸術院 Royal Academy of Arts 118, 120–21, 125, 127
王立芸術家協会 Royal Society of British Artists 116
岡倉天心 105, 124, 128

か

ガーヴェイ、マーカス Garvey, Marcus 58
ガードナー、イザベラ・スチュワート Gardner, Isabella Stewart 115, 119, 127, 130
書きことば 4
学校小説 183–204
カトリック 6, 82, 84, 87–88, 93–94
『カレンダー・ガールズ』*Calendar Girls* 189
ギボン、ルイス・グラシック Gibbon, Lewis Grassic 207, 211
『灰色花崗岩』*Grey Granite* 211
『奇妙な果実』（小説）*Strange Fruits* 150
「奇妙な果実」（歌）"Strange Fruits" 150

＊福田敬子（ふくだ・たかこ）青山学院大学教授
著書：『戦争・文学・表象——試される英語圏作家たち』（共編著：福田敬子、伊達直之、麻生えりか編、音羽書房鶴見書店 2015年）／『ヘンリー・ジェイムズ、いま——歿後百年記念論集』（共著：里見繁美、中村善雄、難波江仁美編、英宝社 2016年）／翻訳：『マーティン・ルーサー・キング』（マーシャル・フレイディ著、岩波書店 2004年）ほか。

越智博美（おち・ひろみ）一橋大学教授
著書：『モダニズムの南部的瞬間——アメリカ南部詩人と冷戦』（研究社 2012年）／『ジェンダーにおける「承認」と「再分配」——格差、文化、イスラーム』（共編著：越智博美、河野真太郎編、彩流社 2015年）／*Oxford Research Encyclopaedia of Literature*（共著：Paula Rabinowitz, et. al. eds., Oxford UP, 2017）ほか。

吉川純子（よしかわ・じゅんこ）お茶の水女子大学講師
著書：『女というイデオロギー』（共著：海老根静江、竹村和子編、南雲堂 1999年）／『かくも多彩な女たちの軌跡』（共著：海老根静江、竹村和子編、南雲堂 2004年）／翻訳：『ジュディス・バトラー』（共訳：サラ・サリー著、青土社 2005年）ほか。

武田ちあき（たけだ・ちあき）埼玉大学教授
著書：『世界の作家　コンラッド——人と文学』（勉誠出版 2005年）／論文：「帝国教育の堕天使たち——落第生の系譜と戦間期の学校小説」（『ヴァージニア・ウルフ研究』第31号 2014年）／翻訳：『完訳　キーワード辞典』（共訳：レイモンド・ウィリアムズ著、平凡社 2002年）ほか。

＊松井優子（まつい・ゆうこ）青山学院大学教授
著書：『世界の作家　スコット——人と文学』（勉誠出版 2007年）／『旅にとり憑かれたイギリス人——トラヴェルライティングを読む』（共著：窪田憲子、木下卓、久守和子編、ミネルヴァ書房 2016年）／『読者ネットワークの拡大と文学環境の変化——19世紀以降にみる英米出版事情』（共著：小林英美、中垣恒太郎編、音羽書房鶴見書店 2017年）ほか。

執筆者紹介（掲載順。＊は編者）

富山太佳夫（とみやま・たかお）青山学院大学名誉教授
お茶の水女子大学、成城大学、青山学院大学、立正大学にて専任として教鞭をとる。『シャーロック・ホームズの世紀末』（青土社 1993 年。芸術選奨文部大臣新人賞）、『空から女が降ってくる――スポーツ文化の誕生』（岩波書店 1993 年）、『ダーウィンの世紀末』（青土社 1995 年）、『ポパイの影に――漱石／フォークナー／文化史』（みすず書房 1996 年）、『書物の未来へ』（青土社 2003 年。第三回毎日書評賞）、『文化と精読――新しい文学入門』（名古屋大学出版会 2003 年）、『英文学への挑戦』（岩波書店 2008 年）、『おサルの系譜学――歴史と人種』（みすず書房 2009 年）、『文学の福袋「漱石入り」』（みすず書房 2012 年）をはじめ、著書、翻訳書等多数。

椎名美智（しいな・みち）法政大学教授
著書：*The Writer's Craft, the Culture's Technology*（共著：Caldas-Coulthard, C. R. and Toolan, M. eds., Rodopi, 2005）／『歴史語用論入門』（共編著：高田博行、椎名美智、小野寺典子編、大修館書店 2011 年）／『歴史語用論の世界』（共編著：金水敏、高田博行、椎名美智編、ひつじ書房 2014 年）／翻訳：『完訳キーワード辞典』（共訳：レイモンド・ウィリアムズ著、平凡社 2002 年）ほか。

庄司宏子（しょうじ・ひろこ）成蹊大学教授
著書：『アメリカスの文学的想像力――カリブからアメリカへ』（彩流社 2015 年）／『絵のなかの物語――文学者が絵を読むとは』（編著：庄司宏子編、法政大学出版局 2013 年）／『グローバル化の中のポストコロニアリズム』（共編著：大熊昭信、庄司宏子編、風間書房 2013 年）ほか。

＊上野直子（うえの・なおこ）獨協大学教授
著書：『ポスト・フェミニズム』（共著：竹村和子編、作品社 2003 年）／『かくも多彩な女たちの軌跡』（共著：海老根静江、竹村和子編、南雲堂 2004 年）／翻訳：『新しい世界のかたち』（キャリル・フィリップス著、明石書店 2007 年）／『はるかなる岸辺』（キャリル・フィリップス著、岩波書店 2011 年）／『奴隷船の歴史』（マーカス・レディカー著、みすず書房 2016 年）ほか。

三好みゆき（みよし・みゆき）中央大学教授
著書：『ケルト復興』（共著：中央大学人文科学研究所編、中央大学出版部 2001 年）／『カトリックと文化――出会い・受容・変容』（共著：中央大学人文科学研究所編、中央大学出版部 2008 年）／翻訳：『階級としての動物――ヴィクトリア時代の英国人と動物たち』（ハリエット・リトヴォ著、国文社 2001 年）ほか。

憑依する英語圏テクスト
亡霊・血・まぼろし

2018年8月10日　初版発行

編著者　福田　敬子
　　　　上野　直子
　　　　松井　優子
発行者　山口　隆史
印　刷　シナノ印刷株式会社

発行所　株式会社 音羽書房鶴見書店
〒113-0033 東京都文京区本郷4-1-14
TEL 03-3814-0491
FAX 03-3814-9250
URL: http://www.otowatsurumi.com
e-mail: info@otowatsurumi.com

ISBN978-4-7553-0412-5
組版　ほんのしろ／装幀　株式会社スタルカ 小林真理
製本　シナノ印刷株式会社